카마쿠라 향방
메모리스 鎌倉香房
メモリーズ

카마쿠라 향방
메모리즈

鎌倉香房メモリーズ

3

아베 아키코 지음
이희정 옮김

BOOK
HOLIC

차례

제1화

잊을 수 없는
당신에게

1

유키야 오빠가 조금 이상하다.

"안녕하세요."

9월 마지막 토요일 아침, 본채 현관에서 유키야 오빠와 인사했을 때는 평소와 다름없어 보였다. 유키야 오빠는 가을에 어울리는 카키색 셔츠에 길쭉한 다리가 돋보이는 검은 바지를 받쳐 입고 있었는데, 매주 만나도 멋있다며 매번 감동하는 나에게 "왜 그래요?" 하고 눈썹을 치켜 올리는 표정도 평소와 다름없었다. 문제는 그 다음이었다.

"그 기모노는 새로 산 거예요?"

"아뇨. 새 건 아니지만 할머니가 더는 안 입는다고 나한테 맞게 고쳐줬어요."

그날 나는 연노란색 바탕에 패랭이꽃과 싸리꽃 같은 가을꽃이 자잘하게 흩뿌려져 있는 기모노를 입고 있었는데, 화려한 옷을 좋아하는 할머니는 '조금 수수'하다고 했다. 하지만 나는 무척 마음에 들었으므로 유키야 오빠에게 이야기하면서 나도 모르게 싱글벙글 웃음이 나왔다. 그러자 유키야 오빠는 검은색 메탈 안경테 너머로 부드럽게 눈웃음을 지으며 말했다.

"예뻐요."

"네?"

유키야 오빠는 관찰력이 뛰어나서 다른 사람의 외모나 복장의 변화를 금방 알아챈다. 그리고 만사에 빈틈이라고는 없는 사람이라 "잘 어울려요."라든가 "멋있어요."라든가 "센스가 참신하네요." 하고 칭찬을 덧붙이는 것도 잊지 않는다. 하지만 그 칭찬은 굳이 말하자면 중립적이라 유키야 오빠의 개인적인 감상은 그다지 들어 있지 않은 경우가 많은데, 아니, 그러니까 내가 하려는 말은, 안 그래도 평소에 들어본 적 없는 '예쁘다'는 말을 유키야 오빠에게서 듣자 나는 금세 빨갛게 달아오르는 얼굴의 난 감한 기능이 폭발적으로 발동하는 바람에 어쩔 줄을 몰라 쩔쩔 맸다.

하지만 정작 폭탄을 던진 당사자는 천 갈래 만 갈래로 뻗어나가는 내 심정은 전혀 짐작도 못 하는지 조용히 현관으로 들어와 미닫이문을 닫았다. 그때였다, 유키야 오빠가 요란하게 손가락을 찧은 것은. 나는 헉 하고 숨을 삼켰고 유키야 오빠의 미간에는 순간 살벌한 주름이 새겨졌다.

"괘, 괜찮아요?!"

"아무렇지도 않아요."

유키야 오빠는 프로급의 무표정한 얼굴로 강한 척했지만 닌자술이라도 쓰려나 싶을 만큼 한동안 검지를 움켜쥔 채 꼼짝도 못하고 있는 것으로 보아 역시 상당히 아팠던 모양이다. 아무튼 평소에 허점이 없는 유키야 오빠치고는 드문 일이었다.

그 다음은 가게 문을 연 지 얼마 안 되었을 때였다.

향장香匠이셨던 나의 할아버지 사쿠라 긴지가 개업한 이 카케츠 향방은 스기모토데라 절과 호코쿠지 절, 조묘지 절과 같은 고찰이 곳곳에 흩어져 있는 카나자 가도의 한 모퉁이에 자리하고 있다. '향'이라는 한 글자를 붓으로 쓴 하얀 포렴이 인상적인 곳으로, 평일에는 점주인 할머니 미하루가 이 포렴을 걸지만 토요일과 일요일에는 보통 아르바이트생인 유키야 오빠나 내가 거는 것이 일상이었다. 오늘은 유키야 오빠가 걸었다.

오늘은 아침부터 바람이 세차게 분 탓에 자동차 두 대를 간신히 세울 수 있는 주차 공간에 낙엽이며 자잘한 쓰레기가 떨어져 있어서 나는 빗자루를 들고 밖으로 나갔다.

"어라?"

위화감을 느낀 것은 그때였다. 포렴의 '향'이라는 글자가 어쩐지 이상했다. 잘 보니 포렴의 앞뒤가 바뀌어 걸려 있었다. 나는 고개를 돌려 칠하지 않은 원목 미닫이문 안쪽을 보았다. 가게 안에서 진열대의 먼지를 털고 있는 유키야 오빠가 멋스러운 줄

무늬의 요네자와 명주에 어두운 회녹색 하오리기모노 위에 입는 짧은 상의 - 역자 주를 갖춰 입고 서 있는 모습이 무척 고상해보였다. 하지만 이내 '퉁그르르' 하고 먼지떨이를 바닥에 떨어뜨리고는 황급히 쭈그려 앉았다. 언제나 빈틈없는 유키야 오빠가 어쩐 일이지? 나는 고개를 갸웃거렸다.

"카노, 어쩐지 오늘은 유키야가 조금 이상하지 않니?"

열한 시가 지났을 무렵에는 할머니까지 나한테 소곤소곤 물어왔다. 할머니는 휴일이면 향도 교실 강사 등으로 가게를 비우는 일이 많지만 이번 주와 다음 주는 휴일(본인은 '바캉스'라고 표현한다.)이라며 오늘은 직접 빵을 굽겠다고 잔뜩 신이 나 있었다.

"아까 손을 뗄 수가 없어서 마침 유키야가 화장실 가려고 부엌을 지나쳐 가길래 '거기 밀대 좀 줄래?' 하고 부탁했거든. 그랬더니 글쎄, 유키야가 진지한 얼굴로 거실에서 청소할 때 쓰는 밀대를 가지고 오지 뭐야? 그리고 보울을 좀 달라고 했더니 심각한 표정으로 소쿠리를 가지고 오고. 이상하지? 평소의 유키야답지 않지? 몸이 안 좋은가? 유키야는 기본적으로 얼굴이 하얘서 잘 모르겠지만……, 아니면 혹시 개그였나? 할머니가 만죽을 걸면서 받아쳐줬어야 했을까?"

"그, 글쎄……."

확실히 유키야 오빠가 이렇게나 실수를 연달아 한 적은 지금까지 한 번도 없었다. 상태를 살펴보아도 어쩐지 마음이 콩밭에 가 있는 느낌이었다.

"유키야 오빠, 혹시 어디 아파요?"

둘이서 처음으로 카마쿠라를 여행하는 중이라는 금슬 좋아 보이는 노부부를 문 밖까지 배웅한 뒤, 나는 옆에 서 있는 유키야 오빠에게 넌지시 물어보았다.

"아뇨, 괜찮아요."

"정말이에요?"

유키야 오빠가 카게츠 향방에서 아르바이트를 시작한 지 1년 반이 지났지만 안 좋은 일이 있다든가 어떤 점이 불안하다든가 하는 자기 이야기를 나에게 한 적은 거의 없다. 게다가 미소 짓거나 이따금 심각한 표정을 짓기는 해도 기본적으로는 포커페이스라서 감정을 적극적으로 드러내지 않는다. 또 그런 기질 때문인지 나는 유키야 오빠의 향기를 그다지 느끼지 못한다. 아주 크게 동요하거나 정말 기쁘거나 깊은 감동을 받았을 때에만 조금 알 수 있는 정도다.

그런 데면데면한 면이 있는 유키야 오빠니 몸이 안 좋아도 태연한 얼굴로 잠자코 있을 가능성도 크므로 나는 진의를 파악하기 위해 유키야 오빠를 물끄러미 쳐다보았다. 유키야 오빠는 미묘하게 시선을 피하며 안경 브리지를 손가락 끝으로 추켜올렸다.

"정말로 몸은 아무렇지도 않아요. ……잠을 살짝 설치기는 했지만."

"공부하느라 많이 바빠요?"

"뭐, 그렇죠……. 오늘은 실수가 잦아서 정말 미안해요. 좀 더 조심할게요."

실수라고 해도 아무런 지장이 없는 소소한 것들이므로 심각하게 생각할 필요는 없지만 유키야 오빠는 진지하게 다짐했다. 하지만 그 직후, 계산대 옆에 있는 의자에 무릎을 찧었다.

그 뒤로도 문득문득 유키야 오빠에게서 '조금 이상한 점'이 나타나자 본인도 그런 자신 때문에 난감한 듯했다. 차마 더는 보지 못하겠던지 열한 시 반 무렵에 상태를 살피러 온 할머니가 부드러운 목소리로 유키야 오빠를 불렀다.

"조금 이르지만 점심 먹고 와. 오늘은 나도 있으니까 평소보다 천천히 쉬었다 와도 돼."

유키야 오빠는 뭐라고 말하려 했지만 "알았지?" 하고 할머니가 생긋 웃자 입을 다물고 "네." 하고 작게 대답했다. 유키야 오빠는 아마도 대부분의 세상 사람들에게는 지지 않을 테지만 유독 할머니에게는 약했다. 지갑을 챙겨 가볍게 머리를 숙이고 밖으로 나가면서 탁 하고 얌전하게 닫는 원목 미닫이문 소리가 어쩐지 쓸쓸했다.

"무슨 일이 있는 걸까? 지난주까지만 해도 정말 평범해 보였

는데. 학교에서 무슨 일이 있지는…… 않았겠구나. 이번 달은 내
내 방학이었으니까."

"아프진 않다고 했는데…… 아, 하지만 잠을 좀 설쳤대."

"수면 부족 정도로 저 애가 그렇게 된다고? 아! 혹시 상사병인
가?"

상사병? 심장이 덜컥 내려앉는 나를 바라보며 할머니는 우후
훗 하고 입을 손으로 가리고 웃었다. 심술쟁이 할머니는 이따금
이런 식으로 나를 놀리며 즐거워한다.

"그…… 그렇진 않을 거야."

"정말 그럴까? 가을이면 어쩐지 마음이 허전하잖니. 그리고
왠지 모르게 누군가가 그리워지잖아? 그래서 새빨간 사랑의 등
불이 화르륵 불타오르기 마련이라니까."

"몰라. 할머니랑은 이제 말 안 할래."

"……계세요?"

우물쭈물하는 목소리와 함께 미닫이문이 열려 나와 할머니는
문 쪽을 돌아보았다.

"혹시 웃키, 아니, 키시다 유키야 여기 있나요?"

하얀 포렴을 슬그머니 걷어 올리고 강아지 같은 귀염상의 남
자가 들어왔다. 눈길을 끄는 파란색 후드점퍼에 면바지를 입은
모습이 언뜻 보면 우리 반 남학생과 비슷한 나이대로 보였지만
사실은 이미 대학교 2학년이다. 나는 카게츠 향방 입구에 서 있

는 그 사람을 보고 깜짝 놀랐다.

"타카하시 선배?"

"우와! 카노, 기모노 입었구나! 예쁘다. 그동안 잘 지냈어?"

동안인, 유키야 오빠의 (자칭) 절친한 친구는 상큼한 미소를 지으며 나에게 손을 흔들었다.

✻

이 사람은 타카하시 켄타로 선배로, 나한테는 고등학교 선배고 유키야 오빠와는 같은 대학교의 같은 동아리 소속이라고 소개하자마자 할머니의 눈이 반짝반짝 빛났다.

"어머나 세상에, 유키야의 친구였구나! 뭐 하니, 얼른 들어와서 이리 앉아. 그나저나 미안해서 어쩌지? 유키야는 조금 전에 점심 먹으러 갔거든. 한 시간 정도면 돌아올 거야. 차 내올게. 아니면 주스가 좋을까? 과즙 100퍼센트 사과 주스가 있는데. 아, 그러고 보니 점심은 먹었니? 뭐가 만들어줄까?"

유키야 오빠를 마치 친손자처럼 생각하는 할머니는 열과 성을 다해 유키야 오빠의 친구를 환대하고 싶어서 몸이 근질근질한 듯했다. 나는 할머니의 호들갑에 타카하시 선배가 불편해하면 어쩌나 걱정스러웠지만 선배는 태평하게 웃었다.

"점심은 먹고 와서 괜찮아요. 감사합니다. 그럼 주스로 부탁드려도 될까요? 사과 주스를 진짜 좋아하거든요."

선배는 당황하지도 않고 불편해하지도 않으며 쾌활하게 원하는 바를 말했다. 지금도 여전히 낯가림이 나아질 기미가 보이지 않는 나에게는 선글라스가 필요할 만큼 눈부시고 자연스러운 모습이었다. 할머니는 "그래, 그래." 하고 기분 좋게 대답하고 향도 교실 학생에게서 받았다는 사과 주스를 가지고 왔다.

"그런데 좀 어떠니? 유키야가 학교생활은 잘하고 있니? 공부 쪽이야 걱정이 없지만, 뭐랄까, 솔직히 터놓고 말해서 인간 사회에 적응은 잘 하고 있니?"

"할머니, 너무 대놓고 말했어……!"

"하지만 애가 늘 혼자 오도카니 앉아서 밥 먹고 있을 것 같아서 걱정인걸."

"아, 하긴 일주일에 두 번 정도는 '오늘은 혼자 먹겠다'며 점심 같이 먹자고 해도 싫다고 해요, 아하하."

타카하시 선배는 눈꼬리에 주름을 잡으며 서글서글하게 웃었다.

"하지만 할머님이 걱정하실 만한 일은 없어요. 물론 웃키는 혼자 있을 때가 많고 술자리에도 거의 나오지 않는 환상의 레어 캐릭터지만 다른 애들도 싫어하지는 않거든요. 웃키는 남한테도 엄격하지만 스스로한테 가장 엄격해서, 한다고 한 일은 무슨 일이 있어도 꼭 해내요. 같은 학부나 같은 동아리 사람들도 그

점을 잘 아니까, 뭐라고 하면 좋을까…… 아, 다들 믿고 인정한 다고나 할까요? 그런 느낌이에요."

나는 이 가게 바깥 세계가 유키야 오빠를 제대로 받아들여주는 것에 감동하는 동시에 유키야 오빠를 따뜻한 눈길로 봐주는 타카하시 선배에게도 마음이 찡해졌다. 할머니도 감격스러운 눈망울로 타카하시 선배를 바라보며 "정말 다행이야. 우리 애한테 학생 같은 친구가 있다니." 하고 완전히 유키야 오빠의 할머니 행세를 했다.

그리고 유키야 오빠가 돌아오기를 기다리며 셋이서 이런저런 이야기를 나누었다. 너글너글한 할머니와 붙임성이 좋은 타카하시 선배는 마음이 찰떡같이 맞는지 대화가 전혀 끊어지지 않았다. 하지만 30분 정도 지났을 무렵 할머니에게 전화가 걸려오는 바람에 "어머, 이토코구나?" 하고 할머니는 휴대전화를 귀에 대고 본채와 가게를 잇는 나무문 안쪽으로 들어갔다.

시간이 공중에 붕 뜬 것 같은 침묵이 흐르고 내가 무슨 말이라도 꺼내야 하는데 뭐라고 해야 할지 몰라 조금 초조해졌을 때, "카노." 하고 타카하시 선배가 작고 나직한 목소리로 날 불렀다.

"오늘 말야, 웃키 어땠어? 뭔가 달라진 점 없었어?"

타카하시 선배가 그걸 어떻게 아는 걸까 하고 깜짝 놀랐다.

"맞아요. 조금 멍한 게 평소의 유키야 오빠답지 않았어요……. 오빠는 잠을 설쳐서 그렇다고는 했지만."

"아, 윳키는 수면 시간이 짧지. 다섯 시간 자면 충분하다는 둥 믿을 수 없는 소리를 하너라니까? 자기가 무슨 고3이야? 나는 여덟 시간을 꼭꼭 채워서 자지 않으면 머리가 멍해져서…… 아차, 이야기가 산으로 갔나? 그랬구나, 응, 그랬어……."

아무래도 타카하시 선배와 유키야 오빠 사이에 무슨 일이 있었나 보다.

"무슨 일 있었어요?"

"응……, 어제 비즈콘, 아, 비즈니스 콘테스트라는 건데, 우리 동아리가 출전하는 콘테스트가 머지않아서 수업은 없지만 학교에서 모이기로 했거든. 모임이 끝난 뒤에 나랑 윳키 둘이서 저녁 먹으러 갔는데 거기서 내가 윳키한테…… 아, 근데 아닌가, 상관없나……?"

"앗, 이야기를 거기서 멈추면 어떡해요……!"

타카하시 선배가 고민스럽게 웅얼거리며 입을 다물어버리는 바람에 나는 일을 하다 만 것처럼 애가 탔지만 어째선지 뒷이야기를 계속해달라고 재촉하지는 못했다. 눈을 내리깔고 있는 타카하시 선배에게서 불안정하고 심란한 향기가 났기 때문이다. 평소에는 무척이나 맑고 명랑한 향기가 나는 사람인데. 그리고 그 절실한 불안은 아마도 유키야 오빠와 관련이 있었다.

두 사람 사이에 대체 무슨 일이 있었던 걸까. 혹시 싸우기라도 한 걸까.

문득, 고개를 갸웃거리던 타카하시 선배가 갑자기 눈을 크게 뜨며 깜짝 놀란 듯한 향기를 풍겼다.

"왜 그러세요?"

"저건……."

타카하시 선배는 일어서서 계산대 왼쪽 대각선 앞에 있는 진열대로 다가갔다. 그곳은 향낭과 실내향, 일본의 전통 꽃향기가 나는 고체 향수 같은, 본격적인 향보다는 캐주얼하게 즐길 수 있는 향기 제품이 진열된 곳이었다.

"이건 뭐야?"

"문향文香이에요. 편지지에 같이 넣어 보내는 향이라서 문향이라고 해요."

타카하시 선배가 관심을 보인 것은 화지和紙로 된 엽서나 편지지 세트와 같이 진열되어 있는 알록달록한 문향이었다.

문향은 백단이나 정향, 계피, 용뇌 또는 팔각처럼 상온에서도 향기가 나는 향료를 잘게 부수어 작은 종이봉투에 담은 향이다. 대체로 손바닥 위에 올라가는 정도의 크기에 매우 얇다. 카게츠 향방에서도 여성 손님을 중심으로 인기가 많은 상품이다.

"이 종이 꾸러미 안에 잘게 부순 향이 들어 있는데, 이렇게 작고 얇게 만든 이유는 편지에 넣기 위해서예요. 편지지 사이에 끼워서 보내면 은은한 향기가 배서 상대방이 봉투를 열었을 때

나 편지를 읽을 때 그윽하게 향기가 피어오르거든요. 그밖에도 지갑이나 명함첩에 넣거나 수첩 사이에 끼워두고 향기를 즐길 수도 있고, 축의금 봉투에 넣어서 보내도 많이늘 좋아하세요. 희미하기는 해도 포장 밖으로도 향기가 배어나오니까 괜찮으면 한번 맡아 보세요."

타카하시 선배는 권하는 대로 문향 봉투를 하나 집어 들어 미지의 물체의 냄새를 맡는 개처럼 신중하게 코에 가져다대더니 눈을 반짝반짝 빛냈다.

"정말이네. 좋은 냄새가 나. 난 절 냄새를 좋아하는데 어쩐지 그 냄새랑 비슷하다."

"맞아요. 문향에 들어가는 향료는 절에서 쓰는 향이랑 배합이 비슷하거든요."

향기의 여운을 음미하듯이 숨을 내쉰 타카하시 선배는 꽃 모양으로 된 문향을 바라보았다.

"……그렇구나. 대체 뭔가 싶었는데 이건 향이었구나."

"문향이 든 편지를 받으셨어요?"

타카하시 선배의 향기에 작게 파도가 일었다. 평온한 호수에 돌멩이를 던진 것처럼.

"음……, 맞아. 그런데 여자들은 참 세심하구나. 난 편지에 향을 넣을 수 있다고는 생각해본 적도 없어."

여자에게서 받았구나. 여자 친구냐고 물어보고 싶어서 입이

근질근질했지만 꾹 참았다.

"형태는 조금 다르지만 아주 옛날 헤이안 시대에는 여자들뿐만 아니라 남자들도 편지에 향을 넣어 보냈어요. 그 시대의 귀족 여인들은 사람들 앞에 모습을 드러내지 않았으니까 사귀고 싶은 남자들은 먼저 편지를 보내야 했거든요. 러브레터를 보내는 거죠. 여인들은 그 러브레터를 받아보고 그 남자와 만날지 말지를 정하기 때문에 남자는 와카5·7·5·7·7의 5구 31음으로 이루어진 일본 고유 형식의 시 – 역자 주 실력도 뛰어나야 했고, 편지와 같이 보낼 꽃이나 부채 같은 작은 선물을 고르는 센스는 물론, 종이에 입히는 향기도 무척 중요했대요. 그렇게 해서 여자의 마음에 들면 얼마 동안 편지를 주고받다가 간신히 만날 수 있었죠."

"우와. 난 작문 실력이 형편없으니 여자 친구는 절대 못 만들었을 거야. 헤이안 시대 남자들은 대단해."

타카하시 선배는 눈을 반짝반짝 빛내며 들어주었는데, 이는 손님들이 보여주는 반응 중에서도 가장 기쁜 반응이다. 나는 그만 기분이 좋아져서 향에 관한 이런저런 이야기를 했고 타카하시 선배는 즐겁게 들어주었다. 정말로 마음이 편안해지는 미소의 소유자다.

"이 문향 하나 줄래?"

"아, 괜히 사지 않아도 돼요."

"그런 게 아니야. 정말로 흥미가 생겨서 그래. 앗! 혹시 이거

엄청 비싼 거야? 아직 아르바이트비 받기 전이라 지갑에 3천 엔 밖에 없는데⋯⋯."

걱정하지 않아도 문향은 본격적인 향에 비하면 저렴한 가격 으로 살 수 있다. 카게츠 향방에서 취급하는 문향은 가장 비싼 것이 천 엔 정도다.

문향은 가격도 저렴하고 보기에도 예쁘고 용도에도 정취가 있 어서인지 인기가 많아서 카게츠 향방에서도 다양한 종류를 갖 춰놓고 있었다. 빨간색과 금색의 화려한 무늬가 그려진 전통 색 종이로 만든 직사각형 모양, 카이아와세조개껍데기의 쌍을 맞추는 일본의 전통 놀이 – 역자 주에 쓰는 대합을 본뜬 금색의 조가비 모양, 계절이 조금 이른 감이 있는 노란색 은행나무 이파리와 빨간 단풍잎 모 양, 와카의 글귀가 적혀 있는 책갈피 모양 등.

그 중에서 타카하시 선배가 고른 것은 세 가지 문향이 든 세 트 상품이었다. 그 문향은 하얀 화지를 가로 3센티미터, 세로 4 센티미터 정도의 사각형으로 접은 것으로, 겉면에는 부드러운 수채화풍 색감으로 가을꽃이 그려져 있었다. 세 문향은 주홍색 받침종이에 고정되어 OPP 봉투에 들어 있었다. 이 문향은 사계 절 시리즈의 하나로, 이것 말고도 봄, 여름, 겨울의 일본 꽃이 그려진 문향 세트가 계절별로 판매되고 있다.

"난 꽃에 대해서는 잘 모르는데 이 그림의 꽃은 무슨 의미가 있는 거야?"

"의미가 있다기보다는, 이 세 종류 다 가을에 피는 꽃이에요. 향은 계절감을 살리는 것도 무척이나 중요하거든요. 이 청자색 별 모양 꽃은 도라지꽃이고, 작은 오렌지색 꽃이 잔뜩 모여 있는 게 금목서. 그리고 가운데가 노란 연보라색 꽃은 개미취예요. 향기도 각 그림의 꽃이 가진 이미지를 본뜬 거라 다 조금씩 달라요. 도라지꽃은 상쾌한 향이 나고 금목서는 달콤한 향, 개미취는 소박하고 귀여운 느낌의 향이에요."

문향을 작은 봉투에 넣으며 설명하자 타카하시 선배는 "그렇구나." 하고 진지한 얼굴로 고개를 끄덕이며 들었다. 혹시 이 문향은 그 여자 분에게 쓸 답장에 넣으려는 걸까. 그런 생각이 들자 나까지 입꼬리가 절로 올라가며 마음이 포근해졌다.

"타카하시 선배한테 편지를 준 사람은 타카하시 선배를 소중하게 생각하는 게 틀림없을 거예요."

"뭐?"

"나도 마찬가지지만, 요즘은 다른 사람한테 하고 싶은 말이 있을 때 LAND나 메일로 언제든지 쉽게 할 수 있으니까 편지를 쓰는 경우는 아주 드물잖아요? 손으로 직접 쓰면 시간도 걸리고요. 그러니까 그만큼 진심이 담겨 있을 것 같아서요. 그리고 문향은 다른 향이랑은 조금 다르게 누군가에게 보내기 위한 거거든요. 물론 자기가 좋아서 사는 사람도 있지만 역시 편지 봉투를 뜯어볼 사람한테 좋은 향기를 선물하려고 보내는 거니까 틀림없이 그 사람은 타카하시 선배를 기쁘게 해주고 싶었을 거예요."

타카하시 선배는 생각지도 못한 말을 들었다는 표정으로 나를 물끄러미 보았다.

바람에 날리는 연기가 형태를 바꾸듯이 타카하시 선배의 향기가 달라졌다. 좋은 변화는 아니었다. 고민스럽고 어찌할 바를 모르는 향기가 지금까지 온화하던 향기를 밀어냈다. 나는 갑작스러운 변화에 당황했다. 혹시 내가 무슨 이상한 말이나 상처 주는 말을 한 걸까.

타카하시 선배가 무슨 말을 하려는 것처럼 살짝 입을 뗐을 때 가게의 원목 미닫이문이 열렸다.

"다녀왔어요."

좋아하는 소금 라멘 향기를 은은하게 풍기며 들어온 유키야 오빠는 아직도 멍한 상태에서 빠져나오지 못한 듯했다. 조용히 미닫이문을 닫고 가게 안에 손님이 없는 것을 확인하고 계산대 쪽으로 몇 걸음 뗀 뒤에야 비로소 타카하시 선배가 있다는 것을 깨닫고 안경 너머의 눈이 동그래졌다.

"아, 웃키."

"네가 왜 여기 있어?"

"응, 그냥……. 그보다 웃키, 그 모습 끝내준다! 완전 멋있어! 사진 찍어도 돼? 여동생이 웃키 팬이라 보여주면 좋아서 어쩔……."

　홍분하며 스마트폰을 꺼내는 타카하시 선배에게 유키야 오빠
는 바람처럼 달려와 코를 움켜쥐었다.

　"으냑!"

　타카하시 선배가 꼬리를 밟힌 고양이 같은 소리를 질렀다.

　"왜 지금 코를 붙잡혀 있는지 알겠어?"

　"제가 쓸데없는 말을 해서 그렇습니다. 죄송해요, 잘못했어
요, 용서해주세요……!"

　"알면 됐어. '불필요한 말을 삼가면 화를 면한다'는 말을 가슴
속에 똑똑히 새겨둬."

　눈물을 찔끔거리며 코를 감싸는 타카하시 선배를 서릿발 같
은 싸늘한 눈빛으로 내려다보는 유키야 오빠. 타카하시 선배한
테는 상당히 폭군이 되는구나, 하고 홍미진진하게 지켜보고 있
는데 유키야 오빠가 내 시선을 알아채고 멋쩍은지 눈을 돌렸다.

　"……그래서 왜 온거야? 볼일이 있으면 굳이 올 필요 없이
LAND나 전화로……."

　"LAND랑 전화도 다 해봤어. 근데 아무리 기다려도 대답도
없고 전화도 안 받으니까 그렇지."

　타카하시 선배가 부루퉁하게 말허리를 자르자 유키야 오빠는
의아한 표정을 보였다.

　"LAND나 전화는 어제부터 한 통도……."

말하며 기모노 허리춤에 끼워둔 스마트폰을 꺼내어 만지던 손이 우뚝 멈췄다. 겸연쩍어하는 분위기로 보아 배터리가 나가 있었나 보다.

"……미안해. 용건이 뭐야?"

"그냥, 용건이라고 할 것까진 없는데……."

"용건도 없는데 남의 직장까지 찾아오다니 무슨 생각이야?"

"그야 웃키가 어제 **그 일** 이후로 어쩐지 쌀쌀맞으니까 그렇지."

……아무래도 두 사람을 방해하면 안 될 것 같았다. 나는 슬그머니 계산대 안쪽으로 돌아가 되도록 소리가 나지 않도록 하면서 포장용 봉투를 정리했다. 하지만 안 그러려고 해도 귀는 역시나 타카하시 선배와 유키야 오빠의 대화에 쏠려 있었다.

"혹시 어제 내가 한 말이 신경 쓰여서 그래?"

"내가 왜 신경 써야 하는데?"

"그치만 좀 이상하지 않아?"

"안 이상해."

"날 피하는 건 아니고?"

"안 피했어."

"하늘에 맹세코 그게 진심입니까?"

"작작 좀 해."

또다시 유키야 오빠가 코를 움켜잡자 "미안해, 안 그럴게." 하고 타카하시 선배가 울먹이며 사과했다. 유키야 오빠는 악력이 세기 때문에 나는 타카하시 선배의 코가 걱정되어 조마조마했지만 유키야 오빠는 곧바로 코를 놓았다.

"하나도 신경 안 쓰이고, 어제랑 달라진 것도 없어. 그러니까 네가 쓸데없이 걱정할 필요는 전혀 없다고."

유키야 오빠는 제대로 전할 말이 있을 때는 천천히 명료하게 말한다. 타카하시 선배에게도 잘 전해진 모양이었다. 타카하시 선배에게서 풍겨 나오는 향기가 갑자기 긴장이 풀리듯 느슨해졌다. 빨개진 코를 감싼 타카하시 선배는 알았어, 하고 끄덕였다.

"알았으면 빨리 돌아가."

"으, 응."

말은 그렇게 하면서도 타카하시 선배는 그 자리에서 움직이지 않았다. 유키야 오빠가 살짝 눈살을 찌푸렸다.

"또 뭐야?"

"사실은 상담이라고 할지, 의견을 들어보고 싶은 문제가 있습니다만……."

"간략하게 말해봐."

"편지가 왔는데 내용이 이상해서 무슨 뜻인지 모르겠는데 윳키라면 알 수 있을까?"

나는 타카하시 선배가 무슨 말을 하는지 도무지 알아들을 수가 없었다. 유키야 오빠도 얼굴을 찡그리며 입매가 딱딱하게 굳었다. 타카하시 선배와 같이 있으면 유키야 오빠는 평소보다 표정이 풍부해진다.

"내가 몇 번이나 말했잖아. 사람한테 이야기를 할 때는 상황과 경위와 인과관계를 제대로 정리해서 상대방이 알아들을 수 있게 얘기해."

"그, 그러니까, 내가 우리 집에 입양되기 전에 도움을 받았던 민간단체를 통해서 얼마 전에 친어머니라는 사람이 보낸 편지를 받는데, 내가 입양된 뒤로 이런 일은 단 한 번도 없었기 때문에 너무 놀랐고, 게다가 그 편지가 무슨 뜻인지 전혀 모르겠어서 어떻게 해야 하나 고민하다가 그래도 웃키라면 뭔가 알 수 있지 않을까 싶어서⋯⋯. 이, 이 정도면 오케이?"

강아지 같은 동그란 눈동자로 고개를 갸웃하며 쳐다보자 유키야 오빠는 머리가 지끈거리는지 관자놀이를 꾹 눌렀다.

절대로 내가 끼어들 자리는 아니었지만 너무 놀라서 나도 모르게 목소리가 튀어나오고 말았다.

"이, 입양이요?"

"아, 맞다. 카노한테는 아직 말 안 했었지. 맞아, 난 입양아야. 태어난 지 얼마 안 됐을 때 지금 부모님한테 입양됐어. 그런데 얼마 전에 난데없이 날 낳아준 사람한테서 편지가 왔는데 그 편지 내용이 무슨 뜻인지 이해가 안 돼서⋯⋯."

"알았어. 두 번이나 되풀이하지 않아도 돼."

.재빨리 타카하시 선배의 입을 막은 유키야 오빠는 피로가 몰려오는지 지친 표정으로 말했다.

"……너의 그 오픈 마인드는 가끔 존경스러울 정도야."

"에이, 쑥스럽게 왜 그래. 아하하."

쑥스럽게 웃는 타카하시 선배의 귀를 유키야 오빠가 잡아당기고 타카하시 선배가 울상이 되어 사과하는, 친한 친구 사이의 의식이 끝난 뒤에 나는 자세한 이야기를 들었다.

조금 전에 말하려다 말았던 이야기의 뒷부분인데, 어제 모임이 끝나고 저녁을 먹으러 간 자리에서 타카하시 선배는 유키야 오빠에게 자신이 입양아라고 털어놓았다고 한다. 유키야 오빠와는 절친한 친구(여기서 유키야 오빠는 동의할 수 없다는 듯이 눈살을 찌푸렸다)가 된 지도 벌써 1년 반이 되었고, 그 의미 불명의 편지에 대해서도 물어보고 싶었으므로 기회를 엿보고 있었던 모양이었다. 유키야 오빠라면 사실을 털어놓아도 평소처럼 쿨하게 받아들여줄 것이라고 타카하시 선배는 생각했을 것이다. 하지만.

"어째선지 윗키가 예상과 다르게 너무 놀라는 바람에 편지 얘기를 꺼낼 수 있는 분위기가 아니어서 차마 말을 못 했어……."

"……딱히 놀란 건 아니야."

소심하게 반박하는 유키야 오빠는 어쩐지 거북해 보였다. 나도 유키야 오빠가 동요하는 일은 거의 없다고 생각하는 터라 그런 모습이 의외였다.

"편지 내용이 뭔데? 가지고 왔어?"

"아니⋯⋯, 집에 있어. 아하하."

"왜 안 가지고 온 거야? 편지가 없으면 나도 해줄 수 있는 게 없잖아."

"하, 하지만 윳키를 만날 수 있을지 없을지도 모르고⋯⋯, 그런데 이게 들어 있었어. 아니, 이것만 달랑 들어 있었어."

타카하시 선배는 조금 전에 내가 포장해 준 봉투를 열어 세종류의 문향 세트를 꺼내어 보여주었다. 하지만 나와 유키야 오빠는 눈썹만 찡그릴 뿐이었다.

문향만 넣어 보낸 편지?

이미지가 머릿속에 잘 그려지지 않아서 곤란한 와중이었는데 "후후후⋯⋯." 하고 수상쩍은 웃음소리가 들렸다.

"이야기는 다 들었어."

갑자기 본채와 가게를 잇는 나무문이 열리며 허리에 양손을 짚고 할머니가 등장했다. 전화를 받으러 가서 안 돌아온다 싶었더니 문 뒤에서 엿듣고 있었나 보다.

"할머니, 왜 그런 곳에서 엿듣고 있는 거야!"

"왔더니 뭔가 한창 얘기 중이라 방해하면 미안하니까 그랬지. 하지만 덕분에 상황은 알았으니까 설명은 안 해줘도 돼. 유키야, 오후에는 일 안 해도 되니까 타카하시네 집에 가서 그 편지를 봐주렴."

갑작스러운 지령에 유키야 오빠는 당황한 듯했지만 곧바로 진지한 표정으로 고지식하게 사양했다.

"아니에요, 그럴 수는 없어요."

"친구가 널 의지해서 여기까지 찾아왔는데 당연히 도와줘야지. 더군다나 그런 분한테서 온 편지라면 더더욱 신경 쓰이잖아?"

"하지만……."

"그리고 솔직히 말하면 오늘 유키야는 집중도 못하고 위태위태해서 그런 상태로 가게에 있는 것보다는 머리를 식히고 내일부터 열심히 해주는 게 훨씬 나아. 애당초 멍하니 있었던 이유도 타카하시 때문이잖니?"

하늘 아래 두려운 사람이라고는 없을 유키야 오빠의 말문을 막히게 만드는 사람은 아마도 할머니 정도가 아닐까. 입을 벌린 채 아무 말도 못하는 유키야 오빠에게 "옷 안 갈아입니?"라며 할머니가 생긋 웃자, 유키야 오빠는 그 뒤로도 고집을 피우듯이 몇 초 더 그 자리에 서 있다가 결국은 싸움에 진 듯한 쓸쓸한 발걸음으로 본채로 들어갔다.

"할머니, 정말 대단하세요! 윳키가 얌전히 시키는 대로 하는 모습은 처음 봤어요."

"호호호, 젊은 총각한테 칭찬 받으니까 기분 좋네. 이게 다

연륜이 쌓인 덕이지. 보다시피 지나치게 성실해서 융통성이 없는 면도 있지만 오래오래 친하게 지내주렴. 그리고 카노."

할머니가 "이리 와봐." 하고 손짓을 하기에 무슨 일인가 싶어 다가갔다. 할머니는 내 귓가에 얼굴을 가까이 대고 소곤소곤 속삭였다.

"카노도 가고 싶으면 같이 갔다 와."

"응?"

"유키야가 가고 나면 다음에는 카노가 집중을 못할 것 같거든."

틀림없이 얼굴이 새빨개졌을 나에게 우후후 하고 할머니가 다 안다는 미소를 짓자 나도 역시나 몇 초 뒤에 맥없이 옷을 갈아입으러 가게 되었다.

2

타카하시 선배네 집은 고쿠라쿠지에 있다고 했다.

옷을 갈아입고 나 혼자 못 먹은 점심을 먹은 뒤 버스를 타고 카마쿠라 역으로 가서 에노시마 전철로 갈아탔다. 대체로 순조롭게 이동해서 40분 정도 걸려 고쿠라쿠지 역에 도착했다.

에노시마 전철의 녹색 간판이 걸려 있는 고쿠라쿠지 역은 함석지붕으로 된 아담한 단층 건물로, 역 앞의 돌계단 한쪽 구석에 빨간 베레모를 쓴 것처럼 생긴 오래된 원통형 우체통이 오도카니 서 있었다. 돌계단 앞에 뻗어 있는 길을 오른쪽으로 꺾으면 이나무라가사키로 이어지고, 왼쪽으로 가면 하세 방면이다.

"이쪽이야."

타카하시 선배는 도로에서 왼쪽으로 꺾으며 나와 유키야 오빠를 데리고 앞장서서 걸음을 옮겼다.

고쿠라쿠지 주변은 구릉 지대로, 나무들이 울창하고 도도록한 작은 산들이 소박한 주택가 마을을 감싸고 있었다. 얼마 동안 걸어가자 주차장과 에노시마 전철 선로를 사이에 두고 맞은편에 한적하게 자리한, 새 이엉을 인 절의 산문이 보였다. 지명의 유래이기도 한 고쿠라쿠지 절의 문이었다. 여름 장마철이면 문 앞에 알록달록한 수국이 흐드러지게 피어 장관이지만 9월이 끝나가는 지금은 녹색 이파리만 울창했고, 대신 돌계단 옆에 긴 가지를 탐스럽게 늘어뜨린 싸리가 적자색 꽃을 피우고 있었다.

9월 연휴가 지나서인지 주변에 관광객도 많지 않아서 마을 전체가 오후의 햇살을 받으며 꾸벅꾸벅 졸고 있는 것 같았다. 유키야 오빠보다 키가 조금 작은 타카하시 선배의 옅고 부드러워 보이는 머리카락이 이따금 바람결에 가볍게 날렸다.

"민간단체를 통해 태어나자마자 바로 입양됐다면……."

갑자기 입을 연 유키야 오빠의 목소리는 줄곧 타이밍을 재고 있었던 것처럼 신중했다.

"보통 양자 결연이 아니라 특별 양자 결연이었어?"

"응, 맞아. 특별 양자."

"보, 보통? 특별⋯⋯?"

"양자 결연에는 보통 양자 결연과 특별 양자 결연이라는 두 종류가 있어요. 보통 양자 결연은 친부모와의 호적상의 관계를 남겨둔 채 양부모와도 친자 관계를 맺기 때문에 결과적으로는 양쪽 다 부모가 돼요. 특별 양자 결연은 친부모와의 친자 관계를 소멸해서 호적상으로도 양부모의 친자가 되고요. 아마 많은 사람들이 양자라고 하면 보통 양자 결연을 떠올릴 거예요. 특별 양자 결연은 양육되는 아이의 행복을 최우선으로 고려해 만든 제도라 결연 조건도 보통 양자 결연보다 세세하고 엄격해요."

나는 그런 차이는커녕 애당초 양자 결연이라는 제도를 생각해본 적도 없었기에 입을 벌리고 고개만 끄덕끄덕할 뿐이었다.

"웃기는 설명을 정말 잘 하는구나."

타카하시 선배도 고개를 끄덕이며 감탄했다.

"그렇지⋯⋯, 오늘은 집에 누나랑 동생들도 있으니까 미리 간단히 설명할게. 나한테는 누나 둘이랑 여동생이 둘 있는데 나 말고는 다 엄마가 낳은 친자야. 그럼 내가 왜 우리 집에 오게 됐냐면, 누나 둘을 낳고 나서 엄마가 연달아 유산을 했거든. 큰 충격을 받고 날마다 눈물로 지새우다 밥도 못 먹을 지경이 돼서 입원까지 했다는데, 엄마는 타카하시 패밀리의 최강자인데 그렇게까지 됐다는 건 정말로 말도 못하게 슬펐기 때문이겠지. 어라, 이야기가 샜나? 아, 그런데 그 상황에서 일본에는 부모가 키우지 못하는 아이들이 3만 명이 넘는다는 신문 기사를 보고, 그렇다면 열심히 키울 테니까 자기 자식이 되었으면 좋겠다고 생각했대. 그래서 아빠랑 상의해서 입양을 하기로 결정했대."

부모가 키우지 못하는 아이. 가슴이 아파서 무심코 타카하시 선배를 물끄러미 쳐다보고 만 나를 선배는 무척이나 부드러운 눈길로 바라보며 미소 지었다.

"날 낳아준 사람은 그때 아직 10대였기 때문에 여러모로 힘든 사정이 많았나봐. 그래서 특별 양자 결연을 지원하는 단체가 있는데 거기에 날 낳아준 사람이, 아, 아니다, 그 전에 우리 부모님이…… 아니, 그 전에 아동상담소라는 곳에서…… 응? 어라?"

"일본에서 특별 양자 결연을 맺을 때에는 크게 두 가지 방법이 있어요. 하나는 공공기관인 아동상담소를 통해서 결연을 맺는 방법이고, 다른 하나는 특별 양자 결연을 알선하는 민간단체를 통해 결연을 맺는 방법이에요."

설명하는 사이에 이야기가 꼬이기 시작한 타카하시 선배와 덩달아 당황하는 나를 차마 볼 수 없었는지 유키야 오빠가 다시 설명해주었다.

"아동상담소는 각 지자체마다 방침이 달라서 일률적으로 설명할 수는 없지만, 대개 부모가 어떤 사정 때문에 키우지 못하는 자녀는 일단 시설에 맡기고 두 살 전후가 되면 위탁 가정에 맡겨요. 단, 태어나서 두 살 정도까지는 다른 사람에 대한 애정과 신뢰──살아가는 데에 필요한 정신적 발판을 구축하는 데에 매우 중요한 시기라 계속 지켜봐주는 어른 밑에서 제대로 보호받으며 자라는 게 가장 바람직해요. 그래서 대부분의 민간단체에서는 신생아가 시설로 들어가지 않고 바로 양부모에게 갈 수 있도록 결연 지원을 하고 있어요."

타카하시 선배도 후자인 민간단체 케이스로, 흐름을 살펴보면, 먼저 타카하시 선배의 부모님처럼 입양을 바라는 부부가 단체의 심사와 면접을 받고 등록한다. 한편, 사정상 출산하더라도 자녀를 기를 방법이 없는 사람들도 단체에 상담하러 온다. 단체는 무사히 아기가 태어날 때까지 임부들에게 제휴 병원을 소개하거나 생활할 곳을 제공하는 등 물심양면으로 지원하고 아기가 태어나면 곧바로 양부모에게 넘긴다고 한다. 그 후 양부모는 가정법원에 특별 양자 결연을 신청하고 자녀를 기르면서 조사관의 면담과 방문을 받고 판결을 받은 뒤에야 마침내 양자 결연이 성립하여 부모가 된다.

막힘없는 유키야 오빠의 설명을 나는 여전히 입을 떡 벌린 채 고개를 끄덕이며 들었다. 타카하시 선배도 말똥말똥 유키야 오빠를 보고 있었다.

"웃키, 엄청 자세히 알고 있는데 혹시 찾아본 거야?"

"······이 정도는 일반 상식이야."

"아니, 아니거든? 그리고 어제 이야기했을 때는 이해가 잘 안 된다는 느낌이었고."

나는 아, 하고 순간 깨달았다.

"혹시 잠을 설친 건 어제 밤새 이걸 알아보느라 그런 거예요?"

그 순간 날카롭게 돌아보며 유키야 오빠가 '쓸데없는 소리 하면 벌을 줄 거예요.'라는 듯한 박력 있는 눈빛을 쏘는 바람에 나는 숨을 삼키며 바들바들 떨었다. 눈만 깜빡깜빡하던 타카하시 선배가 싱글벙글 웃었다.

"웃키, 날 위해서 잠도 못 자가며······."

"우쭐해하지 마."

유키야 오빠가 코를 꽉 잡고 비틀자 타카하시 선배는 "잘못했어요, 미안해요, 용서해주세요." 하고 울먹이며 빌었다. 유키야 오빠, 쑥스러운가보다······.

그럭저럭 조금 딴 짓으로 시간을 보내며 에노시마 전철 선로 위에 걸려 있는 오래된 빨간 다리를 지나 빨간 지붕으로 된 지장보살 사당 앞을 지났다. 그러고 나서 오른쪽 길로 빠져 줄지어 있는 주택 사이를 가로지르듯 뻗은 좁다란 골목길로 접어들었다. 지나면서 본 나무 울타리가 있는 집 정원에는 꽃이 떨어진 작살나무에 포도맛 껌 같은 보라색 열매가 잔뜩 달려 있고, 그것을 직박구리가 쪼아 먹고 있었다. 다른 집의 정원수 밑에 핀 새빨간 꽃무릇 사이에서는 갑자기 고양이가 튀어나와 우리를 물끄러미 응시하기도 했다.

"여기야."

타카하시 선배가 가리킨 곳은 한적한 골목길 끄트머리에 자리한 2층집이었다.

부지를 둘러싼 대나무 울타리는 낙엽색으로 물들었고, 그 위로 보이는 커다란 나무에는 아직 푸릇한 감이 잔뜩 달려 있었다. 정원수 사이로 보이는 목조 주택은 듬직하고 번듯했고, 그러면서도 모든 것을 감싸주는 분위기가 감도는 멋진 집이라고 생각했다. 안심하고 쉴 수 있을 것 같은 집이었다.

"들어와."

타카하시 선배는 웃으며 나무문을 열었고, 우리는 실례할게요, 하고 그 뒤를 따라갔다.

현재 타카하시 선배의 첫째 누나는 결혼해서 다른 지방에 살고 있기 때문에 이 집에는 두 분 다 세무사인 아버지와 어머니, 후지사와 시에 있는 회사에 다니는 둘째 누나와 두 여동생이 살고 있다고 한다.

문 안쪽으로 들어가자 짧은 돌계단이 나오고 그 앞에 불투명 유리가 끼워진 현관문이 있었다. 타카하시 선배가 후드점퍼 호주머니에서 열쇠를 꺼내는 사이에 미닫이문 안쪽에서 가벼운 발소리가 들렸다.

"유키야 오빠!"

문이 열리자마자 길고 검은 머리카락의 여자애가 뛰어나와 유키야 오빠에게 안겼다. 그 아이가 내 옆을 지나갈 때 달콤한 샴푸 향기가 물씬 풍겼다. 나는 갑작스러운 사태에 그대로 굳어버렸고, 유키야 오빠도 그 상황에는 놀랐는지 뒤로 비틀거렸다.

"유키야 오빠, 잘 지냈어? 보고 싶었어. 또 놀러오라고 했는데 그 동안 한 번도 안 오고. 원래는 오늘 친구네 집에 놀러 갔었는데 오빠가 유키야 오빠 데려온다고 해서 치나미도 부랴부랴 돌아왔어."

유키야 오빠의 허리에 양팔을 두른 아이는 호리호리한 몸매의 미소녀였다. 유키야 오빠를 올려다보는 옆얼굴은 천사가 미소 짓는 것 같아서 넋을 잃고 보고 말았다.

"치나미, 인사도 하기 전에 그러면 못 써. 놀라게 해서 미안해, 카노. 얜 막내 동생 치나미. 초등학교 6학년이야. 치나미, 인사 해야지."

타카하시 선배는 치나미의 어깨를 당기며 나에게만 여동생을 소개했다. 그러고 보니 유키야 오빠는 예전에 강렬한 개성의 소유자인 외삼촌의 추격을 피하기 위해 타카하시 선배네 집에 묵었던 적이 있어서인지 이미 이 집 식구들과 안면이 있는 듯했다. "어서." 하고 재촉하자 치나미는 유키야 오빠에게 매달린 채로 나를 흘끗 보았다. 나는 숨을 꼴깍 삼켰다. 미소가 사라진 치나미에게서 경계와 적개심이 타닥타닥 튀는 듯한 톡 쏘는 향기가 뿜어져 나왔기 때문이다.

"치나미예요. 안녕하세요."

"아, 안녕? 만나서 반가워……, 사쿠라 카노야. 고등학교 2학년이야."

"언니는 유키야 오빠의 여자 친구?"

"뭐?! 아니야, 그렇지 않아……!"

"역시 그렇지? 그럴 것 같았어."

순식간에 천사의 미소로 돌아온 치나미. 그건 대체 무슨 뜻이야……?!

"……치나미, 이제 그만 놔줄래?"

"뭐? 싫어. 유키야 오빠랑 얼마 만에 만난 건데."

치나미는 싱그러운 입술로 장난스럽게 웃었고, 꼭 끌어 안겨 있는 유키야 오빠는 난감한지 눈꼬리가 내려갔다. 그 모습을 바로 옆에서 보는 나는 뭐랄까, 뱃속 깊은 곳에서 끓어오른 주전자의 뚜껑이 덜그럭덜그럭 들썩이는 듯한 심상치 않은 기분이었다.

"유키야 오빠, 치나미 방에 갈래? 또 같이 뜨개질 인형 만들자. 유키야 오빠가 만들어준 아기 돼지, 진짜 귀엽다고 친구들도 칭찬해줬어. 그리고 케이크도 있어. 유키야 오빠는 홍차 좋아한다고 했지? 유키야 오빠 차는 치나미가 끓여줄게."

천진하게 웃는 치나미는 아주 자연스럽게 유키야 오빠의 손을 잡고 현관으로 들어갔다. 타카하시 선배와 그 뒤를 따라 가는 내 뱃속의 주전자는 뭉게뭉게 김을 뿜으며 삐익삐익 요란한 소리까지 울려대는 상태였다. ——손은 나도 잡아본 적 없는데. 무엇보다 유키야 오빠는 다른 사람이 만지는 건 불편하다고 했으면서. 예전에 동아리 선배가 엉겨 붙었을 때는 아무렇지 않게 뿌리쳤으면서.

"카노, 미안해. 치나미는 윳키가 지난번에 우리 집에 자러 왔을 때 같이 놀아줬더니 완전히 팬이 됐나봐……."

"아뇨, 선배가 사과하지 않아도 돼요……. 애당초 난 여자 친구도 아닌걸요."

미안해하는 타카하시 선배에게 필사적으로 손을 저으며 웃어 보였지만, 그러는 사이에도 치나미는 신발을 벗은 유키야 오빠와 팔짱을 끼고 기쁜 듯이 딱 달라붙어 있어서 내 마음속의 사나운 증기는 점점 더 거세지기만 했다. 지금이라면 이 어둠의 파워로 발전도 할 수 있지 않을까 하고 부글부글 끓어오르는 기분으로 집 안으로 들어가 벗은 신발을 가지런히 놓고 돌아선 나

는,

"꺄!"

어느 틈에 내 바로 뒤에 모여 있는 사람들을 보고 놀라서 그
대로 굳어버리고 말았다.

"어서 와요, 학생. 나는 우리 아들, 아니, 켄타로의 아빠예요."

근사한 양복을 입은 50대 후반 정도의 아저씨가 생글생글 웃
으며 내 손을 잡았다.

"켄타로의 엄마예요. 만나서 반가워요. 오늘은 차분하게 깊이
있는 대화를 나눠봐요."

이어서 비슷한 나이대의 아주머니가 내 손을 잡으며 우아하
게 방긋 미소 지었다.

"둘째인 나츠미야. 넌 중학생이니? 중학생이랑 하면 체포당하
지 않나?"

"넷째인 유키카고요, 고1이에요. 저속한 언니가 다짜고짜 이
상한 말을 해서 미안해요."

당당하게 빛나는 눈동자가 인상적인 20대 중반의 언니에 이
어 운동을 잘할 것 같은 짧은 머리의 여자아이와 악수를 한 다
음에야 나는 간신히 얼빠진 상태에서 벗어났다. 타카하시 선배
의 부모님과 누나, 여동생에게 황급히 이름을 말하며 꾸벅 인
사를 했다. 그리고 고개를 들자 모두가 나를 뚫어지게 보고 있
는 바람에 진땀을 뺐다.

"음. 생각보다 훨씬 어린 여자 친구지만 착하고 귀여운 아이구나. 이 애랑 네가 손잡고 같이 걸으면 참 보기 좋겠지. 좋다, 좋아. 아빠도 그 뒤에서 몰래 따라가고 싶구나."

"네? 여——?!"

"아빠, 이 언니는 오빠의 여자 친구가 아니야. 물론 유키야 오빠의 여자 친구도 아니지만."

"카노는 제가 아르바이트 하며 신세지고 있는 가게의 손녀인데 저랑 같이 온 거예요."

치나미에 이어 유키야 오빠가 기분 탓인지 평소보다도 단호한 말투로 정정하자 타카하시 패밀리는 눈을 깜빡거리며 새빨개져 있는 나를 다시 돌아보았다.

"그래? 아빠는 영락없이 켄타로가 사귀는 앤 줄 알았는데……. 부끄러워서 어쩌나. 잘 보이려고 가장 좋은 양복으로 꺼내 입었는데. 이것 봐라, 양말도 자수 들어간 거 신었잖니?"

"왜 그런 착각을 하는데? 그보다 아빠랑 엄마는 오늘 둘이서 데이트하기로 하지 않았어?"

"그랬는데 유키카가 '오빠가 키시다 오빠랑 여자 데리고 온대'라고 하니까 어떤 앤지 평가……, 크흠……, 인사나 해두려고 서둘러 돌아왔지."

"유키카, 왜 그렇게 헷갈리게 말한 거야?"

"왜? 뭐가? 저 사람은 키시다 오빠고 이 사람은 여자 맞잖아? 그쵸, 여자 맞죠?"

"아무렴 어때. 나도 켄타로의 여자 친구라기에는 너무 어리다 싶었어. 중학생이랑 하면 체포된다잖아."

"누나, 카노는 고등학생이야. 그리고 어린애도 있는데 그런 말 하면 안 돼."

"어린애라니, 치나미 말이야? 모르는 소리 마. 초등학교 6학년 여자애는 애가 아니라 악마야. 얘가 친구네 집에서 돌아와서는 일부러 청순해 보이는 원피스로 갈아입고 내 화장품으로 화장까지 하고는 현관 앞에 숨어서 유키야를 기다리고 있었던 거 알아?"

"언니, 시끄러워. 바보, 주정뱅이, 남자 친구도 없으면서!"

차, 참으로 활기찬 가족이구나……. 나는 밝고 떠들썩한 분위기에 압도되고 말았다. 치나미가 발을 밟으려고 하자 나츠미 언니가 휙 피했고, 피하면서 유키카에게 뒤통수로 박치기를 하는 바람에 조용히 분노한 유키카가 나츠미 언니에게 간지럼을 태우고 거기에 치나미도 끼어들자 비명을 지르며 몸을 비트는 나츠미 언니를 타카하시 선배가 도와주려다 버둥대는 나츠미 언니의 주먹에 턱을 얻어맞고 쓰러지자, "앗, 켄타로!", "오빠!" 하고 누나와 동생들이 일으켜주는 모습을 아버지와 어머니는 행복하게 미소 지으며 지켜보았다. ──아아, 어째서일까.

이 가족은 어째서 이렇게 따뜻하고 애정이 충만한 향기가 넘쳐흐르는 걸까.

나는 타카하시 선배가 입양되었다는 이야기를 듣고 솔직히 어떻게 대꾸해야 좋을지 모를 만큼 놀랐지만, 이 가족에게 그것은 혈액형이나 헤어스타일 같은 것과 크게 다르지 않은 개인의 작은 차이에 지나지 않을 것이다. 이들에게 타카하시 선배는 사랑스러운 가족이고, 타카하시 선배에게도 마찬가지이며 아마도 그뿐일 것이다.

이처럼 애정이 넘치는 향기에 약한 나는 조금 눈물이 나며 갑자기 오랫동안 만나지 못한 엄마와 아빠가 생각났다. 그러고 보니 엄마와 아빠가 웃는 얼굴을 못 본 지 얼마나 되었을까. 얼마나 오랫동안 나는 엄마와 아빠에게 웃어주지 않았을까.

멀거니 있다가 누가 어깨를 잡는 바람에 정신이 돌아왔다. 어느 틈에 유키야 오빠가 옆에 와 있었다. 안경 너머의 검은 눈동자로 왜 그러냐고 묻듯이 쳐다보는 바람에 나는 부끄러워서 의미도 없이 앞머리를 누르며 가늘게 웃었다.

"아야야……. 그럼 우린 방으로 갈게. 중요한 이야기가 있으니까 조용히 해줘."

"뭐? 아빠가 맛있는 케이크를 잔뜩 사왔는데? 같이 안 먹고?"

"차는 마시고 올라가지그래? 서운해하는 아빠 얼굴 좀 봐. 내버려두면 슬픈 노래를 끝도 없이 부를걸?"

"그럴 리가 없잖아. 부르게 놔두지도 않을 거면서. 얘기 끝내고 먹을게. 미안한데 급한 일이라 그래."

거부당한 아버지와 어머니는 무척이나 아쉬워했지만, 그래? 하고 수긍한 아버지가 유키야 오빠를 돌아보았다. 조금씩 주름이 잡히기 시작한 얼굴에 온화한 미소가 번졌다.

"유키야, 미처 말을 못했지만 또 이렇게 놀러 와줘서 기쁘구나. 우리 켄타로랑 언제나 친하게 지내줘서 정말 고맙다."

진심 어린 인사에 유키야 오빠는 "아니에요……." 하고 어쩐 일로 당황한 듯했다. 나에게도 어머니가 함박웃음을 지었다.

"카노도 와줘서 정말 고마워. 앞으로도 우리 켄타로랑 사이좋게 지내주렴. 뭣하면 여자 친구가 돼줘도 좋고."

"네?! 아뇨, 그건……!"

필사적으로 양손을 휘젓자 환한 향기를 내뿜으며 선배의 어머니가 쿡쿡 웃었다. 그 모습을 보고 아, 하고 깨달았다. 이 두 분의 사람을 편안하게 해주는 따뜻한 미소. 마치…….

"응? 카노, 왜 그래?"

2층에 있는 타카하시 선배의 방으로 가면서 물끄러미 쳐다보고 있었는지 타카하시 선배가 눈썹을 치켜 올리며 물었다. 나는 실례를 범했다고 당황했지만 전하고 싶었다.

"부모님 웃는 얼굴이 선배랑 똑같아요."

눈이 동그래진 타카하시 선배는 쑥스럽고 기쁜 듯이 환하게 웃었다.

3

"이거야. 지난주 토요일에 왔어."

타카하시 선배가 나무로 된 둥근 좌탁에 세로로 긴 사무용 봉투를 내려놓았다.

남향으로 창이 나서 볕이 잘 드는 선배의 방에서 나와 유키야 오빠는 타카하시 선배가 가져온 우롱차를 한 모금 마시고 그 봉투를 보았다.

평범한 갈색 봉투에는 '일반사단법인 라이프서클'이라는 동글 동글한 글자와 주소, 전화번호와 팩스 번호, 홈페이지의 URL 이 기재되어 있었다. 타카하시 선배와 부모님의 결연을 지원해 준 민간단체라고 한다. 받는 사람으로는 타카하시 선배와 아버 님의 이름이 적혀 있었다.

갈색 봉투 안에는 하늘색 직사각형 봉투가 또 들어 있었다.

흐릿하게 투각 문양 같은 무늬가 들어간 아름다운 봉투로, 겉 면에는 꼼꼼한 성격이 엿보이는 반듯한 글자로 '타카하시 켄타 로 귀하'라고 적혀 있었다. 타카하시 가의 주소는 적혀 있지 않 고 이름만 있었다.

봉투 뒤에는 고풍스러운 여성의 이름이 적혀 있었다. 잉크가 마르기도 전에 무언가에 닿았는지 이름 마지막 글자가 조금 거뭇하게 번져 있었다. 봉투 아래쪽에도 거슬리지 않을 정도의 주름이 잡혀 있었는데 배달하는 도중에 생겼는지도 모른다.

받는 사람과 마찬가지로 보내는 사람의 주소는 적혀 있지 않았다. 이 민간단체를 통해 양자 결연을 맺은 경우에는 친부모와 양부모의 주소와 연락처는 공개하지 않고, 무슨 일이 있을 경우에 연락은 반드시 단체의 중개로 이루어진다고 한다.

"봐도 돼?"

유키야 오빠가 한 번 더 확인하자 타카하시 선배는 말없이 고개를 끄덕였다. 유키야 오빠가 하얀 손가락으로 이미 개봉되어 있는 하늘색 봉투의 입구를 벌렸다. 그 손끝을 들여다보자 타카하시 선배가 카게츠 향방에서 설명한 그 물건이 눈에 들어왔다.

봉투 안에는 문향이 들어 있었다.

세로 4센티미터 정도로 접힌 직사각형 모양의 하얀 화지. 겉면에 수채화풍 색조로 그려진 꽃 그림이 있었다. 짙은 청자색 별 모양의 꽃을 피우고 있는 그것은 도라지꽃이었다. 화지에서 피어오르는 향료의 향기는 고급스러웠고, 부드럽고 우아한 향기가 봉투에서도 포롱 피어올랐다.

하지만 봉투의 내용물은 그것이 전부였다.

편지지는 전혀 없고 도라지꽃 문향 하나만 들어 있었다.

"유키야 오빠, 이 문향은 우리 가게에서……."

"내 생각도 그래요."

타카하시 선배도 우리가 무슨 이야기를 하는지 짐작했는지 아까 내가 포장해준 카게츠 향방 봉투를 꺼내어 내용물을 탁자 위에 놓았다.

"이 문향은 카노네서 산 이거랑 같은 거지?"

투명한 비닐 봉투 안에 든, 가을 느낌 물씬한 주홍색 받침종이 위에 들어 있는 하얀 화지로 만들어진 문향 셋. 아까 타카하시 선배가 카게츠 향방에서 산 문향의 겉면에는 수채화풍 색조로 가을꽃이 그려져 있다. 오렌지색 작은 꽃이 모여 있는 소담스러운 금목서. 가느다란 연보라색 꽃잎이 귀엽고 참한 개미취. 그리고 아름다운 청자색 꽃잎이 별처럼 펼쳐진 도라지꽃.

카게츠 향방에서 판매하는 문향 세트에 든 도라지꽃 문향과 타카하시 선배를 낳은 어머니가 보낸 도라지꽃 문향은 완전히 똑같은 것이었다.

"그렇다면, 이 사람, 카게츠 향방에서 이 문향을 산 걸까?"

두 개의 문향을 가리키며 묻는 타카하시 선배의 향기는 마른 침을 꼴깍 삼키는 것처럼 긴장해 있었다.

아니, 하고 냉정한 말투로 유키야 오빠가 대답했다.

"꼭 그렇다고 할 수는 없어."

"이 문향을 포함해서 카게츠 향방에서 파는 상품은 전부 '사쿠라도'라는 향 제품 제조 회사에서 만든 거예요. '사쿠라도'는 도쿄와 카나자와, 나고야에 매장이 있고 온라인 숍도 있어서……."

그러므로, 물론 그분이 카게츠 향방에서 이것을 샀을 가능성도 없지는 않지만 다른 방법으로 구입했을 가능성도 충분히 있다. 그렇게 설명하자, "그렇구나." 하고 타카하시 선배는 중얼거렸다. 안심한 것 같기도 하고 맥이 빠진 것 같기도 한 복잡한 심경을 향기로 엿볼 수 있었다.

"정말로 이 문향 말고는 아무것도 안 들어 있었어?"

"응."

"이걸 보내준 단체에 물어보긴 했고?"

"해봤어. 그랬더니 역시 편지에는 일절 손을 대지 않고 그대로 우리 집으로 보냈대. 실제로 이 봉투는 내가 직접 열어봤는데 딱히 이상한 점은 없었어."

그렇다면 정말로 편지 내용물은 이 문향뿐이었던 걸까.

갈색 서류 봉투, 하늘색 직사각형 봉투, 도라지꽃 문향을 보며 모두 입을 다물었다. 타카하시 선배는 침울한 분위기가 불편한지 꾸무럭꾸무럭 하며 반듯하게 앉았다가 다리를 풀었다가를 반복했다.

"편지를 깜빡하고 안 넣었나 하는 생각도 해봤는데……."

"문향을 봉투에 넣으면서 정작 중요한 편지를 깜빡했을 리는 없을 거야. 정말로 깜빡했다 하더라도 나중에 알았다면 편지를 다시 보냈을 테니까."

"……그렇겠지."

타카하시 선배는 면목 없다는 듯이 자라목이 되었고, 마침 똑같은 생각을 하고 있던 나도 어깨가 움츠러들었다. 그렇다면 이 편지를 보낸 사람은 의도적으로 편지지는 넣지 않고 문향만 보낸 것일까. 그렇게 함으로써 대체 타카하시 선배에게 무엇을 전하고 싶었던 걸까.

나는 하늘색 봉투를 집어 들었다. 희미하게 섬세한 장식이 들어간 봉투. 정성껏 적어 넣은 받는 사람의 이름. 틀림없이 그분은 소극적이면서도 성실하고 취향이 고상한 사람일 것이다. 문향도 평소에 애용하는 아이템인지도 모른다. 이 도라지꽃 문향은 3종 세트 중 하나다. 굳이 도라지꽃을 고른 이유가 있을까. 거기까지 생각이 미친 순간 떠올랐다.

"혹시 꽃말이 아닐까요?"

멀뚱하게 보고 있는 타카하시 선배에게 조금 전에 카게츠 향방에서 산 문향 포장을 열어보라고 부탁했다. 금목서, 개미취, 도라지꽃 문향은 각각 왼쪽 아래 모서리가 주홍색 받침종이에 끼워져 고정되어 있었다. 나는 세 종류의 문향 중에 도라지꽃 문향을 받침에서 **빼냈다.**

도라지꽃 문향을 빼내자 나타난 받침종이 부분에 짧은 글귀가 적혀 있었다.

그것을 읽고 역시 그럴 것이라는 확신이 가슴속에 퍼져 나갔다. 나는 주홍색 받침종이를 타카하시 선배 앞에 내려놓았다.

"이 상품은 이렇게 문향에 그려진 꽃의 꽃말도 적혀 있어요."

문향을 구입하는 사람은 대부분 여성이므로 이 일본 꽃 디자인도 여성 고객을 타깃으로 한 것이다. 그리고 나도 그렇지만, 꽃을 보면 꽃말을 의식하는 여성이 많기 때문에 이런 글귀를 상품에 곁들였을 것이다.

"이 문향에 적혀 있는 도라지꽃의 꽃말은 '기품'과 '성실', 그리고 '변치 않는 사랑'이에요."

내가 손가락으로 가리킨 종이에 적힌 꽃말을 본 타카하시 선배의 눈동자가 흔들렸다.

"그러니까 이 꽃말이…… 타카하시 선배를 낳아주신 어머니의 메시지가 아닐까요? 언제나 변함없이 선배를 사랑하고 있다고."

연한 노란색 커튼이 걸려 있는 창문에서 부드러운 햇빛이 들어왔다. 빛을 받은 타카하시 선배의 옅은 머리카락이 갓 태어난 아기 사슴의 솜털처럼 보였다.

타카하시 선배가 입을 다물어버리는 바람에 나는 당황했다. 무언가 거슬리는 말을 한 걸까. 내가 안절부절못하자 타카하시 선배가 "아, 아니……." 하고 모호하게 웃었다.

"꽃말이라니, 그렇구나 싶었지만 그럼 왜 이제 와서 이러는 걸까 싶어서."

"이제 와서……."

타카하시 선배가 마치 이미 늦었다는 뉘앙스를 풍기는 표현을 하자 나는 속으로 놀랐다. 선배는 느릿느릿 설명해주었다.

'라이프서클'에서는 만약 친부모가 희망하고 양부모도 허락하면 단체를 통해 친자식에게 편지나 선물을 보낼 수 있도록 지원하고 있다고 한다. 단체가 타카하시 선배에게 어머니의 편지를 보내준 것도 그 일환일 것이다.

"우리 부모님은 저런 분들이셔서 날 낳아주신 어머니라며 이 사람을 무척 존중해서 혹시나 나한테 편지 같은 걸 보내고 싶으면 언제든지 보내도 된다고 했었나봐. 내가 어릴 때는 앨범을 만들어서 보내기도 했대. 하지만 이 사람은 아무런 반응도 보이지 않았고, 정말로 날 낳은 것 말고는 아무것도 하지 않았는데……."

아니, 딱 하나 있었구나, 하고 타카하시 선배는 혼잣말하듯 중얼거리며 '라이프서클'이라는 글자가 인쇄된 갈색 봉투를 손가락으로 짚었다.

"이런 단체에 등록해서 아기를 기다리는 사람은 불임치료를 해도 성과가 없었다든가 어떤 사정으로 아이를 갖지 못하는 사람들이 대부분이야. 우리 부모님은 이미 누나가 둘 있고 앞으로도 자식을 낳을 가능성이 없지는 않았으니까 당신들이 신청하면 대기 중인 다른 사람들한데 미안하다면서 고민하다 등록을 취소할까도 생각했었대. 그런데 그때 내가 태어났고 받아달라는 단체의 요청이 있었대. 나중에 들었는데, 우리 부모님이 내 부모로 선택된 건 이 사람이 원한 일이었다더라고. '부모는 아무래도 자식보다 먼저 세상을 뜨기 마련이니까 이 아이랑 같이 살아갈 형제자매가 있는 집으로 보내달라'고 했대. 그때 등록되어 있던 양부모 중에서 다른 자녀가 있는 집은 우리 집뿐이었고 그래서 내가 이 집에 오게 된 거야."

그 점은 정말로 감사하고 있어. 하지만 정말로 그거 하나뿐이었어.

마지막에는 분위기가 어두워지는 것이 싫은지 타카하시 선배는 웃어 보였지만, 나는 그의 향기에서 친어머니에게 결코 밝고 감사하는 마음만 품고 있지는 않음을 알았다. 이 세상에 자신을 낳아주었지만 단 하나의 추억도 없는 여성의 편지에 마음이 흔들리고 이해가 되지 않아 화가 나지만, 그래도 이렇게 유키야 오빠에게 의논하지 않고는 견딜 수 없었던 것이다.

이 편지가 도착한 뒤로 일주일, 타카하시 선배는 줄곧 고민했을 것이다. 괴로운 향기를 조금이라도 누그러뜨려주고 싶었다. 그녀가 이제 와서 편지를 보낸 이유. 눈동자가 안으로 쏠릴 정도로 머리를 쥐어짰더니 또다시 별똥별이 반짝이며 떨어지듯 무언가가 퍼뜩 떠올랐다.

"아, 타카하시 선배는 유키야 오빠랑 동갑이죠? 올해로 스무살이죠?"

아아, 하고 유키야 오빠가 짐작이 되는지 눈썹을 치켜 올렸다. 나는 힘껏 끄덕였다.

"타카하시 선배가 성인이 되는 해니까 축하하는 마음을 전하고 싶어서 편지를 보낸 게 아닐까요? 지금까지는 무슨 이유라든가 사정이 있어서 연락하지 못했지만 그래도 축하한다는 마음만은 꼭 전하고 싶어서, 그래서 문향의 꽃말을 메시지로 보낸 거예요."

이번에는 타카하시 선배도 눈을 크게 뜨며 그럴지도 모른다는 향기를 풍겼다. "가능한 일이에요." 하고 유키야 오빠도 감탄하며 고개를 끄덕여서 나는 휴 하고 한숨을 내쉬었지만 "하지만." 하고 쿨한 목소리로 불길한 접속사를 뒤에 붙이는 바람에 움찔했다.

"하지만 그렇다면 성인식이나 당사자의 스무 살 생일에 맞춰 편지를 보내는 게 자연스럽지 않을까요?"

"네? ……타카하시 선배, 생일이 언제예요?"

"난 7월에 태어났어. 7월 25일."

그리고 이 편지가 도착한 것은 9월 하순에 접어든 지난주 토요일. 편지가 일단 단체로 보내졌다가 다시 타카하시 선배에게로 전송되는 타이밍을 고려하더라도 시기가 너무 차이가 난다. 좌탁에 이마를 찧을 만큼 고개를 푹 숙인 나에게 "7월생이라 미안해! 그래도 고마워, 카노!" 하고 타카하시 선배가 필사적으로 다독여주었다.

"편지를 보내온 시기도 그렇지만 훨씬 더 근본적인 의문이 있어요."

나란히 고개를 갸웃하는 나와 타카하시 선배에게 유키야 오빠는 도라지꽃 문향을 들어 보였다.

"애당초 그분은 왜 이런 편지를 보낸 걸까요? 꽃말이 메시지라는 건 나도 그럴 수도 있겠다고 생각해요. 하지만 설령 그렇다 하더라도 이걸 받아본 타카하시가 그 의미를 알 수 있을지는 장담할 수 없어요. 오히려 이 녀석이라면 절대 알아내지 못한다고 단언할 수 있죠."

"누가 전갈자리 아니랄까봐 은근히 찌르는구나……!"

"전하고 싶은 말이 있으면 이렇게 의도를 짐작하기 어려운 방법이 아니라 직접 글로 써서 보내면 그만이에요. 그런데 어째서 그분은 그러지 않았을까요?"

나는 누가 내 눈앞에서 손뼉을 짝 하고 친 것 같은 기분이었다. 타카하시 선배도 표정으로 보아 같은 기분이었을 것이다. 그렇다. 봉투에 덩그러니 들어 있던 문향의 의미를 알아내려고 골몰해 있었지만 애당초 그분은 왜 좀 더 평범하게 편지를 쓰지 않았던 걸까. 그것이 타카하시 선배에게 마음을 전하는 가장 확실한 방법인데.

"……그, 글씨를 쓰지 못해서가 아닐까요? 아, 손을 다쳤다거나 해서요."

"봉투에 받는 사람과 보내는 사람의 이름이 적혀 있었어요."

"도, 돈이 없어서 편지지를 살 수 없었다거나?"

"너도 직접 사봐서 알겠지만 그 문향은 세 개 세트가 세금을 빼도 천 엔이야. 문향 중에서도 비싼 편이지. 그건 살 수 있는데 편지지는 못 산다는 건 말이 안 되지 않을까?"

차례차례 쿨하게 추리를 격파 당한 나와 타카하시 선배는 기운 없이 고개를 푹 숙이고 우롱차를 홀짝홀짝 마셨다.

"꼭 횟술 마시는 것 같네……"

"그러고 보니 타카하시 선배는 이제 술 마실 수 있죠……?"

"맞아. 실은 웃키보다 형이야. 그런 대우는 받아본 적 없지만……"

"가슴이 아프네요……"

우리가 맥없이 대화를 나누는 사이에도 턱을 괸 유키야 오빠는 미간에 가느다란 주름을 만들며 도라지꽃 문향을 보고 있었다.

그리고 대수롭지 않게 도라지꽃 문향을 뒤집은 순간 갑자기 눈이 커졌다.

"……유키야 오빠? 왜 그래요?"

유키야 오빠는 대답하지 않고 문향 뒷면을 응시하고 있었다. 그곳에는 아무것도 그려져 있지 않은 새하얀 종이 면밖에 없었다. 유키야 오빠가 무엇을 보고 있는지 몰라서 나는 목을 길게 빼고 뚫어지게 보다 마침내 깨달았다.

새하얀 종이에 한가운데보다 조금 아래쪽에 무언가 거뭇한 얼룩이 있었다.

무슨 얼룩이지? 작은 점이 모여 있는 것 같은, 문질러서 흐릿해진 것 같은 검은 얼룩이었다. 유키야 오빠는 이어서 하늘색 봉투를 꺼냈다. 뒤집어서 보내는 사람의 이름만 적혀 있는 봉투의 뒷면을 보았다. 순식간에 검은 동공이 커졌다.

"웃키?"

"몇 가지 물어볼 게 있어."

유키야 오빠는 갈색 봉투와 하늘색 봉투에 좌우의 손가락을 올렸다.

"이 '라이프서클'이라는 사단법인이나 널 낳아주신 어머니의 이름은 가족들도 모두 알고 있어?"

타카하시 선배는 얼마 동안 눈만 깜빡거리다 응, 하고 끄덕였다.

"엄마랑 아빠는 물론이고 큰누나랑 작은누나도 내가 이 집에 오기 전부터 엄마 아빠한테 조금씩 설명을 들었었대. 나도 잘 기억은 안 나지만 세 살쯤 됐을 때부터 조금씩 들어서 철이 들었을 때는 내가 입양됐다는 사실이나 낳아준 어머니에 대해서 어렴풋이 이해하고 있었어."

그밖에도 유치원이나 학교 관계자, 이웃 주민들에게도 선배 부모님 두 분이 같이 설명하며 다니셨다는 말을 듣고 나는 놀랐다. 사정을 모르는 사람들의 조심성 없는 말이나 탐색으로 타카하시 선배가 상처받지 않도록, 마치 어린 타카하시 선배가 걸어가는 길에 가만히 우산을 씌워주듯이 부모님은 할 수 있는 모든 방법을 취했을 것이다.

"그러다가 유키카가 태어났고, 그 애가 다섯 살쯤 됐을 때부터였던가, 내가 피가 이어져 있지 않다는 걸 아빠랑 엄마가 몇 번이나 설명해줬어. 그런데 녀석은 어릴 때부터 이상하게 거물 같은 풍모의 범상치 않은 성격이었기 때문에 처음 그 이야기를 들었을 때도 '그렇구나' 하고 단박에 받아들여서 반대로 우리가 '응? 그게 다야?' 하고 얼이 빠져서…… 어라, 이야기가 샜나? 아무튼, 다음은 치나미 차례였는데 그 애는 조금 사정이 달랐어."

타카하시 선배의 눈에 괴로운 빛이 스쳤다.

"엄마 아빠는 유키카 때처럼 치나미한테도 일찌감치 나에 대해서 설명해줄 생각이었겠지만, 치나미가 네 살 때 소아천식에 걸려서 그 뒤로 3년 정도는 병원에 다니느라 고생이었어. 그리고 치나미가 회복되니까 이번에는 내가, 그러니까…… 과민해졌어. 중학교에 들어갈 때쯤부터 내가 입양아리는 게 지끄 마음에 걸려서 정서가 불안정해진 거야. 그래도 다들 싫은 내색 없이 나를 붙잡아줬는데 그런 탓에 치나미한테 알려줄 타이밍이 점점 늦어져서 녀석이 그 사실을 안 건 불과 3년 전이었어. 이야기했을 때도 큰 충격을 받았고……. 정말 미안할 따름이지."

타카하시 선배에게서 슬퍼하고 후회하는 향기가 피어올라 나는 안절부절못했지만 유키야 오빠는 건조하게 질문을 이어갔다.

"이 편지는 지난주 토요일에 도착했다고 했지? 편지를 우편함에서 가져온 사람은 누구야?"

타카하시 선배는 왜 그런 걸 묻느냐는 듯이 눈을 깜빡거렸다.

"나야. 뭣 좀 사고 돌아오는데 마침 집 앞에 우편배달부 아저씨가 와 있었어."

"그 다음에는?"

"응? 그 다음? 거실로 가서 엄마 아빠의 우편물을 정리했는데……, 그런데 내 앞으로 온 '라이프서클'의 봉투가 있어서 뭐지? 하고 생각했지."

"그때 그 자리에는 누가 있었지?"

"작은누나랑 유키카랑 치나미. 아빠랑 엄마는 갑자기 볼일이 생겨서 외출했었고."

"'라이프서클'에서 온 편지를 그 자리에 있는 누군가에게 보여 줬어? 아니면 낳아주신 어머니한테서 편지가 왔다고 누군가한 테 말했어?"

타카하시 선배는 말문이 막힌 것처럼 몇 초 동안 침묵하다, 아니, 하고 작게 대답했다.

"아무한테도 말 안 했어. 그냥, 어쩌다 보니⋯⋯, 딱히 숨기려 고 그런 건 아닌데."

"나무라는 게 아니야. 그 다음에는?"

"응? 더 얘기해? 음⋯⋯, 편지를 들고 내 방으로 갔어. 그리고 '라이프서클'에서 온 봉투를 뜯었더니 그 사람이 보낸 편지가 들 어 있어서 또다시 깜짝 놀랐고, 뜯어보려고 하는데 유키카가 방 으로 뛰어 들어왔어. 치나미가 몸이 좀 안 좋은 것 같다고 해 서 곧바로 아래로 내려가서 작은누나랑 같이 치나미를 방에 눕 혀놓고 뭘 좀 사러 갔어. 그 애는 몸이 안 좋아지면 푸딩이나 요 구르트 정도밖에 안 먹거든⋯⋯. 그 다음에는 치나미의 상태를 살피고 다 같이 저녁을 먹느라 결국 편지를 열어봤을 때는 밤이 었어. 그리고 봉투를 열어봤더니 저것만 들어 있어서 이게 뭔가 하고 난감해졌지."

그만하면 충분하다는 듯이 유키야 오빠가 손을 들자 타카하 시 선배는 일을 하나 끝낸 것처럼 크게 한숨을 내쉬었다. 어째 선지 나까지 몸에 힘이 들어가 있어서 휴 하고 숨을 내쉬었다.

"웃키, 뭔가 알아냈어?"

몸을 앞으로 내미는 타카하시 선배와 함께 나도 몸을 앞으로 내밀었다. 연속으로 쏟아낸 방금 그 질문을 보건대 키시다 유키야 오빠는 명석한 두뇌로 무언가 알아냈음이 틀림없다.

유키야 오빠는 문향과 두 통의 봉투에서 눈을 들고는 천천히 입을 뗐다.

"모르겠어."

"……응?"

"도통 모르겠고 실마리도 보이지 않아서 일단 닥치는 대로 물어봤어. 어쩌면 편지가 네 손에 들어오기 전에 누가 손을 댔을까 싶었는데. 하지만 편지는 네가 직접 개봉해서 안을 확인했으니 누가 건드릴 여지도 없었지. ……솔직히 이 편지가 무슨 의미인지 나는 짐작도 못 하겠어."

유키야 오빠가 이렇게 패배를 선언하다니, 믿을 수가 없었던 나는 경악했고, 타카하시 선배도 눈이 휘둥그레졌다. 유키야 오빠는 기다란 속눈썹을 내리깔았다.

"미안하다. 모처럼 이야기해줬는데."

"아니, 괜찮아. 미안해할 이유가 없잖아."

당황하며 필사적으로 손을 가로젓는 타카하시 선배에게 "하지만 딱 한 가지는 말할 수 있어." 하고 유키야 오빠가 조용히 덧붙였다. 타카하시 선배가 카게츠 향방에서 산, 세 종류가 들어있는 문향 세트에 손가락을 가져다대며.

"편지를 보낸 사람은 아마도 이것과 똑같은 상품을 샀을 거야. 당연히 이 종이에 적혀 있는 꽃말도 봤겠지. 도라지꽃의 꽃말을 알고 이 문향을 너한테 보냈어. 그건 역시 널 향한 마음이라고 생각해도 좋을 거야."

하얀 손가락이 주홍색 종이에 적힌 글귀를 가리켰다. '변함없는 사랑'.

"지난 20년 동안 그분은 한 번도 너와 접촉한 적이 없었어. 그러니 어떤 말을 해야 할지 그분도 몰랐을 수 있을 거야. 그래도 언제나 너를 생각해 왔기에 이렇게 말이 없는 편지를 보냈는지도 몰라. 물론 그게 아닐 가능성도 있지. 하지만 지금 상황에서는 아무것도 단정할 수 없잖아. 그렇다면 그렇게 생각해도 되지 않을까? 마음에 두지 않는 상대에게 편지를 보내는 사람은 없을 테니까."

유키야 오빠의 첼로 같은 중저음의 목소리는 귀 안쪽까지 부드럽게 파고들었다. 차분한 목소리로 말해주니 나도 그럴지도 모른다는 생각이 들었다.

어째서 편지를 보내왔을까, 그분은 무엇을 전하고 싶었던 걸까. 그것은 알 방법이 없지만 그 문향이 타카하시 선배를 향한 그분의 진심이라는 점에는 변함이 없지 않을까.

타카하시 선배는 눈을 감았다. 마음이 파도처럼 흔들리는 것을 향기로 알 수 있었다. 그럴까? 하지만, 그래도, ……그런 걸까?

"……장난삼아 편지를 썼을 수도 있잖아?"

"타카하시 주제에 비뚤어진 관점에서 생각하지 마."

코를 꽉 잡힌 타카하시 선배는 눈물을 찔끔거리며 빨개진 코를 문지르고,

"……응. 고마워, 웃키."

작은 목소리로, 하지만 환한 미소를 지으며 말했다.

4

케이크 먹으러 가자, 하고 타카하시 선배가 기분을 털어내듯 미소를 지으며 일어났다. 그 뒤를 따라 일어난 뒤 나는 좌탁 위에 놓인 문향이 눈에 들어오자 문득 어떤 생각이 떠올랐다.

"선배. 편지에 들어 있던 문향을 잠시 빌려가도 될까요?"

"응? 그럼, 물론이지."

타카하시 선배를 따라 계단으로 향하며 나는 도라지꽃 문향을 눈앞에 들어보았다.

문향은 모양과 소재가 가지각색이지만 종이를 접어 봉투처럼 만들어 잘게 빻은 향료를 담는다는 점은 대체적으로 동일하다.

혹시 화지로 접은 문향 안에 무언가 그분의 메시지가 숨겨져 있지는 않을까? 왜냐하면, 나는 어릴 때 폐기해야 하는 오래된 문향을 할아버지에게 얻어서 봉투를 열고 안쪽 종이에 글자를 적어 넣어 암호 문향을 만드는 놀이에 심취했던 적이 있기 때문이다(참고로 봉투를 벌리다 향료를 흩뿌리는 바람에 할머니에게 호되게 야단맞았다).

하지만 계단을 내려가면서 문향을 빛에 비추어 봤지만 봉투는 풀이 단단히 발라져 있고 열었던 흔적은 없었으며, 화지 안쪽에 무언가를 적은 것처럼 보이지도 않았다. 그래, 그런 짓을 하는 사람은 나 정도일 거야, 하고 침울해진 찰나, 발뒤꿈치가 미끄러지며 몸이 휘청거렸다.

"꺄……!"

"카노!"

뒤에 있던 유키야 오빠가 팔을 잡아준 덕에 구르지는 않았지만 순간적으로 계단 난간을 붙잡느라 가지고 있던 문향을 떨어뜨리고 말았다.

계단은 중간 정도부터 완만한 각도로 휘어져 있어서 1층과 2층 사이가 보이지 않게 되어 있었다. 난간 너머로 떨어진 문향을 쫓아 황급히 고개를 내밀자 계단 밑의 마루로 된 공간에 나츠미 언니와 유키카, 치나미 자매가 서 있었다.

"다들 거기서 뭐 해?"

"뭐 하냐고? 대체 언제까지 내가 사바랭을 못 먹고 기다려야 해?"

"케이크에 굶주린 언니가 야수로 변해서 미안해. 1분만 더 늦었더라면 방으로 쳐들어갔을 거야."

"오빠, 얘기 다 끝났어? 무슨 얘기 했는데?"

치나미가 주워든 문향을 타카하시 선배에게 내밀며 고개를 갸웃거렸다. "응, 그냥 좀." 하고 타카하시 선배가 모호하게 웃자, 흐음, 하고 중얼거리고 천사 같은 미소로 유키야 오빠를 돌아보았다.

"유키야 오빠, 빨리 같이 케이크 먹자. 홍차는 다즐링이랑 얼그레이가 있는데 뭐가 더 좋아? 치나미가 타 줄……."

갑자기 말을 멈추고 치나미가 콜록콜록 기침을 했다. 아주 가벼운 기침이었다. 하지만 타카하시 선배는 순간 표정이 심각해지며 치나미의 이마에 손을 대고 열을 쟀다. 그 민첩한 반응에 치나미가 오히려 놀랐다.

"괜찮아……. 그냥 기침 한 것뿐이야."

"정말이야? 바로 지난주에도 발작 일어났었잖아."

"오빠는 걱정이 너무 많다니까. 과잉보호야."

입술을 삐죽거리며 타카하시 선배의 손을 뿌리치는 치나미에게서 포롱 하고 향기가 났다. 유키야 오빠와 손을 잡고 있을 때도 치나미에게서 풍겼던 달콤한 향기. 하지만 그 향기는 유키야 오빠와 있을 때보다도 타카하시 선배와 있는 지금이 더 강렬하고 선명했다.

나도 모르게 슬그머니 웃음이 나왔다. 유키야 오빠도 타카하시 선배는 이기지 못하는 것이다.

흐뭇한 기분으로 두 사람을 보고 있던 나는 유키야 오빠가 나츠미 언니와 유키카와 이야기하고 있는 것을 알았다. 팔짱을 끼고 있던 나츠미 언니가 알았다는 듯이 고개를 끄덕이고 성큼성큼 걸어오더니 타카하시 선배의 점퍼 후드를 움켜잡았다.

"가자. 아빠랑 엄마도 기다리고 있고 나는 빨리 양주로 맛을 낸 사바랭이 먹고 싶으니까."

"참고로 딸기 쇼트케이크는 이미 내가 찜했어요."

"유키카, 누나, 잡아당기지 마, 숨 막혀⋯⋯. 어라? 웃키?"

"금방 갈게. 그리고 그것 좀 빌려줘."

타카하시 선배에게서 뭔가를 건네받은 유키야 오빠는 언니 오빠의 뒤를 따라가려는 치나미를 손을 내밀어 붙잡았다. 깜짝 놀라는 치나미에게 더할 나위 없이 우아하게 미소 지었다.

"치나미, 잠깐 얘기 좀 할까? 금방 끝나니까 가능하면 밖에서."

치나미는 기쁜지 표정이 환해졌다.

"그래, 좋아. 그럼 정원으로 나가자. 감나무 밑에 아빠가 만들어준 벤치가 있거든."

치나미가 자연스럽게 유키야 오빠와 손을 잡는 것을 보고 순간적으로 나는 또다시 뱃속의 주전자에 불이 붙을 뻔했지만 바로 그때 유키야 오빠가 나를 돌아보았다.

"카노도 같이 가요."

깜짝 놀라는 나에 이어 "뭐?" 하고 치나미도 불만을 숨기지 않았지만,

"같이 가요."

유키야 오빠가 한 번 더 말했고, 그 목소리는 크지도 거칠지도 않았지만 어쩐지 거스르지 못하게 하는 울림이 있었다. 나는 끌려가듯이 유키야 오빠의 뒤를 따랐고, 치나미도 당황했는지 유키야 오빠를 올려다보았지만 투덜거리지는 않았다. 내 기분 탓일까. 어째선지 유키야 오빠가……

현관에서 밖으로 나가자 맑고 시원한 바람이 뺨을 간질였다. 치나미의 말대로 문 옆에서 가지를 드리우고 있는 큼직한 감나무 밑에는 소박한 나무 벤치가 놓여 있었다.

치나미의 손을 놓은 유키야 오빠는 그녀의 어깨에 손을 올려 벤치에 앉혔다.

"유키야 오빠?"

"타카하시의 친어머니가 보내신 편지는 아직 안 버리고 갖고 있니?"

유키야 오빠의 목소리는 무서울 만큼 고요했다.

치나미의 눈동자가 커지면서 흔들렸다.

그녀의 가녀린 몸에서 강렬한 향기가 피어올랐다. 경악, 혼란, 초조, 경계. 팔레트 위의 그림물감처럼 어지럽게 섞인 그 향기에 나는 뺨을 얻어맞은 기분이었다. 그것은 뜬금없는 질문을 받은 사람의 반응이 아니었다.

어느 결에 유키야 오빠가 나를 보고 있었다. 분석 결과의 수치를 확인하듯이 나의 표정을 얼마동안 보다가 다시 치나미를 돌아보았다.

"아직 가지고 있다면 돌려줬으면 해."

"……유키야 오빠, 무슨 말을 하는 거야?"

"돌려주기만 하면 나머지는 내가 어떻게든 마무리 지을게. 타카하시나 다른 가족들한테도 네가 한 짓은 말하지 않을 거야. 그러니까 돌려줄래?"

"잠깐만, 무슨 말인지 잘……."

"묻는 말에 대답해. 아직 가지고 있는지, 아니면 이미 버렸는지."

치나미의 눈에 두려움이 번졌다. 나까지도 가슴이 철렁 내려앉았다. 그 정도로 싸늘한 목소리였다. ……역시, 맞았다.

유키야 오빠는 화가 나 있다.

"편지 같은 건 몰라. 왜 그래? 난 아무것도 몰라."

치나미의 말투는 무척이나 딱딱했지만 유키야 오빠를 올려다보는 눈빛은 천진난만하던 아까의 눈빛과는 전혀 다른, 마치 결투에 임하는 느낌이었다.

유키야 오빠는 초등학교 6학년생 여자아이를 무표정하게 마주보더니 검은 바지 호주머니에서 조금 전에 타카하시 선배에게서 건네받은 것을 꺼냈다. ——손바닥에 올린 도라지꽃 문향.

"이건 문향이라고 하는데 편지에 넣어서 보내는 향이야. 지난주에 타카하시의 친어머니가 보내신 편지에는 이것만 들어 있었어. 타카하시는 그게 무슨 뜻인지 몰라서 곤란해하고 있어."

"정말로 무슨 말인지 모르겠네. 그 사람이 장난친 거 아냐?"

"아니야. 그분은 분명히 편지를 보냈어. 하지만 타카하시는 받아보질 못했지."

……그건 대체 무슨 뜻일까.

유키야 오빠는 도라지꽃 문향을 빙글 뒤집었다. 치나미에게 문향의 뒷면이 보이도록 그녀의 눈높이에 맞춰 들었다.

"보이니? 이 문향 뒷면의 아래쪽. 희미하게 검은 얼룩이 있지?"

"……그래서 뭐?"

"이건 잉크 자국이야."

잉크 자국?

왜 그런 것이 문향에 묻어 있지? 미간을 찡그린 나는 퍼뜩 떠올랐다.

"왜 문향에 잉크가 묻어 있는지 알아? 그건 **이 문향이 편지지 사이에 끼워져 있었기 때문이야.** 아마도 편지지에 쓴 글이 완전히 마르지 않은 채로 문향을 끼워 넣었기 때문에 여기에 펜의 잉크가 묻은 거야."

나는 멍하니 그분이 보낸 하늘색 봉투를 떠올렸다.

정성스럽게 타카하시 선배의 이름을 적은, 아름다운 무늬가 들어간 세로로 긴 봉투. 뒷면에는 그분의 이름이 적혀 있었고, 마지막 글자가 조금 거뭇하게 번져 있었다. 아마도 채 잉크가 마르기 전에 손이나 다른 무언가가 닿아서 생겼을 것이다.

편지를 쓸 때는 아마도 대부분의 사람들이 편지지에 쓴 내용과 봉투의 이름을 같은 펜으로 쓸 것이다. 이름을 적어 넣은 것과 동일한, 잉크가 잘 마르지 않는 펜으로 편지지 내용을 썼다면 편지지 사이에 끼워 넣은 문향에 잉크가 묻는 경우도 있을 수 있다.

"다시 말해 이 문향을 끼워 넣은 편지지, 즉 편지의 내용은 틀림없이 존재했어. 하지만 그건 타카하시의 손에 들어가기 전에 누군가가 빼냈지."

바로 네가.

유키야 오빠가 똑바로 쳐다보자 치나미의 가느다란 목울대가 위아래로 살짝 움직였다. 긴장 덩어리를 삼키는 소리가 들리는 것 같았다. 하지만 그래도 치나미의 눈동자에 깃든 투지는 사그라지지 않았다.

"빼내다니, 무슨 말이야? 유키야 오빠가 봤어? 아니잖아. 난 편지 같은 것도 모르고 무엇보다 그 편지는 오빠가 직접 뜯은 거 아냐? 만약 다른 사람이 멋대로 뜯었다면 오빠가 알았을 텐데?"

"맞아. 편지는 타카하시가 직접 뜯었어. 그때 개봉된 흔적이 있었으면 아무리 남을 의심할 줄 모르는 녀석이라도 알아챘을 거야. 하지만 넌 타카하시가 편지를 뜯어보기 전에 내용물을 빼냈어."

개봉하기 전에 내용물을 빼낸다. 나한테는 무슨 마술 같은 이야기처럼 들렸다.

"뜯어보기 전에 빼내다니, 어떻게……."

"아마 봉투 **밑쪽**을 열어서 내용물을 빼냈을 거예요. 그렇지?"

치나미는 유키야 오빠에게 어떤 생각도 들키지 않으려는 듯이 표정을 완전히 지우고 있었다. 하지만 감정의 움직임과 향기까지는 숨기지 못했다. 아픈 곳을 찔린 것처럼 치나미의 향기에 작은 충격이 스쳐갔다. 나는 목소리도 나오지 않았다. 봉투의 **밑쪽**?

"가로로 긴 서양식 봉투라면 또 상황이 달라지지만, 세로 형태의 봉투 바닥 부분은 종이 한 장이 풀로 붙어 있을 뿐이라 의

외로 쉽게 뗄 수 있어요. 조금씩 신중하게 떼면 흔적도 별로 안 남고요. 설령 조금 어긋나거나 주름이 생긴다고 해도 사람은 편지를 뜯을 때면 아무래도 봉해져 있는 윗부분에 신경이 쏠려 바닥 부분에는 거의 관심을 기울이지 않아요. 깔끔하게 다시 풀을 바르면 들킬 염려도 없죠. 실제로 나도 문향 뒷면의 잉크 흔적을 보고 편지지의 존재를 의심하기 전까지는 봉투 밑쪽이 조금 어긋나 있는 걸 알아채지 못했어요."

그러고 보니 나도 봉투 밑쪽 부분에 주름이 있다는 것은 알았다. 틀림없이 배달할 때 생긴 줄 알았지만 생각해 보면 '라이프서클'의 갈색 봉투에 한 번 더 싸인 상태로 배달된 편지에 주름이 생길 가능성은 낮을 것이다.

"그렇게 해서 넌 편지의 내용물을 빼내고 문향만 봉투에 돌려놨어. 머리를 잘 썼구나. 사람은 아무래도 의미를 찾아내려고 하는 생물이거든. 벽에 생긴 얼룩이 얼굴로 보이거나 별의 위치에 사물이나 동물의 모양을 빗대어 별자리를 만들기도 하지. 봉투를 열었을 때 아무것도 들어 있지 않았으면 아무리 타카하시라도 이상하게 생각했겠지만 문향이 남아 있었기 때문에 그것에 의미가 있을 거라고 믿게 됐어. 그래서 편지를 누가 빼냈을 가능성을 생각하지 못한 거야."

"하지만 유키야 오빠가 한 애기는 다 상상이잖아?"

치나미의 말투는 적어도 귀로 들을 때는 전혀 흔들리지 않았다.

"정말로 유키야 오빠가 말한 대로라고 하더라도 왜 내가 그랬다는 거야? 유키야 오빠가 말한 대로라면 내가 아니라 누구든 할 수 있잖아?"

"넌 똑똑하구나."

도전하듯이 되받아치자 유키야 오빠는 조용하고 싸늘하게 미소 지었다.

"맞는 말이야. 내가 방금 한 말은 그날 편지가 도착했을 때 집에 있던 나츠미 누나와 유키카, 너, 누구든 할 수 있었어. 네가 아닐까 하고 짐작은 했지만 결정적인 증거는 없었지. 조금 전까지는."

치나미가 당황했다. 나는 유키야 오빠가 무슨 말을 하려는지 알아채고 나도 모르게 입을 막았다.

"조금 전에 우리가 2층에서 내려왔을 때 넌 언니들과 같이 계단 밑에 있었어. 그리고 위에서 떨어진 이 문향을 주워서 타카하시한테 줬지. 왜 그랬니?"

"……왜냐니, 그야 오빠가 떨어뜨리는 걸 봤으니까 그렇지."

아아……. 나는 순간 무심코 눈을 감았다.

"아니야, 치나미. 문향을 떨어뜨린 사람은 나야. 신경 쓰이는 점이 있어서 타카하시 선배한테서 그 문향을 빌려서……."

치나미가 자신의 실수를 깨닫고 하얗게 질렸다.

그러므로 치나미의 변명은 통하지 않는다. 만약 정말로 봤다면 내가 문향을 떨어뜨리는 모습이어야 한다. 그리고 나에게 문향을 건네주었을 것이다.

"타카하시는 낳아주신 어머니에게서 편지가 온 걸 가족 중 누구에게도 알리지 않았어. 이 문향이 타카하시의 것이라는 사실을 이 집 사람들은 아무도 몰라. 그런데도 네가 이게 타카하시의 것이라고 판단한 이유는 편지를 뜯었을 때 실물을 직접 봤기 때문이 아니니?"

치나미의 눈가가 고통으로 일그러졌다. 원피스 옷자락을 꽉 움켜잡고 고개를 숙이자 긴 머리카락이 베일처럼 그녀의 얼굴을 사르륵 감췄다. 치나미에게서 피어오르는 향기는 숨이 막힐 것 같아 나까지 가슴이 짓눌리는 느낌이었다.

하지만 어째서일까. 왜 치나미는 그런 짓을 했을까?

"한 번 더 물을게. 타카하시에게 온 편지는 아직 안 버리고 가지고 있니?"

"……몰라……."

"모를 리가 없어. 넌 친어머니가 타카하시한테 보낸 편지를 숨겼어. 지난주 토요일에 도착한 것과, 그리고 **최소한 한 통 더**."

고개를 벌떡 치켜든 치나미의 크게 벌어진 눈에는 놀라움을 넘어서 두려움까지 어려 있었다. 나는 생각지도 못한 곳에서 등을 떠밀린 기분이었다.

"한 통 더 있다고요……?"

"지난주 토요일에 타카하시는 '라이프서클'에서 온 우편물을 들고 자기 방으로 갔어요. 그리고 친어머니한테서 온 편지를 뜯으려는 찰나에 유키카가 와서 치나미가 몸이 안 좋은 것 같다고 알려줬죠. 치나미는 천식을 앓고 있다고 하니 아마도 타카하시는 편지가 온 것도 깜빡할 만큼 동요해서 동생을 돌봐줬을 거예요. 치나미는 그렇게 해서 순간적으로 타카하시가 편지를 읽는 걸 막은 거예요."

"그때는 정말로 몸이 안 좋았어……!"

"그랬다고 하더라도 상관없어. 꾀병인지 정말로 아팠는지는 내가 판단할 수 없는 문제니까. 하지만 어쨌든 타카하시는 널 위해 푸딩을 사러 갔고 아마도 넌 그 틈에 편지 내용물을 빼냈을 거야. 왜 그랬을까? 넌 타카하시가 거실에서 우편물을 분류할 때 '라이프서클' 봉투를 본 거야. 그리고 그 뒤에 곧바로 타카하시가 편지를 읽지 못하게 하려고 행동에 나섰어. 넌 어떻게 그 단체에서 타카하시에게 우편물을 보낸 것만으로도 그 내용물이 친어머니에게서 온 편지라는 걸 알았을까? 혹은 확신까지는 아니더라도 어떻게 추측할 수 있었을까? 네가 그렇게 생각하기에 충분한 어떤 일이 지난주에 편지가 오기 전에도 있었던 거야."

침묵하는 치나미의 뺨이 하얗게 질려 있었다. 피가 전혀 흐르지 않는 것처럼 창백했다.

"'라이프서클'을 통해 소개받은 친부모와 양부모는 서로의 주소와 연락처는 공개하지 않고, 연락을 주고받을 때는 반드시 단체를 거쳐야 해. 전화나 메일을 보내거나 직접 방문하지 못한다면 자연히 연락은 단체를 사이에 두고 편지를 주고받는 정도가 될 거야. ……만약 타카하시의 친어머니가 보낸 편지가 지난주 토요일 이전에도 온 적이 있었다면 어떨까?"

나는 숨을 죽였다. 심장이 너무 빨리 고동쳐서 가슴이 아팠다.

"그때가 언제였는지는 몰라. 하지만 어쨌든 그분이 보낸 **첫 번째 편지**가 집에 도착했고 네가 그걸 보고 숨겼다면? 지난주에 온 편지는 그 전에 온 편지에 이은 **두 번째** 편지가 돼. 내용도 지난 번 편지와 연관이 있을 가능성이 높고, 만약 타카하시가 그 편지를 읽으면 첫 번째 편지의 존재를 알아챌지도 몰라. 넌 무슨 일이 있어도 도착한 편지를 타카하시가 읽게 내버려둘 수가 없었어. 그래서 편지지를 빼낸 거야."

멀리서 까마귀 울음소리가 들렸다. 어느덧 하늘이 오렌지색을 띤 저녁 색깔로 물들어가고 있었다. 주변 세계는 너무나도 고요해서 나는 다른 세계로 잘못 들어온 것만 같은 느낌이 들었다.

유키야 오빠가 작게 한숨을 내쉬었다.

"편지는 당장 타카하시한테 돌려줘야 해. 그러니까 아직 가지고 있다면 모두 돌려줘. 아까도 말했지만 네가 한 짓은 아무한테도 말 안 할게. 돌려주기만 한다면 어떻게든 해볼 테니까."

치나미는 말없이 고개만 숙이고 있었다. 가느다란 목이 금방이라도 부러질 것처럼 보였다.

"치나미……"

어떻게든 설득해야겠다 싶어 부르자 치나미가 고개를 들었다. 충격을 받고 풀이 죽어 있을 줄 알았는데 치나미는 예상과는 정반대로 날카롭고 강렬한 눈빛으로 나를 똑바로 쏘아보았다.

멈칫한 나에게서 유키야 오빠에게로 고개를 돌리고 치나미는 선전포고하듯 내뱉었다.

"싫어."

유키야 오빠의 눈썹이 천천히 심상치 않은 형태로 일그러졌다.

"남의 편지를 멋대로 열어보는 건 비밀침해죄에 해당하고 남의 것을 훔치는 건 절도죄야."

"그래서 뭐? 들켜도 오빠는 화 안 낼 거야. 나한테는 한 번도 화낸 적 없으니까."

웃어 보이기까지 하는 치나미의 태도는 뻔뻔스러울 정도였지만 내가 느낀 향기는 그런 치나미의 겉모습과는 전혀 달랐다.

필사적이고, 절실하고, 사실은 유키야 오빠의 눈을 마주보는 것만으로도 버거운……, 이 아이는 이런 절박한 마음으로 대체 무엇을 바라고 있는 걸까.

"치나미, 이유가 뭐야……? 왜 그렇게 타카하시 선배한테 편지를 보여주기 싫어하는 거야?"

"못됐으니까 그렇지."

치나미의 목소리가 갑자기 물어뜯듯이 격렬해졌다.

"아이가 생겼지만 기를 수 없다고 다른 사람한테 줘버리다니, 그 사람은 오빠를 버린 거잖아? 그런데 이제 와서 '보고 싶다'니, 순 자기 멋대로야! 지금까지 오빠한테 해준 거라곤 하나도 없으면서 무슨 그런 사람이 다 있어!"

"'보고 싶다'고 편지에 적혀 있었어?"

그렇다면 정말로 중대한 일이 아닌가.

그리고 그분이 그렇게 바라고 있다는 사실을 타카하시 선배는 지금도 전혀 모르고 있다.

"치나미, 그러면 안 돼. 선배한테 편지를 돌려줘야 해."

"왜? 언니랑은 상관없잖아? 오빠는 우리 가족이야. 우리 오빠라고. 오빠는 자기를 버린 사람하곤 안 만나도 돼!"

"그건 네가 결정할 문제가 아니야."

채찍을 휘두르는 듯한 목소리에 치나미가 흠칫 놀라며 몸을 떨었다. 나도 숨을 죽였다. 유키야 오빠가 그렇게 꿰뚫을 듯이 다른 사람을 쏘아보는 모습은 처음 보았다.

"그분과 만날지 말지, 그분을 어떻게 생각할지는 모두 타카하시가 결정할 문제야. 네가 끼어들 일이 아니야."

"유키야 오빠, 진정해……, 앗."

순간적으로 유키야 오빠의 팔을 잡아끌었을 때 바람의 방향이 바뀌었다. 지금까지는 느끼지 못했던 익숙한 향기가 코끝을 스쳐 돌아본 나는 무심코 소리를 냈다.

언제부터 그곳에 있었을까. 돌계단 너머에 서 있던 그는 내가 알아챈 것과 동시에 이쪽으로 걸어왔다. 날랜 발걸음으로 순식간에 우리와의 거리를 좁혀왔다.

"자신의 존재에 확신을 갖지 못하는 게 얼마나 불안한 건지 넌 모를 거야."

"웃키, 이제 그만 해."

어깨를 잡힌 유키야 오빠는 타카하시 선배를 보고 표정이 굳어졌다.

"……어떻게……."

"금방 온다고 해놓고 셋 다 도통 오질 않잖아. 그리고 웃키도 아까부터 조금 이상했고."

미간을 찡그리는 유키야 오빠를 보고 타카하시 선배는 쓴웃음을 지었다.

"2층에서 얘기할 때 '모르겠다'고 했잖아? 하지만 보통 그럴 때면 웃키는 '조금 더 생각해 보겠다'든가 '좀 더 알아보겠다'는 식으로 말하거든. 그래서 나한테 말하고 싶지 않은 무언가가 있나보다 했지."

"……다 들었어?"

"응, 첫 번째 편지니 두 번째니 하는 부분부터."

그렇다면 중요한 부분은 거의 다 들은 셈이었다.

당황하는 나를 안심시키려는 듯이 타카하시 선배는 부드럽게 웃어 보이고 치나미를 돌아보았다. 핏기를 잃은 치나미는 금방이라도 쓰러질 것 같았다. 타카하시 선배는 치나미 앞에 천천히 웅크리고 앉았다.

"가서 케이크 먹자. 엄마랑 아빠가 모처럼 사 왔으니까."

"오빠……."

"편지는 괜찮아. 치나미가 하고 싶은 대로 해도 돼."

애처로울 만큼 꽉 움켜쥔 작은 손을 타카하시 선배가 부드럽게 감쌌다. 그 미소에는 거짓이 없었다. 선배의 향기에는 분노도 불쾌함도 없었다. 그저 울음을 터뜨릴 것처럼 얼굴이 일그러진 여동생에 대한 연민과 깊은 애정과 꾹 억누른 슬픔이 있을 뿐이었다.

"솔직히 나도 20년 동안 신경도 안 썼으면서 이제 와서 뭐 하는 건가 하는 생각이 없지도 않거든. 그 사람을 원망하는 마음은 전혀 없고, 오히려 날 중절하거나 시설에 내팽개치지 않고 엄마 아빠한테 올 수 있도록 해줘서 정말로 감사하고 있어. 하지만 난 평소에는 입양아라는 건 잊고 살고 가능하면 떠올리고 싶지도 않은데 이제 와서 '보고 싶다'니 너무하잖아? 나도 그 사람이 너무 제멋대로라고 생각해. 그러니까 이제 괜찮아. 그런 얼굴 하지 않아도 돼."

타카하시 선배가 웃어 보이자 치나미의 향기에서 삐걱거리는 소리가 울렸다. 촉촉한 입술이 떨렸다. 아니야, 라고 하듯이. 그런 게 아니야, 라고 하듯이.

그렇다, 그런 게 아니다.

타카하시 선배가 여동생을 감싸주기 위해 거짓말로 자아낸 얇은 베일로 본심을 덮어버린 것처럼 치나미 역시 편지를 보낸 사람을 비난하면서 말하지 못하는 진짜 바람을 숨기고 있었다.

내가 다가가자 타카하시 선배는 의아한 얼굴로 일어나 자리를 비켜주었다. 나는 치나미 앞에 몸을 낮추고 앉아 조금 전까지 타카하시 선배가 그랬듯이 금방 부서질 것 같은 치나미의 손을 내 손으로 감쌌다.

이렇게 곁에 있으면 치나미의 향기가 더욱 선명해진다. 뒤죽박죽 얽히고설키며 어지럽게 바뀌는 감정 속에 줄곧 변함없이 향기를 뿜어내는 마음이 딱 하나 있었다. 그 마음은 참으로 속절없지만 신이 만든 꽃 같은 향기가 났다.

"오빠가 떠나버릴까봐 무서웠던 거지……?"

치나미의 눈이 확 커졌다.

"그분이 못됐다거나 제멋대로라서가 아니라 사실은 단지 그뿐인 거지?"

목소리도 내지 못하고 나를 응시하는 눈동자 아래에 순식간에 투명한 물방울이 고이더니 어느 순간 단숨에 터져 나왔다.

몸이 푹 꺾이며 목소리를 죽이고 흐느껴 우는 동생을 타카하시 선배는 멍하니 서서 보고 있었다.

"치나미……?"

"피가, 이어져 있지, 않으니까……."

훌쩍이며 드문드문 말하는 치나미의 목소리는 듣는 사람도 가슴이 미어질 만큼 괴로워 보였다.

"우리는 다 오빠를 좋아하지만, 피가 이어져 있지 않은데, 하지만 그 사람은 오빠의 진짜 엄마니까…… 보고 싶다고 하면, 보러 가버리면, 오빠는, 우리보다, 그 사람이 더 좋다고, 새, 생각할지도 모르니까…… 다시는, 안 돌아올 것 같아서……."

그런 건 싫어――.

참지 못하겠는지 치나미는 목 놓아 울었다. 치나미에게서 풍겨 나오는 향기가 눈물이 한 방울 한 방울 떨어질 때마다 물거품처럼 터졌다. 오빠가 너무 좋아. 가지 마. 외로워. 무서워. 여기 있어. 오빠가 좋단 말이야.

"……바보구나."

긴 침묵 끝에 말을 꺼낸 타카하시 선배는 어쩔 줄 몰라 쩔쩔

매면서도 웃음을 지으려고 애쓰고 있었다. 정말 바보야. 한 번 더 중얼거리고 그대로 말문이 막혀버린 것처럼 고개를 숙이더니 색소가 옅은 머리카락 사이로 손가락을 넣고 치나미, 하고 여동생을 불렀다.

"내 진짜 엄마는 우리 엄마야. 진짜 아빠는 우리 아빠고, 진짜 누나는 우리 누나들이고, 진짜 동생은 유키카랑 치나미야. 안 돌아올지도 모른다니, 그게 뭐야. 바보 같이. 난 아무 데도 안 갈 거야. 혹시나 어딜 가더라도 돌아올 거야. 여기가 우리 집이고 우리 가족이니까. 정말이지 무슨 말이 그래? 바보 같이."

바보 같다는 말만 되풀이하며 타카하시 선배는 여동생의 머리를 감싸 안았다.

치나미는 고양이처럼 목구멍 안에서 가느다란 소리를 내며 선배에게 매달렸다.

"미…… 미안하다고 적혀 있었어. 몇 번이나……."

"응."

"오빠를 한 번도 잊은 적 없다고, 딱 한 번만이라도 조, 좋으니까, 만나고 싶다고……."

"응."

"미안해……."

미안해. 미안해. 미안해. 편지에 그녀가 거듭 적어 넣은 말을 치나미도 훌쩍이며 되풀이했다. 그럴 때마다 타카하시 선배는 응, 하고 속삭이며 여동생의 머리를 쓰다듬었다.

석양에 물들어가는 남매의 모습을 나와 유키야 오빠는 말없이 지켜보았다.

5

타카하시 선배네 거실에서 먹은 차와 케이크는 무척 맛있었다.

아버지와 어머니, 나츠미 언니와 유키카는 눈이 빨갛게 퉁퉁 부은 치나미를 걱정스럽게 보면서도 "초등학생이 들이대면 유키야도 곤란하겠지…….", "그거야 말로 범죄지……." 하고 저마다 풀이했고, 유키야 오빠도 굳이 부정하지 않고 조금 멋쩍게 헛기침을 하는 깨알 연기까지 선보였다.

치나미와 타카하시 선배 둘이서 일어나 2층으로 향하자 나와 유키야 오빠도 그만 돌아가기로 했다.

"다음에 또 놀러와. 적어도 올해가 가기 전에는 한 번 더 놀러오렴."

"다 같이 카드놀이 하자꾸나. 아, 하지만 유키야랑 카드 짝 맞추기 게임은 사양할래."

문 앞에서 어머니와 아버지는 타카하시 선배와 꼭 닮은 미소를 지으며 손을 흔들어주었다.

　자동차가 지나가기 힘들 것 같은 좁은 골목길을 유키야 오빠와 둘이서 걸었다.

　마을을 에워싼 야트막한 산들의 능선을 저물어가는 태양이 황금색으로 물들였다. 여름과 달리 햇볕에 살이 탈 것 같은 열기는 이미 없었다. 불어오는 바람도 시원했다. 머지않아 이 바람이 차가워지고 햇볕도 약해져갈 무렵, 카마쿠라에 있는 나무들의 이파리가 물감으로 칠한 것처럼 알록달록해지는 계절이 찾아온다.

　유키야 오빠는 말이 없었고, 먼 곳을 바라보는 눈빛으로 보아 깊은 생각에 잠겨 있음을 알 수 있었다. 그리고 그 생각이 기분 좋은 것이 아니라는 사실도. 나는 말을 걸고 싶었지만 실마리를 찾지 못하고 혼자 끙끙 앓다 마침 골목 끝자락에 있는 아담한 상점이 눈에 들어왔다. 그래, 저거야, 하고 배에 힘을 주었다.

　"유키야 오빠, 왠지 목 마르지 않나요?"

　"아뇨, 조금 전에 차를 마셔서 괜찮아요."

　쿨하게 격침당한 내가 울상을 짓자 "……괜찮은 줄 알았는데 역시 조금 마른 것 같네요." 하고 유키야 오빠가 배려해주었다. 나는 곧바로 할아버지가 꾸려나가는 구멍가게로 달려가 종이팩에 든 녹차 우유와 무가당 홍차를 샀다. 지갑에서 동전을 꺼내는 유키야 오빠를 괜찮다고 밀어내고 주변을 둘러보며 앉아서 쉴 만한 곳을 찾았다.

결국 타카하시 선배와 같이 오던 길에 있었던 사당 밑에 잠시 앉기로 했다. 에노시마 전철 선로 위로 걸려 있는 다리 바로 앞에 있는 빨간 지붕의 사당은 언뜻 보면 평범한 주택 같기도 했지만, '정재淨財'라고 붓글씨가 적혀 있는 새전함이 놓여 있고 안쪽에는 '길안내 지장'이라는 지장보살상이 안치되어 있었다. 새전을 넣고 합장하며 '죄송해요, 실례할게요,' 하고 머리를 숙인 뒤 나는 하얗게 마른 나무로 된 평상에 앉았다. 유키야 오빠도 사이에 투명인간이라도 있는 것처럼 거리를 두고 내 옆에 앉았다.

문제는 여기부터다. '의지할 생각 없고 상담할 생각도 없고 혼자 해결할 테니 내버려두세요.'라는 태도로 살아온 사람의 입을 열게 하려면 어떻게 해야 좋을까. 녹차 우유가 든 종이팩을 꼭 움켜쥐며 적당한 말을 찾아 머리를 굴리고 있는데 유키야 오빠가 먼저 말했다.

"신경 쓰게 해서 미안해요."

"네?"

나는 목소리가 뒤집어졌고, 게다가 상당히 얼빠진 얼굴을 하고 있었는지 유키야 오빠가 피식 웃었다. 그러더니 천천히 종이팩 홍차의 빨대를 빼서 구멍에 꽂아 한 모금 마시고는 붉게 물들어가는 하늘을 올려다보았다.

"솔직히 껄끄러웠어요, 그렇게 쾌활하고 순수한 사람은요."

나밖에 듣는 사람 없는 가느다란 목소리에 나는 귀를 기울였다.

"나처럼 고립된 사람한테 언제나 먼저 다가와 관계를 맺으려고 하는 사람들이 그런 타입이거든요. 그들한테는 내가 불쌍해 보이는지도 몰라요. 하지만 난 내가 원해서 이렇게 있는 거니까 그냥 내버려두었으면 하거든요. 그러다가 흥미가 식어서 떠나가면 다행이지만 어째선지 오히려 나한테 반감을 품는 사람들도 있어요. 그래서 대학교에 들어와 그 녀석을 봤을 때는 여기도 또 그런 녀석이 있구나 하고 마음이 무거웠어요."

나도 녹차 우유를 한 모금 마셨다. 다리 밑의 선로를 에노시마 전철이 한적한 바퀴 소리를 울리며 지나갔다.

"5월에 있었던 캠퍼스 투어 때 타카하시 선배한테 들었어요. 학생식당에서 선배가 지갑을 놓고 와서 곤란해하고 있는데 유키야 오빠가 도와줘서 그때부터 친해졌다고요."

"그건 식당 계산대에서 내 앞에 선 게 그 녀석이었는데 계속 울상만 짓고 있으니까 면이 불어서 퍼지는 게 싫었던 것뿐이에요. 녀석은 그때 날 처음 봤는지 몰라도 나는 그 전부터 잘 알고 있었어요. 싹싹하고 모두에게 친절해서 이 녀석이랑은 엮이지 말아야겠다고 계속 피해 왔었거든요."

두 사람이 처음 대화를 나누었을 때 유키야 오빠는 역시나 평소의 프로 뺨치는 무표정한 얼굴을 하고 있었을까. 그리고 타카하시 선배는 햇살 같은 눈부신 얼굴로 유키야 오빠를 보며 웃어주었을까.

"같이 어울려 다니면서 내가 거북해하는 부류의 사람은 아니라는 것은 알았어요. 오히려 태평해 보이지만 다른 사람의 기분에 민감한 녀석이란 걸 알았죠. 그래도 같이 있으면 괜히 꼴도 보기 싫을 때가 있는데, 그건 녀석한테 잘못이 있어서가 아니라 단지 내가 뒤틀려서 그런 것뿐이라는 걸 알고 있었기 때문에 괜히 더 화가 났어요. 그래서 태도를 바꾼 적도 있었는데 그런데도 녀석은 평소와 다름없이 친절해서 그게 또 마음에 안 들었죠. 7월에 녀석의 집에 묵었을 때 깨달았어요. 지나치게 완벽할 만큼 선량하고 행복한 가족이었고, 이런 사람들한테 둘러싸여 아무런 어려움 없이 자랐으니 나와는 달리 어디도 뒤틀리지 않은 사람으로 큰 거라고 생각했어요. ……그런데."

그런데 어제 갑자기 타카하시 선배가 유키야 오빠에게 비밀을 털어놓았다. ──나는 입양아야.

무척이나 놀라더라고 타카하시 선배는 말했다. 틀림없이 유키야 오빠에게는 세상이 뒤집힐 만큼 충격적이었을 것이다. 다음 날 아르바이트를 하러 와서도 평소답지 않은 실수를 연발할 만큼. 선배가 걱정이 돼서 좀 어떤지 보러 올 정도로.

"나의 독선이었고 생각이 짧았어요."

햇볕도 뚫지 못할 만큼 새카만 유키야 오빠의 머리카락이 가을바람에 흔들렸다.

"멋대로 단정짓고 공격하거나 다 안다는 얼굴로 동정하는 사람은 질색이라고 줄곧 생각해 왔는데 어느새 나도 똑같은 짓을 하고 있었어요. 그걸 갑자기 깨달았죠. 녀석이 입양아라서 불행하다는 뜻이 아니에요. 그런 게 아니라, 아무런 문제도 없이 자란 사람이 있을 리가 없고 아무런 노력도 하지 않고 선량할 수 있는 사람도 있을 리가 없다는 걸 조금만 생각해 보면 알 수 있는데, 남을 멋대로 재단하는 사람은 싫다고 생각해온 나 자신이 내 지레짐작으로 녀석을 판단하고 있었어요. 그게……, 충격이었어요."

유키야 오빠가 충격이라는 말을 자신에게 하는 것을 나는 처음 들었다. 그뿐만이 아니라 이 사람이 계속 숨겨오던 속마음을 이렇게 털어놓는 것도 처음이었다.

어떻게 대답해야 좋을지 괜찮은 말을 찾을 수가 없었고, 어떻게 말해도 핀트가 어긋난 대답이 될 것 같았지만, 그래도 제대로 듣고 있다는 사실은 전달하고 싶어서 말없이 고개를 끄덕였다.

"녀석은 언제나 웃고 다니고, 솔직히 어떻게 이렇게까지 천하태평일 수 있을까 하고 진저리가 난 적도 있었어요. 하지만……, 어쩌면 녀석은 자기 이외의 다른 사람들을 위해 웃고 있었는지

도 몰라요. 소중한 사람들이 웃어주길 바라는 마음에서 웃는
건지도 모르죠."

어느 결에 태양이 서쪽 하늘의 야트막한 곳까지 내려앉았다.

이파리가 풍성한 나무들이 역광을 받아 그림자 그림처럼 보였
다. 올려다본 하늘은 마치 연한 금색과 붉은색 실로 짠 태피스
트리 같았는데 그 색채는 어쩐지 슬프고 아름다웠다. 그 애달픈
빛은 편지를 숨긴 치나미의 바람과도, 여동생을 꼭 끌어안는 타
카하시 선배의 모습과도, 방금 선배에 대해 털어놓은 유키야 오
빠의 말과도 닮은 느낌이었다.

"뜻 모를 얘기를 주절주절해서 미안하지만……."

"난 유키야 오빠가 얘기해주면 기뻐요."

바람이 불듯이, 비가 내리듯이, 숨을 쉬는 것처럼 말이 흘러
나왔다.

"만약 무언가를 이야기해서, 그래서 마음이 편해지고 조금이
라도 기분이 좋아진다면, 그렇게 해서 유키야 오빠한테 도움이
된다면 기뻐요. 언제나 그렇게 생각해요."

이런 말을 하다니 전혀 나답지 않았다. 몇 초 지나서 스스로
도 깨닫고 화들짝 놀라 옆을 보니 유키야 오빠는 안경 너머에서
눈이 휘둥그레져 있었다. 얼굴이 단박에 빨개지면서 "아뇨!"라
든가 "그런 게 아니라요!" 같은 말이 튀어나올 것 같았지만 나는
용기를 있는 대로 쥐어짜서 그 말을 목구멍 안쪽으로 밀어 넣었

다.

다 진심이다. 나는 언제나 그렇게 생각해왔다. 당신이 조금이라도 편하게 행복을 느끼며 살아가면 좋겠다고. 그러기 위해 내가 무언가 해줄 수 있었으면 좋겠다고.

유키야 오빠가 가늘게 입술을 벌렸다. 나는 기절해버릴 만큼 긴장하며 유키야 오빠의 말을 기다렸다. 하지만.

유키야 오빠가 뭐라고 말을 하려던 바로 그 순간, 둔탁한 진동 소리가 들렸다. 발신원은 유키야 오빠의 바지 호주머니였고, 유키야 오빠는 미간을 찡그리며 스마트폰을 꺼냈다.

"무슨 일이야?"

거칠게 대답하는 것을 보고 상대는 타카하시 선배라는 걸 알았다.

"아니, 아직 전철은……, 어디긴, 지장보살상이 있는……, 뭐? 왜? 안 와도 돼. 말을 하면 좀 들어. 안 와도——."

그때 일방적으로 전화가 끊겼는지 유키야 오빠는 말없이 검은 스마트폰을 내려놓았다.

"타카하시 선배가 이리로 온대요?"

"……그러겠다고 하는데 녀석이 오기 전에 돌아가고 싶네요."

"그건 인간적으로 좀……."

하지만 유키야 오빠는 돌아갈 수 없었다. 정말 얼마 지나지 않아 따릉따릉 하는 경쾌한 자전거 벨소리가 들렸기 때문이었다.

"웃키!"

기운찬 목소리가 울려 퍼지자 유키야 오빠는 한쪽 손으로 얼굴을 꾹 누르며 무거운 한숨을 내쉬더니 화려한 오렌지색 자전거를 타고 나타난 타카하시 선배를 짜증스럽게 보았다. 어쩌면 그런 이야기를 한 직후에 당사자가 등장했으니 멋쩍은 걸지도 모른다.

"왜 왔어?"

"정말로 큰 도움을 받았으니까 일단 알려줘야겠다 싶어서."

유키야 오빠는 얼굴을 살짝 찡그리고 뭐라고 말하려다 그만두었다. 아마도 타카하시 선배의 웃는 얼굴에 긴장한 기색이 떠올라 있었기 때문일 것이다.

"편지가, 아, 첫 번째 편지 말인데. 7월 달에 내 생일 조금 전에 도착했었나봐. 하지만 그건 내가 아니라 엄마 아빠 앞으로 왔었는데, 엄마 아빠가 허락한다면 나한테 편지를 전해주라고 적혀 있었어. 나한테는 스무 살 생일 축하한다는 말이랑, 나는 이미 엄마 아빠의 자식이니까 방해하면 안 된다고 생각해서 지금까지 연락을 안 했던 거라고. 그리고 가능하면 한 번 만나고 싶다고. 그리고 두 번째 편지가."

타카하시 선배가 거기서 일단 말을 끊고 자기가 불편하게 한 건 아닌지 불안해진 것처럼 유키야 오빠의 표정을 살폈다. 유키야 오빠는 선배에게서 눈을 떼지 않고,

"두 번째 편지가 뭐?"

하고 이야기를 재촉했다. 선배는 웃으려고 했지만 미처 웃지 못한 표정으로 계속했다.

"두 번째 편지는 완전히 '미안하다'는 말뿐이었어. 답장이 전혀 없으니 내가 화났다고 생각했나봐. 편지 같은 걸 보내서 미안하다, 날 키워주지 못해서 미안하다, 이제 와서 이런 말 해서 미안하다고. 그리고, 이제는 자기도 어린애가 아니라 일해서 돈도 벌었고, 지금이라면 제대로 내 엄마가 될 수 있다고. 지금의 자기 모습으로 날 가졌더라면 얼마나 좋았을까 하고, 매일 그렇게 생각했다고 적혀 있었어. 웃키."

"……듣고 있어."

"그 사람은 최근에 결혼해서 아기가 생겼대. 하지만 날 제대로 키울 수 없어서 떠나보냈는데 그런 자기가 그 아이를 낳아도 되는 걸까 하고, 낳고 싶지만 나한테 너무 미안하다고 적혀 있었어. 좋아하는 사람이랑 결혼해서 아기가 생겼다니, 그건, 그런 건 100퍼센트 축하할 일이잖아? 면목 없다고 미안하다고 울면서 쓸 얘기가 아니잖아? 그 사람은 계속 그런 생각을 하면서 살아온 걸까? 날 떠나보낸 뒤로 20년이나 줄곧 말이야."

유키야 오빠는 대답하지 않았다. 타카하시 선배도 어떤 말을 듣고 싶었던 것은 아니었을 것이다. 잠깐 동안의 정적이 내려앉았고 어딘가 먼 곳에서 바이크가 달리는 소리가 들렸다.

"답장을 써서 보내면 되지 않을까?"

"……그래도 될까?"

"뭐가?"

"난 지금까지 피가 이어져 있지 않아서 불안한 건 나 혼자인 줄 알았거든. 그래서 다른 누군가를 불안하게 만들 수도 있다는 걸 치나미의 속마음을 듣기 전까지는 전혀 생각해본 적도 없어서……, 만약 내가 그 사람이랑 연락을 하면 엄마 아빠도 불안해질까? 분명 그런 말은 절대로 꺼내지 않을 테고, 나한테는 웃으면서 그렇게 하라고 말해줄 게 빤하지만 역시 속으로는 싫어할까?"

이 사람은 언제나 이런 식으로 자기 외의 다른 사람을 생각하고 있는 걸까.

나는 그런 선배에게 무언가, 가능하면 괜찮다고 격려하는 말을 해주고 싶었지만 확실히 선배의 부모님은 선배를 사랑하는 만큼 불안해질 수도 있을 것 같다는 생각이 들어서 말이 나오지 않았다. 하지만.

"쓸데없는 소리."

키시다 유키야 오빠는 시베리아 한랭기단처럼 쿨하게 딱 잘라 말했다.

"그건 네가 아무리 머리를 싸매고 고민한들 절대로 답이 나오지 않아. 직접 물어본들 본심인지 아닌지 알 수도 없으니 애당초 고민해봐야 아무런 의미도 없어. 관둬."

"뭐? ……그, 그래도."

"타카하시 수제에 골치 아픈 생각 하지 마."

단호하게 말허리를 자른 유키야 오빠는 조용한 목소리로 덧붙였다.

"남을 격려하고 용기를 심어주는 일이 나쁜 일일 리가 없어. 그리고 널 길러주신 분들이 네가 그런 행동을 하는 걸 싫어하실 리도 없고."

말이 깊이 스며들어 가는 것 같은 시간이 흐른 뒤 타카하시 선배의 눈가가 조금 움찔거렸다.

울음이 나올 것 같은 표정을 선배는 평소의 쾌활한 미소로 바꾸었다.

"응. 고마워, 윳키."

그렇지, 카노도 고마워. 그렇게 말하며 이쪽을 본 타카하시 선배는 깜짝 놀라 동그란 눈을 더욱 동그랗게 떴다.

"왜 그래?! 카노, 왜 우는 거야?!"

"……아, 나는 신경 쓰지 마세요……. 정말로요, 저기 있는 지장보살상이나 다름없다고 생각해주면……."

"그게 무슨 말도 안 되는 소리야. 뚱딴지 같이. 어쩌면 지장보살님도 지금은 사당 안쪽에서 조금 곤란해하고 있을걸."

허둥지둥하며 타카하시 선배가 내 앞에 허리를 낮추고 호주머니에서 꺼낸 티슈로 내 얼굴을 닦아주려고 했다. 하지만 옆에서 순간적으로 뻗어온 하얀 손이 타카하시 선배의 얼굴을 움켜잡는 바람에 "으윽." 외마디 비명을 질렀다.

"유, 윳키, 오늘 쓴 기술 중에 최고……!"

"시간이 늦었으니 이제 갈 거야. 너도 냉큼 뒤로 돌아 집으로 가서 식구들과 단란한 한때를 보내는 데 집중하도록 해."

"아, 알았어. 분부대로 할게."

두 사람이 사이좋게 주거니 받거니 하는 사이에 나는 내가 가지고 있던 티슈로 눈물을 닦고 코를 팽 풀었다. 그때 문득 생각났다.

"선배, 첫 번째 편지에도 문향이 들어 있었어요?"

타카하시 선배는 유키야 오빠가 손가락으로 꾹 누른 이마를 문지르며 눈을 동그랗게 떴다.

"아, 응. 들어 있었어. 맞다, 그것도 물어보려고 했었지. 이거야."

타카하시 선배가 후드점퍼 호주머니에서 꺼낸 것은 도라지꽃 문향과 완전히 똑같은 모양과 크기의 문향이었다.

겉에는 수채화풍 색감의 꽃이 그려져 있었다. 하지만 이번에는 도라지꽃이 아니라 가느다란 검 같은 꼿꼿한 이파리를 두르고 보라색 꽃잎을 우아하게 드리운 꽃──제비붓꽃이었다.

마찬가지로 '사쿠라도'에서 나온 문향이 틀림없었다. 어쩌면 편지를 보낸 사람은 '사쿠라도'의 상품을 즐겨 사용하는지도 모른다. 이 제비붓꽃 문향은 사계절 시리즈 중 여름 상품으로 카게츠 향방에서도 8월까지는 이 제비붓꽃이 포함된 여름 문향 세트를 가게에 진열해두었다. 그러므로 꽃말도 기억하고 있었다.

"선배, 이 꽃은 제비붓꽃이라고 하는데요, 꽃말은 '당신에게 행운이 깃들기를'이에요."

꽃말은 문향을 고정하는 받침종이에 적혀 있다. 아마 그분도 그것을 보았을 것이고, 그래서 세 가지 문향 중에서 제비붓꽃을 골라 타카하시 선배에게 보내는 편지에 넣었을 것이다.

두 통의 편지에 들어 있던 제비붓꽃과 도라지꽃이 그려진 두 개의 문향. 그것도 역시 그분이 보내는 메시지가 아닐까.

「부디 네가 행복하기를.」

「언제까지나 변함없이 널 사랑해.」

타카하시 선배는 무슨 생각을 하는지 손바닥 위에 올린 제비붓꽃 문향을 말없이 쳐다보았다. 나는 어쩌면 쓸데없는 참견일지도 모른다고 생각했지만 그래도 역시 전하고 싶었다.

"선배, 오늘 우리 가게에서 산 문향에는 도라지꽃 말고도 꽃이 그려진 게 두 개 더 있었잖아요?"

"응? 응, 그랬지."

"나머지 두 개 중에 작은 보라색 꽃. 개미취라고 하는데요,

개미취의 꽃말은 '추억'과 '그리움', 그리고 ——'당신을 잊지 않겠어요'예요."

타카하시 선배에게서 풍겨 나오는 향기에 여러 가지 감정이 스쳤다. 결코 부드러운 감정들만 있지는 않았고 아마도 선배가 지금까지 누구에게도 보여주지 않았던 아픔을 동반한 감정도 있었다.

그래도 갑자기 구름 사이로 빛이 비치듯 향기가 투명해지며 타카하시 선배는 무척이나 선배다운 특유의 매력적인 미소로 돌아왔다.

"그럼 그걸 써볼까. 고마워, 카노."

타카하시 선배는 오렌지색 자전거에 훌쩍 올라타고 "윳키, 다음에 라멘 쏠게!" 하고 손을 흔들며 땅거미가 지기 시작한 길 저편으로 멀어져갔다.

선배는 이제부터 편지를 쓸 것이다. 아마도 지금까지 누구에게도 털어놓지 않은 말을 적어 넣고 봉하기 전에 귀여운 보라색 꽃이 그려진 문향을 가만히 넣을 것이다.

그리고 그 편지를 받은 그분은 분명 깜짝 놀라 떨리는 손으로 편지를 열어볼 것이다. 자신을 원망하고 또 원망해도 어쩔 수 없다고, 그런 마음으로 편지지를 열어볼지도 모른다. 하지만 그 편지에 담긴 말과 은은한 향기에 그분은 갓난아기였던 그의 마음을 알게 될 것이다.

선배가 미소 뒤에 아무도 모르게 감춰온 아픔과 계속 자신을 책망해온 그분의 후회가 그 편지와 향기로 치유되기를 나는 기도했다.

타카하시 선배의 모습이 길 모퉁이로 사라지자 얼마 뒤 유키야 오빠가 무겁게 입을 열었다.

"아까 하던 얘기 말인데요."

"네?"

깜짝 놀라며 퍼뜩 정신이 들었다. 아까 하던 얘기란 내가 유키야 오빠에게 도움이 된다면 기쁘다느니 하는 이야기를 나답지 않게 불쑥 해버린 것으로, 진지한 표정으로 다시 그 이야기를 꺼내자 너무 부끄러워서 모처럼 아까는 용기를 짜내어 꾹 참았던 "아뇨!"라든가 "그런 게 아니라요!" 같은 말이 순간적으로 튀어나오며 새빨개진 얼굴로 뒷걸음쳤다. 뒷걸음치다 지장보살 사당의 평상에 무릎 뒤쪽을 세게 찧으며 평상에 엉덩방아를 털썩 찧었다. 지금 당장 숨이 멎었으면 좋겠다 싶을 만큼 부끄러웠다. 울상을 지으며 일어나려고 하자 서늘한 손이 왼손을 잡고 깃털처럼 가볍게 일으켜주었다.

"고마워요."

가느다란 목소리로 말하는 그 표정을 내가 올려다보기도 전에 유키야 오빠는 걸음을 옮겼다.

체온이 조금 낮은 큼직한 오른손으로 내 왼손을 잡은 채로.

제 2 화

그날의
너에게

1

버스 정류장에서 내려 저녁놀이 지는 길을 흐느적흐느적 걸어 돌아오자 하얀 포렴이 나부끼는 가게 앞에 늘씬한 그림자가 서 있었다.

적갈색 나가기남녀 기모노의 가장 기본이 되는 복식으로 앞섶을 여며 허리띠로 매는 원피스 스타일의 옷 – 역자 주에 한없이 검은색에 가까운 남색 하오리를 입은 유키야 오빠가 빗자루로 가게 앞 주차 공간을 꼼꼼히 쓸고 있었고, 그 발밑에서 젖소 무늬 고양이가 응석 부리듯 야옹거리며 엉겨 붙고 있었다. 완전히 녹초가 돼서 머릿속이 멍했던 나는 그 광경을 넋을 잃고 보았다. 금세 유키야 오빠가 멀뚱히 서 있는 나를 발견했다.

"왔어요? 왜 그러고 서 있어요?"

"아…… 아니, 그냥……, 다녀왔습니다."

안 그래도 자꾸 기어들어가는 목소리가 더욱 작아진 것은 단순히 유키야 오빠의 "왔어요?" 하는 인사가 쑥스러워서 그런 것뿐이지만 유키야 오빠는 미간을 찡그렸다.

"피곤한가 보네요. 축제가 많이 힘들었어요?"

"아뇨, 그리 힘들지는……. 동아리랑 교실을 왔다 갔다 해야 해서 조금 지친 것뿐이에요. 하지만 양쪽 다 손님이 많이 와서 다행이었어요."

10월 첫 번째 주 토요일인 오늘과 내일 일요일까지 이틀간, 내가 다니는 현립 고등학교에서는 축제가 열린다. 첫날인 오늘은 날씨가 안 좋았지만 그래도 놀랄 만큼 많은 사람들이 찾아주었다. 나는 다도부 소속인데, 이번 축제에서는 내 운명의 단짝 치요가 속해 있는 미술부, 그리고 원예부와 연합하여 '그림과 꽃이 가득한 일본 전통 찻집'을 선보이기로 기획했다. 예상보다 훨씬 성황을 이루어 오늘은 눈코 뜰 새 없이 바빴다.

그렇게 오늘 있었던 일을 유키야 오빠와 젖소 무늬 고양이를 쓰다듬으며 이야기했다. 유키야 오빠는 상냥하게 눈웃음을 지으며 들어주었다. 중간에 젖소 무늬 고양이(암컷)가 "그런 계집애보다 날 더 예뻐하도록 해!"라고 하는 것처럼 심기가 상한 울음소리를 내며 유키야 오빠의 손에 머리를 부비적거렸다. 고양이의 목을 간질이는 유키야 오빠를 보며, 나는 이런 시간을 행복이라고 하는 걸까 하고 반쯤 넋이 나간 채로 생각했다.

"어머나, 완전히 녹초가 다 됐구나. 저녁 다 됐으니까 얼른 옷 갈아입고 와."

본채로 돌아가 "다녀왔습니다" 하고 인사를 하자 할머니가 쿡쿡 웃었다. 고마워, 하고 대답하고 나는 2층에 있는 내 방으로 비틀비틀 올라갔다. 교복을 갈아입고 1층 거실로 내려오자 마찬가지로 평상복으로 갈아입은 유키야 오빠가 샐러드 그릇을 상에 갖다 놓고 있었다. 오늘 저녁은 할머니의 특제 카레다.

"그러고 보니 카노, 열이 나서 못 오는 애가 한 명 있어서 일손이 부족하다고 허둥지둥했었지? 그 문제는 잘 해결됐니?"

카레 위에 올린 반숙 달걀을 주르륵 흐르게 으깨며 할머니가 살짝 고개를 돌렸다. 여전히 의식이 살짝 멍했던 나는 "……응?" 하고 반응이 한 박자 늦게 나왔다.

"아, 응……. 아키라가 도와줘서 괜찮았어."

푹 물러진 감자는 모서리가 동글동글했고, 한입 크기의 돼지고기는 숟가락으로 쉽게 풀어질 만큼 부드러웠다. 맛있어……. 감동하던 나의 눈에 테이블 맞은편에 앉은 유키야 오빠가 당근이 올라간 숟가락을 든 채로 우뚝 멈춰 있는 것이 보였다.

"유키야 오빠? 왜 그래요?"

"……아키라는 누구예요?"

아, 하고 나는 부끄러워졌다. 안 되겠다. 계속 멍해서 정신이 돌아오지 않았다.

"1학년 학생이에요. 오늘 급하게 옮기던 짐이 무거워서 힘들었는데 지나가던 아키라가 도와줬어요."

"착한 애네요."

"맞아요. 그 뒤에도 할 일이 또 있으면 도와주겠다고 하더라 고요. 그래서 오늘은 결국 끝날 때까지 설거지 같은 걸 도와줬 어요."

"조금 수상할 만큼 친절한데요?"

"그러고는 내일도 도와주겠다고 했어요. 솔직히 고맙긴 하지 만, 같은 동아리도 아니고 오늘 아침에 처음 만난 애한테 그렇 게까지 해달라고 하긴 좀 미안하잖아요?"

"맞아요. 역시 좀 그렇죠."

"그렇게 이야기했더니 신경 쓰지 않아도 된다며 내일도 와주 기로 했어요."

침묵이 흘렀다.

갑자기 풉 하고 할머니가 웃음을 터뜨렸다. 뭔가 이상한 점이 라도 있었던 걸까? 놀라는 나에게 할머니는 크흠 크흠 하고 헛 기침을 하더니 장난기 가득한 눈으로 물었다.

"카노, 그 아키라라는 애는 잘생겼어?"

"잘생겼냐고……? 응……, 그런 듯?"

확실히 아키라는 눈매가 날렵하고 늠름하게 생겼다. 하지만 멋있기로는 역시 유키야 오빠가 가장……. 이런 생각을 하다가 얼굴이 빨개졌다. 아, 어떡해. 오늘은 정말로 머리가 이상하다. 뺨을 손으로 감싸며 고개를 들자 어째선지 유키야 오빠가 어딘가 고장난 게 아닌지 걱정스러울 만큼 무표정한 얼굴로 나를 보고 있었다. 응, 왜 그러지?

하지만 그닐 밤에는 완전히 지쳐서 나는 평소보다 두 시간이나 일찍 잠자리에 들었고 이 일은 까맣게 잊어버리고 말았다.

이튿날 아침, 고등학교에서 가장 가까운 역에서 에노시마 전철을 내리자 "카노~." 하고 부르는 소리가 들렸다. 다른 차량에 타고 있었는지 같은 반인 치요가 플랫폼을 조르르 달려왔다. 치요의 본래 이름은 마츠키 야치요로, 자이모쿠자에 있는 '마츠키 불교 용품점'에 사는 나의 운명의 단짝이다.

"카노, 날씨 좋다. 어제는 비가 와서 좀 그랬는데 오늘은 맑아서 다행이야."

"맞아. 오늘도 손님이 많이 왔으면 좋겠다."

나와 똑같은 남색 블레이저에 플리츠스커트 교복을 입은 치요는 양쪽 귓불 언저리에서 머리를 묶는데, 오늘은 귀여운 장식이 달린 고무줄로 묶은 점에서 의욕이 느껴졌다. 그러는 나도 사실은 평소에는 땋아 내리는 머리를 귀 밑에서 당고처럼 동그랗게 말고 있었다.

"치요 씨, 머리끈 잘 어울리시네요."

"카노 씨야말로 당고 머리가 예술이에요."

서로 손가락으로 가리키며 나와 치요는 개찰구를 나왔다.

역에서 이어지는 통학로는 자동차의 통행량이 많은 국도에 접해 있고, 그 맞은편에는 새파란 사가미 만이 펼쳐져 있으며 녹음이 울창한 에노시마가 한눈에 들어온다. 게다가 오늘은 공기가 맑고 쾌청해 저 멀리 아름다운 후지산도 보였다. 국도와 나란히 달리는 에노시마 전철의 건널목을 건너, 여름보다 바다 냄새가 부드러워진 바닷바람을 느끼며 긴 언덕길을 올라가면 우리가 다니는 고등학교가 나온다.

알록달록한 아치가 세워져 있는 교문을 지나가니 간이음식점 텐트와 테이블과 의자가 어제 모습 그대로 남아 있었다. 그 모습은 교사 안으로 들어가도 마찬가지로, 참신한 색조의 간판과 풍선, 컬러 테이프에 어째선지 빨간 초롱까지 복도를 물들이고 있어 색깔의 홍수에 눈이 시릴 정도였다. 그 중에서도 한층 눈에 띄는 곳은 2학년 교실이 있는 3층 교사의 동쪽이다.

꼬불꼬불한 곱슬머리와 불룩한 뺨, 허리를 살짝 옆으로 돌린 으스대는 포즈. 그의 이름은 줄리안이지만, 아마도 '오줌 싸는 소년'이라는 별칭이 더 유명할 것이다. 이 1.7미터나 되는 거대한 소년 줄리안 상이 나와 치요가 속한 2학년 3반 앞에 당당하게 세워져 있는 것은 우리 반에서 준비한 것이 와플 카페이기 때문이다. 본고장 벨기에의 맛을 점점 추구하다 보니 "좀 더 벨기에풍으로 해보자!" 하고 뜻이 모이면서 줄리안이 제작되었다. 참고로, 보는 눈을 고려해서 그의 하반신에는 검은 웨이터 앞치마를 둘러주었다.

"오늘도 광택이 멋지네, 줄리안."

"응, 불상 조각이랑은 전혀 달라서 어려웠지만 잘 만들어져서 다행이야."

축제 당일에는 동아리에서 하는 찻집 일도 있어서 와플 카페 접객을 하지 못하는 나와 치요는 이 줄리안 소년상 제작에 참여했다. 처음에는 솔직히 줄리안 소년상의 모습에 거부감이 들기도 했지만 이렇게 만들고 나자 그의 훌륭한 모습에 감개무량해지니 참 신기한 노릇이다. 반 아이들에게 도울 일이 없는지 확인한 뒤 나와 치요는 "힘내.", "손님 많이 불러와." 하고 줄리안의 배를 쓰다듬으며 1층으로 이동했다.

다도부, 미술부, 원예부의 합동 기획인 '그림과 꽃이 가득한 일본 전통 찻집'은 1층 안뜰과 이어진 교실에 차려졌다. 원예부가 정성껏 가꾼 꽃 화분이 선반과 바닥을 물들이고 미술부가 혼신의 힘을 기울인 그림이 벽을 알록달록하게 채웠다. 교실에는 붉은 천을 깐 벤치를 여러 개 놓고 찾아오는 손님에게 다도부원이 차를 타서 내주는 시스템이었다.

회의를 마친 뒤 일반인 공개 시간인 10시에 맞춰 다완과 작은 접시들을 준비하고 있는데 연합팀이 다 같이 맞춘 검은 앞치마를 두른 치요가 말했다.

"카노, 조금 전에 들었는데 어제 온 일반 방문객이 2천 3백

명이었대."

"우와, 대단하다. 어쩐지 바빠서 정신이 하나도 없더라……."

"졸업생 바이올리니스트의 콘서트가 있었잖아? 그래서 사람들이 많이 왔나봐. 체육관이 가득 찼었대. 나도 듣고 싶었는데……."

치요가 말한 콘서트는 창립 85주년이라는 조금 미묘하게 떨어지는 해를 기념하여 기획된 것이었다. 초대 받은 졸업생 바이올리니스트는 세계무대에서 활약하는 유명인이어서 많은 사람들이 몰려들었나 보다. 이튿날인 오늘도 창립 85주년 기획으로 졸업생을 초대한 강연회가 열릴 예정이었다.

축제 방문객은 대체로 마지막 날이 더 많다. 그 말인즉, 전통 찻집도 어제보다 손님이 더 많이 올 수 있다는 것이다. 그래서 "내가 쉬지 않고 차 탈게!", "그럼 난 쉬지 않고 서빙 할게!" 하고 치요와 의기투합하고 있는데 누군가가 문 밖에서 기웃거리는 것을 보았다.

"아키라."

이름을 부르자 몸집이 작은 그 사람이 우뚝 멈춰 섰다. 달려가서 "안녕?" 하고 인사하며 방긋 웃는 나에게 짙은 녹색의 동그란 안경을 쓴 짧은 단발머리 여학생──1학년 4반 아키라 아야가 "안녕하세요." 하고 작은 목소리로 인사했다.

어제 내가 차를 우리는 데 쓸 미네랄워터 상자를 옮기고 있을 때 아키라가 "도와드릴까요?" 하고 말을 걸어왔다. 휘청휘청하는 모습을 보고 걱정이 되었다고 한다. 실제로 나는 2리터짜리 페트병 여섯 개가 든 상자의 무게를 견디기 힘들었기 때문에 아키라가 도와줘서 정말로 고마웠다. 게다가 그 뒤에도 예상 못한 숫자의 손님에 허둥지둥하는 세 동아리 연합팀의 모습을 보고 "저도 같이 거들까요?" 하고 말해주었다. 마침 원예부 1학년이 전날부터 열이 나서 결석하는 바람에 일손이 부족하던 참이라 미안하게 생각하면서도 와라비모치고사리 녹말을 반죽해서 만든 떡 – 역자 주 만들기와 설거지까지 시키고 말았다.

"어제는 정말 고마웠어. 아키라가 아니었으면 큰일났었을 거야……."

"아뇨, 별것 아니었는데요 뭐. 오늘은 도와드릴 일 없어요?"

괜찮으면 내일도 거들겠다고 어제 아키라는 말했었다. 나는 자세를 바로잡고 설명했다.

"있잖아, 어제의 경험을 반영해서 조금 전에 다 같이 역할 분담을 새로 했거든. 다들 둘째 날이라 익숙해지기도 했고, 어떻게든 해볼 테니까 오늘은 도와주지 않아도 괜찮아."

동아리에서 선보이는 카페는 우리 2학년이 중심이 되어 운영하는데, 지나가는 1학년을 붙잡고 설거지를 시킬 정도로 참담했던 첫날의 운영 상황은 "정말 한심해…….", "은퇴한 선배들도 저 멀리서 울고 있을 거야……" 하고 맹렬하게 반성해야 할 수준이었다. 게다가 1학년인 아키라에게는 이번이 첫 번째 축제다. 아무런 인연도 없는 동아리에 계속 붙잡아두고 그녀의 소중한 시간을 빼앗을 수는 없다. 그런 마음에서 나온 결정이었다. 하지만…….

괜찮아, 하고 내가 말한 순간 아키라의 눈동자가 흔들리며 향기가 뻣뻣하게 경직되었다. 아, 나도 마음이 꽉 옥죄였다. 상처 주고 말았다.

"아니, 필요 없어서가 아니라 오늘도 폐를 끼칠 수는 없으니까……."

"다행이다! 사실은 저도 오늘은 반에서 할 일이 생겨서 도와드릴 수 없게 됐거든요. 그 말을 하러 온 거예요. 아, 유령의 집 같은 카페를 하는데요. 사쿠라 선배도 시간 나면 한번 들러주세요."

아키라는 명랑하게 웃었다. 눈꼬리가 올라가 있어서 웃을 때도 강해 보이는 이미지였다. 하지만 딱딱하게 굳은 향기는 그대로였다. "그럼 갈게요." 하고 곧바로 발길을 돌리는 그녀를 "잠깐만!" 하고 나는 황급히 손을 잡아 멈춰 세웠다. 아키라가 놀라서 움직임을 멈췄다.

"마음에 들지 모르겠지만 이거, 감사의 뜻으로 받아줄래?"

앞치마 호주머니에서 준비해두었던 것을 꺼내자 아키라는 눈을 동그랗게 뜨고 받아들었다. 귀여워, 하고 작게 속삭이는 말을 듣고 안도했다.

그것은 향이 나는 고리 액세서리였다. 하얗고 동그란 치리멘 바탕이 오글쏘글한 비단 – 역지 주에 꽃 자수가 들어가 있고 연붉은색 끈과 작은 방울이 달려 있다. 치리멘 세공 부분에는 백단을 베이스로 한 천연 향료가 들어 있어서 향낭처럼 향기를 즐길 수 있다. 아키라는 듬직한 느낌이니 너무 달콤하지 않은 상쾌한 향으로 골라서 오늘 아침에 할머니에게서 사 왔다.

"하지만…… 이런 건 미안해서 못 받아요."

"아니야. 어제는 아키라가 도와준 덕분에 살았는걸. 그러니까 정말 고마웠어."

치요도 총총히 달려와 "고마웠어." 하고 꾸벅 인사했다. 그러자 딱딱하게 굳어 있던 아키라의 향기가 사르르 풀어지며 수줍은 미소가 입가에 퍼졌다.

고리를 소중하게 손으로 감싼 아키라는 나와 치요에게 인사를 하고 복도 저쪽으로 걸어갔다.

10시가 되어 일반인 공개가 시작되자 방문객들이 학교 안으로 잇따라 모여들었다.

전통 찻집도 순조로웠고, 칠판 앞에 반듯하게 정좌하고 앉은 다도부원이 타주는 말차에 미술부와 원예부 아이들이 직접 만든 와라비모치를 곁들여 손님들에게 대접했다. 그리고 10시 반이 조금 덜 되었을 무렵. 마침 손이 비어서 손님이 돌아간 벤치에서 다완과 과자 접시를 치우고 있는데 느닷없이 누가 뒤에서 꽉 끌어안는 바람에 나는 소스라치게 놀라 쟁반을 떨어뜨릴 뻔했다.

"카린, 놀랐잖아……!"

"언니, 오랜만이야. 잘 지냈어?"

도쿄에서 부모님과 살고 있는 두 살 아래의 여동생이 천진하게 웃었다. 긴 머리카락을 포니테일로 묶고 데님 원피스를 입은 카린은 스타일이 무척 좋았다.

그리고 카린의 옆에는 빨간 체크의 플란넬 셔츠에 카키색 카고 바지를 입은, 머리가 삐죽삐죽한 소년이 있었다. 나와 눈이 마주치자 그가 씩 웃었다.

"아사토, 오랜만이야. 키가 또 자란 거야?"

"응. 어째선지 요즘에는 한 달에 1센티미터씩 크고 있어."

오노 아사토는 할머니의 오랜 친구의 손자다. 할머니가 돌아가신 남편에게 받은 편지를 같이 찾아드리기도 했고, 내가 카린과 카린의 친구 일로 소동에 휘말렸을 때 유키야 오빠와 협력하여 도와주기도 하면서 서로 친해졌다. 언뜻 보면 조금 사나워 보이는 느낌이지만 사실은 속이 깊고 다정한 성격이다.

중학교 3학년이라 고등학교 입시를 앞두고 있는 아사토는 이 고등학교가 1지망이라고 했다. 그래서 학교 분위기도 알아볼 겸 축제를 보러 오겠다는 연락을 미리 받았었다.

"어? 카린, 실내화……."

"아하하, 깜빡하고 놓고 왔어……."

아사토가 라임그린색 슬리퍼를 신고 있는 반면 카린은 학교 건물 안인데도 뒤축이 두꺼운 쇼트 부츠를 신고 있었고 얼버무리듯이 웃었다.

우리 학교에서는 축제 방문객에게 의무적으로 실내화를 지참하도록 하고 슬리퍼 대여는 해주지 않는다. 축제에는 해마다 4천 명 가까운 방문객이 찾아와서 도저히 숫자를 맞춰 제공할 수가 없기 때문이다. 그러므로 실내화를 깜빡한 방문객은 출입구에 준비되어 있는 걸레로 신발 바닥을 깨끗하게 닦고 그대로 교내로 들어오게 하는데, 이를 철저히 지키기 때문에 축제 기간 중에는 설령 학생이 실내화를 깜빡하고 안 가져온 경우라도 슬리퍼는 빌려주지 않았다. 그래서 카린한테 실내화를 잊지 말고 꼭 가져오라고 당부했었다. 그럼 안 되지, 하고 눈으로 주의를 주자 카린도 고개를 숙이고 반성하는 태도를 보였으므로 그쯤하고 넘어가기로 했다.

"그런데 마나는? 같이 가자고 말해본다고 하지 않았어?"

"얘기해봤는데 오늘은 학원에서 중요한 수업이 있대. 언니한테 안부 전해달랬어."

마나는 카린의 소꿉친구인 여자아이다. 도쿄의 중학교에서 따돌림을 당하다 카마쿠라로 이사 왔는데 이쪽 학교에서도 문제가 생겨 힘들어 했었다. 하지만 최근에 들은 바로는, 요즘엔 마음이 맞는 친구도 생겨서 평온한 학교생활을 보내고 있다고 한다. 오랜만에 마나를 만날 수 있을 거라고 기대했던 터라 조금 아쉬웠지만 카린은 나보다 훨씬 더 낙담했는지 어린아이처럼 입술을 삐죽거렸다.

"공부도 중요하지. 이해는 하는데 나도 카마쿠라엔 가끔밖에 못 오니까 오늘 정도는 같이 놀아줘도 되지 않아? 어쩐지 요즘 마나는 나에 대한 사랑이 식은 거 같아."

"카린이랑 같은 고등학교에 가려고 애쓰고 있잖아. 약속했다며?"

"그리고 어쩌면 날 생각해서 그런 건지도 몰라. 너랑 마나도 자주 못 만나지만 그건 나도 마찬가지잖아?"

눈을 깜빡이는 카린의 손을 아사토는 아주 자연스럽게 잡았다.

"학원은 세 시면 끝난다고 했지? 간이음식점에서 먹을 것 좀 사서 마나네 집으로 가자. 그리고 그 전까지는 나랑 놀아."

카린이 볼을 발갛게 물들이며 고개를 끄덕였다. 사이좋게 손을 맞잡고 벤치로 향하는 두 사람을 보고 있으니 어쩐지 나까지 간질간질하고 쑥스러운 기분이었다. 그러니까 뭐라고 하면 좋을까, 내 동생과 아사토는 서로 사귀는 사이다.

"유키야 오빠는? 축제에 안 와?"

내가 두 사람에게 말차와 와라비모치를 내가자 카린이 물었다.

"응. 가게 봐야 하니까."

"하지만 할머니도 있잖아? 언니 보러 잠깐 오면 좋을 텐데."

"어제도 만났는데 뭘……. 그리고 유키야 오빠는 이런 행사는 불편한가봐."

"그렇구나. 오랫동안 못 봤으니까 오랜만에 아저씨랑 좀 놀려고 했더니."

아사토는 아쉬워했지만 카린은 어쩐지 떨떠름한 얼굴로 "언니." 하고 목소리를 낮췄다.

"언니, 솔직히 유키야 오빠랑 어떻게 돼가고 있어?"

"응……?!"

"제대로 하고 있는 거야? 매주 만난다고 방심하면 안 돼. 상대는 대학생이잖아? 우리보다 어른인 여대생을 학교에서 날마다 본다고. 여자 친구가 아니면 다른 여자한테 휙 가버려도 말릴 수 없는 거 알지?"

"아, 아저씨는 확실히 유능한 연상한테 약할 거 같긴 해."

아사토가 불쑥 내뱉은 말에 나는 흠칫 놀랐다. 유키야 오빠의 전 여자 친구는 우수하고 미인에 연상이었다.

갑자기 침울해진 나를 보고 아사토는 당황하며 손을 내저었다.

"아니, 그래도 아저씨는 카노를 정말로 소중하게 아끼는 것 같아."

나는 무심코 쟁반을 끌어안고 아사토에게 바짝 다가갔다.

"응? 그게 무슨 말이야⋯⋯?!"

"마나 일이 있었을 때 말이야. 카노랑 마나가 어디 있는지 몰라서 아저씨랑 우리가 다 같이 찾아다녔었잖아? 그때 아저씨는 분위기가 살벌해서 함부로 말도 못 걸 정도였어. 솔직히 좀 무서웠어."

그랬다. 그때는 유키야 오빠가 나를 찾아내주었다. 그리고 도중에 정신을 잃은 나를 집으로 데려와서 아침까지 같이 있어주었다.

"나도 그렇게 생각은 해. 하지만! 살다 보면 언제 무슨 일이 일어나고 언제 마음이 달라질지 모르잖아? 게다가 유키야 오빠는 머리도 정말 좋고 못하는 게 없지만 그쪽 방면으로는 어쩐지 분명히 하지 않는 것 같고, 본심이 안 보인다고나 할까⋯⋯."

"녀석은 지능 면에서는 내가 일찍부터 훈련을 시켜서 결코 남한테 뒤지지 않지만 그런 부분에서는 중학생보다도 못한 수준이지. 나도 교육을 담당한 사람으로서 책임을 느껴."

불쑥 끼어든 남자의 목소리는 연설 하나로 민중을 선동할 수도 있을 것 같은 힘이 있었다.

카린과 아사토는 미간을 찡그리며 옆쪽 벤치를 돌아보았지만 나는 핏기가 가시는 느낌이라 반대 방향으로 고개를 돌렸다. 절대로 저쪽을 봐서는 안 된다. 이대로 천천히 뒷걸음질쳐서 교실을 나가자. 하지만 슬그머니 발을 옮긴 순간, "사쿠라 카노." 하고 무시무시하게 울림이 좋은 목소리가 수리검처럼 날아와 나는 그대로 굳어버리고 말았다.

"매정한 조수로군. 왜 인사도 하지 않고 못 본 척하면서 슬쩍 달아나려고 하지?"

"……이, 일 때문에 오늘은 좀 바빠서요……."

"조금 전까지만 해도 여동생과 여동생의 교제 상대와 잡담을 나눴으면서 말인가? ──아, 고마워, 마츠키 야치요. 응? 왜 그렇게 덜덜 떨어? 말차가 다 넘치잖아."

돌아보니 치요가 쟁반에 차와 와라비모치를 올려 가지고 오는 중이었다. 쟁반을 든 손이 격하게 떨려 그릇이 덜그럭덜그럭 소리를 냈다. 그가 다완과 와라비모치 접시를 받아들자 치요는 조르르 달려와 내 뒤에 숨었다.

그 모습을 지켜보고 그는 다완에 입을 대며 입꼬리를 끌어올렸다.

머리카락은 너무 딱딱하지 않게 볼륨감을 살린 올백 스타일이고 복장은 회색 스트라이프 양복에 남색 넥타이. 꼬고 앉은 긴 다리 끝에는 번쩍번쩍 빛나는 가죽 구두, 가 아니라 베이지

　　　　　　　　　　　　　　　　　제2화

색 내빈용 슬리퍼를 신고 있었다. 치요는 그를 몰래 '젊은 두목'
이라는 별명으로 불렀는데, 그렇게 생각해도 어쩔 수 없을 만큼
날카로운 분위기를 두르고 있었다.

"……저기, 죄송한데 여긴 어쩐 일로 오셨어요……?"

"조수의 중학생 같은 풋풋한 얼굴을 보러 왔지. 잘 지내는 것
같아 다행이구나."

"……카즈마 씨도 여전히 좋아 보이시네요……."

"맞다, 지난번에 보내준 보고서에 대한 인사도 아직 안 했지?
고마웠어. 바로 읽어봤는데 네 문장은 읽기가 아주 수월해서 좋
더구나."

키시다 카즈마 씨는 긴 다리를 천천히 반대쪽으로 꼬면서 눈
을 가늘게 떴다.

"하지만 내용이 말이야. '유키야 오빠는 시험 성적이 잘 나온
것 같아요.'라든가 '오늘 유키야 오빠는 타카하시 선배와 놀아
서 즐거워 보였어요.'라든가 '유키야 오빠는 싫어하는 멍게를 할
머니가 자꾸 권해서 흠칫흠칫하며 먹긴 했지만 역시 마음에 안
드는 것 같았어요.' 하는 근질근질한 에피소드들은 뭐지? 초등
학생의 나팔꽃 관찰일기냐? 무럭무럭 자라는 유키야의 성장일
기도 아니고. 읽을거리로서는 나름대로 재미있었지만 안타깝게
도 내가 알고 싶은 정보는 그런 게 아니야."

"그, 그럼 무슨 얘길 해야 하는데요……?"

"그야 뻔하잖아. 녀석이 장래를 어떻게 생각하고 있는지, 언제쯤이면 경제학부 같은 건 때려치우고 법학부로 편입해서 내 부하, 아니지, 오른팔이 되기 위한 노력을 할 것인가 하는 거지."

"그런 건 직접 물어보세요."

"뭘 모르는군. 내가 물어보면 녀석은 집에 있으면서도 없는 척하고, 착신은 거부하고, 직접 물어봐도 '서쪽 바다로 나가 어부가 될 거예요.' 하는 딴소리만 하고 대답을 안 해준다고. 그래서 널 내 조수로 임명한 거잖아. 조수가 할 일은 마스터의 손이 닿지 않는 부분을 뒷받침해주는 거야. 그 점을 분명히 깨닫고 의식하면서 새로운 마음으로 유키야 처리반의 임무에 임해줬으면 좋겠어."

임무에 임하라고 해도 나는 애당초 처리반이 된 기억이 없었지만 선동가 같은 목소리로 몰아붙이자 입도 뻥긋 못하고 쩔쩔매고 있었다.

"잠깐만. 아저씨, 아까부터 뭐야?"

그때 카린이 날카로운 목소리로 카즈마 씨에게 달려들었다. 내 여동생의 눈동자가 암사자처럼 사납게 이글거리는 것을 보고 나는 더욱 당황하고 말았다.

"아, 카린, 이 사람은……!"

"아까부터 우리 언니한테 거만하게 구는데, 유키야 오빠랑 아는 사이야? 대체 누군데 그래?"

"남한테 이름을 물어볼 때는 먼저 자기 이름부터 밝혀야 한다고 부모님한테 안 배웠니? 물론 나는 유키야와 아는 사이이기는 하지만 처음 만나는 사람을 아저씨라고 부르는 버르장머리 없는 꼬맹이한테 이름을 밝힐 생각은 없다."

카즈마 씨가 매몰차게 쳐낸 순간 카린의 표정이 사라졌다. "큰일 났다." 하고 아사토가 중얼거리며 카린의 팔을 잡아당겼지만 카린은 그것을 뿌리치고 벌떡 일어섰다.

"그럼 됐어. 그냥 아저씨라고 부를 테니까. 나한테 버르장머리 없다고 하는데 그건 아저씨도 마찬가지 아냐? 난 아저씨한테서 예의라고는 조금도 안 느껴지는데? 언니를 난처하게 하거나 이용하려고 하지 마, 이 아저씨야!"

"네 번이나 아저씨라고 하다니……, 난 네 언니한테 협력해달라고 부탁하는 거지 이용하려는 게 아니야. 하물며 난처하게 한 적은 단 한 번도 없고."

"아뇨, 마침 지금 상당히 난처한데요……."

"네 언니를 난처하게 만든 횟수로 따지자면, 사쿠라 카린, 네가 세계 기록 보유자 아닌가? 유치원 때 상습 탈주범이었던 네 에피소드는 참으로 다채로워서 나도 웃음을 금할 수 없었지만 그때마다 네 언니가 선생님한테 사과하러 다니느라 바빴잖아?"

"잠깐, 아저씨가 그걸 어떻게 알아?! 혹시 탐정한테 의뢰해서 조사했어? 사생활 침해잖아!"

"무시하지 말았으면 좋겠군. 그 정도 조사는 내 실력이면 따로 남정을 고용할 필요도 없어. 그리고 사생활이라는 건 말하자면 편지 내용물 같은 거야. 그것을 본인이 숨길 권리와 타인이 침해하지 않는다는 규정이 물론 있지만 너의 발주극은 동네 아저씨 아주머니들 사이에서는 유명해서, 예를 들자면 게시판에 큼직큼직하게 붙여 놓은 포스터나 마찬가지였어. 나는 그 포스터를 지나가다 목격했을 뿐인데 그걸 침해라고 하다니, 나야말로 어처구니가 없군."

"이 아저씨 뭐야? 진짜 열 받아서 미치겠는데 이거 부어버려도 돼……?!"

카린이 다완을 집어들자 "진정해!" 하고 외치며 아사토가 뒤에서 카린을 움켜잡았고, 그 틈에 내가 황급히 카린에게서 다완을 빼앗자 그걸 치요가 쟁반에 받쳐서 조르르 가지고 갔다. 그래도 카린은 으르렁거리며 험악한 표정으로 카즈마 씨한테 덤비려 버둥거렸고 카즈마 씨는 감탄한 표정으로 그런 카린을 보고 있었다.

"언니는 언제나 저자세인데 동생은 투쟁심이 넘치는군. 흥미로운 자매야."

"카즈마 씨, 자꾸 도발하지 마세요."

"알았어, 그만 할게. 요즘 계속 욕심 많은 어른들만 상대하느라 울적했는데 오랜만에 만만치 않은 여자애를 상대하니 재미있어서 그랬어. 사쿠라 카린, 지금까지의 일은 말차와 함께 흘려보내고 화해하자. 아저씨는 키시다 카즈마야."

"뭐야?! 화해라니 어림도 없어! 이미 아저씨는 내 천적으로 찍혔다고!"

"키시다? 그럼 아저씨의 친척? 형님이세요?"

카린을 말리며 눈이 동그래진 아사토를 보고 "얼굴은 괜찮은데 나이가⋯⋯." 하고 마음에 걸리는 말을 중얼거리던 카즈마 씨는 자신이 일하는 도쿄 법률사무소의 명함을 내밀며 유키야 오빠의 외삼촌이라고 설명했다.

"아저씨의 외삼촌? 그럼⋯⋯ 할아버지?"

"안 돼, 아사토. 그런 말 하면 무슨 짓을 당할지 몰라⋯⋯! 저기, 정말로 이제 좀 말해주세요. 오늘은 무슨 일로 오셨어요?"

도쿄에 거주하는 (그리고 강렬한 개성의 소유자인) 카즈마 씨가 내 얼굴이나 보려고 일부러 카마쿠라까지 올 리는 없다. 카즈마 씨는 다도법을 아는 듯한 손놀림으로 말차를 한 모금 마셨다.

"오늘 창립 85주년이라는 어중간한 해를 기념한 졸업생 강연회가 있잖니? 저쪽에 게스트 이름이 적힌 포스터도 붙어 있던데, 봤어?"

"⋯⋯아뇨, 부끄럽지만 다른 일로 바빠서요."

"뭐, 학생이 다 그렇지. 거기 나가기로 했거든."

나는 얼빠진 얼굴을 하고 있었을 것이다. 카즈마 씨가 유쾌한 듯 입꼬리를 올렸다.

"……네? 그럼, 카즈마 씨는 이 학교의……?"

"대선배님이라고 불러라."

창립 85주년이라는 말로 알 수 있듯이 우리 학교는 역사가 길고, 지금도 800명이 넘는 재학생이 있다. 그러므로 카마쿠라 출신인 카즈마 씨가 이 학교의 졸업생이라고 해도 딱히 이상할 것은 없었다. 이상할 것은 없지만 충격이 너무 큰 나머지 나는 비틀거리며 뒷걸음질쳤다.

"넌 매번 기대를 벗어나지 않는구나. 만점짜리 반응이야. 그런데 아까 하던 얘기 말인데."

"아까요? 아, 장래의 일은 카즈마 씨가 유키야 오빠한테 직접……!"

"그거 말고. 유키야는 오늘 안 온다고?"

말투는 가벼웠지만 카즈마 씨의 시선은 강렬했다. 그에게서 풍기는 향기도.

"……네. 오늘도 가게를 보고 있을 테니까요."

"그래? 녀석한테도 외삼촌의 훌륭한 모습을 보여주고 싶었는데 아쉽군."

카즈마 씨는 김빠진다는 투로 말했지만 긴장해 있던 향기가 순간 누그러졌다. 유키야 오빠가 안 온다는 말에 안도한 건가……?

"카즈마."

갑자기 야무지고 힘 있는 여자의 목소리가 울려 퍼졌다. 이 사람의 이름을 막 부른다고? 놀라서 돌아보니 한 젊은 여성이 전통 찻집의 크림색 포렴을 걷으며 다가오고 있었다.

검은 머리카락을 쇼트커트로 자른 깔끔한 분위기의 여성이었다. 키는 중간 정도지만 몸이 늘씬하고 탄력 있어서 검은 바지 정장을 입은 모습이 무척이나 근사했다.

다가오는 그녀를 본 카즈마 씨가 흠칫하더니 향기가 굳어졌다. 베이지색 슬리퍼를 신은 그녀는 민첩한 걸음걸이로 순식간에 내 옆을 스쳐 지나가는가 싶더니 손을 들어 올려 카즈마 씨의 머리를 철썩 때리는 바람에 나는 소스라치게 놀랐다.

"열 시에 교문 앞에서 보자고 했는데 왜 이런 데서 말차를 마시고 있는 거야?"

"그 말은 남의 머리를 때리기 전에 해. 폭행죄라고."

"말끝마다 무슨 죄, 무슨 죄 하는 거 짜증나니까 그만 해. 교장실에 가야 하니까 빨리 일어나."

카즈마 씨의 팔을 잡고 일으켜 세운 그녀를 나는 경외심을 느끼며 바라보았다. 방약무인한 임금님 같은 키시다 카즈마 씨를 상대로 전혀 동요하지 않고 의연한 태도를 보이는 그녀는 대체 누구일까.

"이거 놔."

카즈마 씨가 목소리를 높이며 그녀의 손을 뿌리쳤다.

"교장실엘 내가 왜 가? 난 거기랑 교무실은 질색이야."

"그게 서른 살 먹은 사회인이 할 소리야? 오늘은 신세진 담임 선생님이 불러주셨으니 얼굴을 비추고 인사하는 게 당연하잖아. 게다가 그 선생님이 교장 선생님이 되셨는데 축하 인사를 드리는 게 도리지. 다른 졸업생 분들한테도 인사해야 하고."

"이래서 경찰은 질색이라니까. 너의 그 고지식한 사고와 계급 사회 순응 정신을 나한테까지 강요하지 마."

보아하니 그녀도 이 학교의 졸업생이고 카즈마 씨와 마찬가지로 강연회 게스트라는 것은 나도 짐작할 수 있었다. 옥신각신하는 두 사람 때문에 쩔쩔매고 있는데 한심하다는 듯이 한숨을 푹 내쉰 그녀가 민첩한 몸놀림으로 나를 돌아보았다.

"소란을 피워서 미안해. 난 야시로 미즈키고, 카마쿠라 경찰서 생활안전과라는 곳에서 근무하고 있어. 이 고등학교 졸업생이고 얘랑은 같은 반이었지."

아, 하고 떠올렸다. 예전에 카즈마 씨가 '카마쿠라 경찰서에 아는 사람이 있다'고 한 적이 있었다. 혹시 이 사람을 말한 것이었을까.

"괴롭힘 당하는 것 같던데 괜찮니? 피해를 입었다면 합당한 조치를 취할 테니까 얘기해. 얘는 툭하면 혀끝으로 사람을 농락하려고 들거든. 고등학교 때는 '변론부의 사탄'이라고 불렸을 정도야."

"너야말로 검도부에서 '칼잡이 야시로'로 유명했잖아. 그보다 어떻게 내가 여기 있는 걸 알았지? 교내를 샅샅이 뒤졌다고 하기에는 너무 빨리 찾아냈는걸?"

눈살을 찌푸리는 카즈마 씨에게 미즈키 씨가 집게손가락을 들며 대답했다.

"저 친구가 여기 있을지도 모른다고 가르쳐줬어."

저 친구? 카즈마 씨와 나는 그녀가 가리킨 방향을 보고 동시에 숨을 삼켰다.

금방이라도 주변에 서리가 내릴 것 같은 싸늘한 눈빛의 유키야 오빠가 문 앞에 서 있었다.

2

"전에 나한테 조카 사진을 보여준 적이 있었잖아. 출입구 앞 안내판을 보고 있는데 많이 닮은 남자애가 있어서 말을 걸어보니 맞더라고. 네가 어디 있을지 짐작 가는 곳이 있느냐고 물어봤더니 가르쳐주더라. '알고 지내는 여학생이 있는 곳에 갔을지도 모르겠다'고."

미즈키 씨가 설명하는 사이에 유키야 오빠는 천천히 이쪽으로 걸어왔다. 청바지에 하얀 니트, 그 위에 검은 재킷을 입고 챙겨 온 게 틀림없는 검은 슬리퍼를 신고 있었다. "아, 아저씨.", "유키야 오빠." 하고 아사토와 카린도 손을 흔들었지만 유키야 오빠가 뿜어내는 냉기에 주눅이 들었는지 이내 입을 다물었다.

카즈마 씨 앞에서 걸음을 멈춘 유키야 오빠는 말없이 눈을 가늘게 뜨고 그를 바라보았다. 그 싸늘한 시선에서 도망치듯이 내 쪽을 돌아본 카즈마 씨는 불쾌한 듯이 얼굴을 찡그리고 있었다.

"얘기가 다르잖아."

"하, 하지만 저도 아무 말 못 들었는걸요……!"

"뭐라고 자꾸 투덜거리는 거예요? 강연회 얘기는 야시로 씨한테서 들었어요."

유키야 오빠는 세상에 이보다 더 수상한 일은 없다는 눈으로 카즈마 씨를 보았다.

"대체 무슨 일을 꾸미는 거죠? 애교심이나 후배들을 생각하는 인도적인 마음은 털끝만큼도 없는 외삼촌이 귀중한 휴일에 무보수로 이런 의뢰를 받다니 있을 수 없는 일이에요. 뭔가 꿍꿍이가 있다고밖에 생각할 수 없어요."

어쩐지 불쌍해질 만큼 심한 말을 들었지만 카즈마 씨는 화를 내는 기색도 없었고, 어째선지 의아스럽게 유키야 오빠를 보고 있었다.

"……몰라?"

"뭘요?"

이번에는 유키야 오빠가 눈살을 찌푸릴 차례였다. 카즈마 씨의 향기가 달라졌다. 표정으로는 드러내지 않고 카즈마 씨는 어지럽게 무언가를 계산하고 결정한 뒤 마지막으로 조금 과장스럽게 연기하는 투로 한숨을 내쉬며 머리를 쓸어 올렸다.

"넌 네 외삼촌이 어떤 사람인지 몰라? 변호사는 어려움에 처한 세상 사람들을 돕는 신성한 직업이야. 그 직업에 종사하는 나도 남들한테 베풀어야 한다는 정도의 봉사 정신은 가지고 있어. 그러니 고뇌하는 청춘들에게 힘이 되어주고 싶어서 지금 여기 서 있는 거지."

"샌드위치에 끼워 넣는 햄처럼 얄팍한 궤변이에요."

"넌 왜 그렇게 날 의심하지? 천둥 번개가 치던 날 밤에 울면서 내 침대로 파고들던 귀여운 유키야는 어디로 간 거야?"

"그런 구역질나는 이야기는 꾸며내지 말라고 했잖아요!"

"한창 열 올리고 있는데 미안하지만 이제 정말로 시간이 없어."

미즈키 씨가 카즈마 씨와 유키야 오빠 사이에 왼팔을 밀어 넣고 손목에 찬 시계를 탁탁 치며 가리켰다. 유키야 오빠는 한 걸음 물러나 "외삼촌이 폐를 끼쳐서 죄송합니다." 하고 예의 바르게 머리를 숙였다. 그런 유키야 오빠를 보고 미즈키 씨는 작게 미소 지었다.

"사실 난 네가 어릴 때 딱 한 번 본 적이 있어."

눈이 커지는 유키야 오빠에게 고등학생 때 카즈마네 집에 갔다가, 하고 미즈키 씨는 말을 이었다.

"넌 그때 막 초등학교에 들어갔을 때였어. 정원에서 하얗고 큰 개랑 딱 붙어서 자고 있었지. 이런 애랑 같은 집에서 살면 성격이 꼬이지 않을까 걱정했는데 제대로 잘 자란 것 같아서 다행이야."

"왜 나랑 같이 살면 성격이 꼬이는데? 그리고 이 녀석한테 그 개 이야기는 하지 마."

가자, 하고 미즈키 씨를 재촉한 카즈마 씨는 유키야 오빠에게도 씩 웃어 보였다.

"너도 올래? 존경하는 외삼촌의 활약을 보고 싶지?"

"오히려 존경받는다고 생각하는 그 뻔뻔함을 존경하는 건 괜찮을 것 같지만 안 갈 거예요."

"왜 싫다는 거야? 드문 기회니까 와서 봐."

"죽어도 안 가요."

유키야 오빠의 매몰찬 대답에 "매정한 놈." 하고 카즈마 씨는 얼굴을 찡그렸지만 그 표정과는 반대로 향기에는 안도감이 퍼졌다. 이 대화는 카즈마 씨가 의도한 것이다. 유키야 오빠가 '안 간다'고 말하도록.

"사쿠라 카린. 그리고 오노 아사토."

카즈마 씨가 다가가자 카린이 싸울 태세를 갖추며 발딱 일어났고 아사토가 워워 하며 팔을 잡았다. 카즈마 씨는 재킷 안주머니에서 무언가를 꺼내어 두 사람에게 주었다.

열 장 정도 되는 오렌지색 티켓이었다. 카린과 아사토는 멀뚱멀뚱하게 바라봤지만 우리 학교 학생들은 모두 그것을 한 장씩 받았기 때문에 나는 금방 알아보았다.

"간이음식점 초대권이라더군. 강연회 주최자가 준 거야. 뭐든 이 티켓 한 장에 하나씩 무료로 교환할 수 있다더구나. 사과의 뜻으로 줄게."

용돈을 쪼개 쓰느라 날마다 머리 아프게 고민하는 중학생들은 와아 하고 환호성을 질렀다. 카린은 조금 전에 카즈마 씨를 천적이라고 선언한 것을 완전히 잊은 듯했다. "그 대신이라고 하긴 좀 그렇지만." 하고 카즈마 씨가 매력적인 미소를 지으며 자신의 요구 사항을 슬쩍 들이밀었다.

"유키야도 같이 데리고 다녀주지 않을래? 우리 조카는 집단 생활에 도통 적응하지 못하는 애라 고등학교 축제는 3년 동안 모조리 빼먹어서 이런 행사와 관련된 추억이 없거든."

"빼먹은 게 아니에요. 자유 참가라고 해서 참가하지 않았던 것뿐이지."

유키야 오빠가 반박했지만 카린과 아사토는 세상에서 가장 딱한 사람을 보듯 쳐다보았다.

"아…… 아저씨, 야키소바 먹을래? 다코야키도 괜찮고. 아니면 오코노미야키라든가."

"맞아, 맞아. 그리고 황천 카페라는 데도 가보자. '당신은 공포의 커피를 끝까지 마실 수 있을까?'라고 써 있었거든. 얼마나 무서운 걸까? 유키야 오빠가 같이 가주면 든든할 텐데."

"연민에 찬 미적지근한 미소로 보지 말아줄래요?"

분개하는 유키야 오빠의 어깨를 카즈마 씨가 쿡쿡 웃으며 탁탁 치고는 미즈키 씨와 교실을 나섰다. 나는 뭔가가 살짝 걸리기는 했지만 그 뒷모습을 배웅했다.

연기까지 하면서 유키야 오빠를 못 오게 하는 이유가 뭘까? 강연하는 모습을 보이는 것이 쑥스럽다든가 하는 이유는 아닌 듯한 기분이 들었다.

"그런데 아저씨, 오늘 아르바이트 하는 날 아니었어? 일 끝나고 온 거야?"

아사토의 목소리에 퍼뜩 정신이 들었다. 그렇다. 유키야 오빠는 오늘도 가게를 보고 있어야 하는데. 어떻게 된 거예요? 하고 눈빛으로 묻자 유키야 오빠는 미묘하게 눈을 피했다.

"미하루 씨가 가게는 괜찮으니까 축제에서 파는 디저트를 사오라고 해서요."

"네? 하지만 그럼 연락해주면 내가 사갔을 텐데……."

"아니, 카노는 바쁘잖아요. ……그런데 아키라라는 애는 어디 있어요?"

손가락으로 안경테 브리지를 슥 올리는 유키야 오빠가 뜻밖의 이야기를 꺼내 나는 깜짝 놀라 돌아보았다.

"네, 아키라요? 지금은 아마도 자기 반에 있을 텐데……, 그런데 왜요?"

"카노를 도와준 소년이니 인사라도 하려고요."

아리송한 보호자 같은 발언에 점점 더 영문을 알 수 없었다. 게다가 '소년'이라니?

"저기…… 유키야 오빠, 아키라는 남자가 아니라 여자예요."

이번에는 유키야 오빠가 허를 찔린 표정이었다.

"……여자?"

"여자애요."

"하지만 아키라'아키라'라는 이름은 주로 남자의 이름으로 많이 쓰인다 – 역자 주 라고 했잖아요."

"네, 아키라 맞아요. 1학년 4반 아키라 야."

유키야 오빠의 입술이 벌어졌지만 아무 말도 하지 않고 다시 닫히더니 바위처럼 꿈쩍도 하지 않았다.

왜, 왜 그러지?

나도 점심을 겸한 휴식 시간을 받아서 모두를 안내해주기로 했다. 잘은 모르겠지만 유키야 오빠는 심적으로 피곤한 일이 있었는지 발걸음이 느려서, 아사토와 카린이 "아저씨, 정신 차려.", "좀 힘차게 걸어." 하고 끌고 다녔다. 하지만 할머니의 지시로 어쩔 수 없이 온 유키야 오빠한테는 미안하지만 나는 유키야 오빠와 함께 축제를 즐길 수 있어서 방심했다가는 얼굴이 헤벌쭉 풀어질 만큼 기뻤다.

광장에서 아카펠라 그룹이 아름다운 하모니로 노래하고 있었다. 꼬치구이를 홍보하는 펭귄 인형옷을 입은 사람 주변에는 꼬마들이 우르르 모여 있었다. 안뜰의 특설 스테이지에서는 3학년들의 연극이 상연되고 있었는데 와하하 하고 웃음이 터져 나오거나 긴장감 넘치는 침묵이 흐르곤 했다.

간이음식점이 늘어선 메인 스트리트에 도착하자 카린과 아사토는 신이 나서 카즈마 씨에게 받은 오렌지색 초대권을 쓰기 시작했다. 이런 포장마차에서 음식을 사 먹어본 경험이 없는 듯한 유키야 오빠는 다코야키에 관심이 가는지 한 접시 사와서는 분석하는 표정으로 천천히 씹었다. 나는 유키야 오빠와 다코야키라는 보기 드문 조합에 심장이 두근거려 구멍이 날 정도로 뚫어지게 보고 있었더니, 그것을 알아챈 유키야 오빠가 다 안다는 투로 꼬치에 다코야키를 꿰어 나에게도 주었다. 완전히 헛짚었지만 다코야키는 맛있었다.

배를 채운 뒤에는 알록달록하게 치장한 교사로 돌아왔다. 후지산이 아름답게 보이는 명당으로 안내하자 아사토가 작게 환호성을 질렀다.

"나 이 학교에 들어오고 싶어."

기다릴게, 힘내. 나는 조금 선배답게 여유를 부리며 응원해주었다.

교사 안은 어디든 사람들로 가득했다. 남녀노소 다양한 방문객 중에는 TV 애니메이션에 나오는 요괴 무리와 코가 길쭉한 마녀, 중세 시대에서 온 듯한 기사, 혹은 이미 지구상의 생명체가 아닌 듯이 보이는 기발한 분장을 한 학생들이 많이 섞여 있었다.

이 정도로 사람이 많으면 냄새도 마치 TV와 라디오와 오디오를 동시에 켠 것처럼 혼란스러워져 조금 어질어질해진 나는 문득 익숙한 향기를 느꼈다. 온갖 잡다한 냄새 중에서 작은 보석처럼 빛나는 백단의 달콤하고 상쾌한 향기. 고개를 두리번거려 주변을 살펴보니 역시나 복도 맞은편에 안경을 쓴 짧은 단발머리 여자애가 있었다.

"아키라."

목소리에 반응한 아키라는 손을 흔드는 나를 알아보고 반가운 표정을 지었다. 하지만 어째선지 내 옆에 있는 유키야 오빠를 비롯한 일행을 본 순간, 표정이 굳어지며 고개를 획 숙이고 그대로 재빨리 지나가버렸다.

"왜 그래요?"

내 앞에서 걸어가던 유키야 오빠는 그녀를 알아채시 못했나 보다. 카린과 아사토도 벽에 걸려 있는 교내 안내도를 보며 이야기를 나누고 있었다. 아키라는 자기 반 일이 바빠서 서두르던 참이었는지도 몰라. 아니야, 하고 나는 당황해서 고개를 가로저었다.

카린과 아사토는 깜짝 놀랄 만큼 식욕이 왕성해서 조금 전에 간이음식점에서 야키소바와 프랑크소시지와 팥죽 등을 잔뜩 먹었는데도 이번에는 우리 반의 와플을 먹고 싶다고 했다. 이 아이들의 뱃속은 대체 어떤 시스템으로 돌아가는 걸까? 그럼 가자고 걸음을 옮겼을 때, 나는 유키야 오빠가 따라오지 않는 것을 알았다.

"유키야 오빠……?"

유키야 오빠는 복도 2미터 정도 뒤에서 멈춰 서 있었다.

벽에 붙어 있는 포스터를 보고 있는 듯했는데, 카즈마 씨도 참석하는 졸업생 초청 강연회 포스터였다. 시간과 장소, 그리고 게스트의 이름이 나와 있었다.

상태가 이상하다는 것은 바로 알 수 있었다.

포스터를 응시하는 유키야 오빠에게서 동요하는 향기가 강하게 풍겼다. 유키야 오빠는 냉정한 성격 때문인지 향기가 그다지 느껴지지 않지만 큰 감정의 움직임이 있을 때는 희미하게 향기의 변화가 드러났다. 내가 이처럼 선명하게 향기를 느낀다는 것은 유키야 오빠가 정말로 큰 충격을 받았다는 뜻이다.

"아저씨, 왜 그래? 괜찮아?"

아사토도 심상치 않은 긴장감을 느낀 듯했다. 유키야 오빠가 이쪽을 돌아보았다.

표정은 평소와 다름없는 침착한 표정이었다. 하지만 그것은 만들어낸 것인지도 모른다. 볼 살이 별로 없는 얼굴선이 숨길 수 없을 만큼 얼어붙어 있었다.

"……미안해요. 역시 강연회에 좀 가보고 싶으니까 먼저 가 있을래요? 나중에 연락할게요."

대답을 듣기도 전에 유키야 오빠는 발길을 되돌렸다. 강연회 회장인 체육관으로 가는 거겠지. 유키야 오빠는 곧바로 복도 모서리를 돌아 눈앞에서 사라졌고 카린이 작게 중얼거렸다.

"유키야 오빠, 좀 이상하지 않았어?"

그것은 틀림없이 아사토도 느꼈고 나도 마찬가지였다.

그대로 잠깐 서 있다가 누가 먼저랄 것도 없이 우리는 와플을 파는 우리 반 교실과는 반대쪽인 체육관 방향으로 걸음을 옮겼다.

　체육관에는 예상보다 훨씬 많은 관객들이 모여 있었다.

　즐비하게 놓여 있는 파이프 의자는 거의 만식이라 서서 보는 사람들까지 있을 정도였다. 학생들과 동년배의 방문객도 있었지만 평소의 축제에서는 그다지 볼 일이 없는 나이 대의 사람들도 많았다. 체육관으로 들어간 나와 카린과 아사토는 주변의 양해를 구하며 입구 근처의 벽 쪽으로 이동했다. 11시에 시작되는 강연회는 이미 진행 중이었다.

　[경제라고 하면 어렵다고 생각할 수도 있지만 그렇지는 않아요. 예를 들면, 오늘은 학생들이 학교에 간이음식점을 많이 차렸잖아요? 음식이나 물건을 팔고 그걸 방문한 사람들이 사죠. 그것도 어엿한 경제거든요.]

　마이크를 통해 흘러나오는 거침없는 남자의 목소리를 들으며 나는 서서 보는 사람들과 파이프 의자에 앉아 있는 관객들을 주의 깊게 살펴보았다. 하지만 유키야 오빠가 어디 있는지는 알 수 없었다.

　[일해서 돈을 벌고, 번 돈으로 물건이나 서비스를 사고, 그렇게 해서 누군가가 윤택해지고 그것이 돌고 돌아 다시 나에게 오죠. 그런 순환이 바로 경제고, 그런 경제의 구조와 동향을 연구하는 나 같은 사람을 이코노미스트, 경제학자라고 해요.]

[그렇군요. 사실 저는 고등학교 때 정치 경제가 너무 싫었는데 카가미 씨의 말씀을 들으니 조금 알 것 같네요. 그래도 이왕이면 고등학교 때 알았으면 좋았을 텐데 말이죠.]

쾌활한 말투에 이끌리듯이 강연장에 웃음이 퍼져 나갔다.

강연회는 패널 디스커션과 비슷한 형식으로 이루어지는 듯했다. 졸업생들은 관객석과 마주보게 설치된 길쭉한 테이블 앞에 착석해 있었다. 저마다의 앞에는 차가 든 페트병과 스탠드 마이크가 놓여 있었고 발밑을 가리는 긴 테이블의 앞판에는 관객들에게 잘 보이도록 각 졸업생의 이름과 나이, 직업이 크게 인쇄된 종이가 붙어 있었다.

카가미 유키히코 (53세): 이코노미스트

아카기 세이지 (45세): 아나운서

키시다 카즈마 (30세): 변호사

와카츠키 카에데 (26세): 염직공예가

야시로 미즈키 (30세): 경찰관

"저 카가미 유키히코라는 사람은 나도 알아! TV에 나오잖아. 카마쿠라 출신이었구나."

"나도 저 아나운서 알아. 우리 할머니가 좋아하거든."

흥분해서 속삭이는 카린과 아사토가 가리키고 있는 사람은 마이크 앞에서 대화하고 있는 이코노미스트 카가미 유키히코 씨와 아나운서인 아카기 세이지 씨였다. 나도 두 사람의 얼굴은 알고 있었다. 카가미 씨는 딱딱한 정보 방송에 해설자로 곧잘 출연했고, 아카기 씨는 할머니와 저녁을 먹으며 보는 뉴스에서 언제나 재치 있는 언변으로 진행하는 사람이었다. 그런 직업과 이미지 때문인지 아카기 씨가 진행을 맡고 있는 듯했다.

[제가 이 고등학교에 다닌 건 1976년부터 3년 동안이었는데……, 하하하, 학생들은 잘 상상이 안 되나 보네요. 호랑이 담배 피던 시절 같죠? 그 시절은 일본 경제가 극심하게 변하던 시대였어요. 석유파동이라는 걸 수업 시간에 배울 텐데 내 경우에는 그게 교과서에 나오는 내용이 아니라 중학교 때 실제로 일어났었거든요. 석유 가격이 믿을 수 없을 만큼 폭등했고 거기에 이끌려 물가도 어마어마하게 상승했는데, 그런 현상을 실제로 보고 왜 이렇게 되지? 경제가 대체 뭐길래 이렇게 되지? 하고 생각했죠.]

카가미 씨는 외까풀에 고상한 외모의 미남이었다. 나는 TV에서 그를 보고 마흔 정도일 거라고 생각했는데 이미 50대라는 것을 알고 깜짝 놀랐다. 너무 낮지 않은 목소리는 듣기에 거슬리지 않았고 이야기도 알기 쉬워서 나도 모르게 집중해서 듣고 말았다.

[그러셨군요. 그렇게 관심을 갖게 된 것을 계기로 지금의 일을

하시게 된 거군요.]

[맞아요. 학생 시절은 그런 식으로 자신의 미래를 열어갈 실마리를 찾아가는 시기라고 생각해요. 그러니까 공부도 중요하겠지만 지금 시기가 아니면 얻을 수 없는 추억이나 체험도 소중하게 생각해줬으면 좋겠……]

[정말 그럴까요?]

선동가 같은 목소리는 마이크를 통하면 더욱 더 위력이 커지는 듯했다. 깜짝 놀란 나는 등을 꼿꼿이 세웠고, 아사토는 "오." 하는 소리를 냈고, 카린은 "사탄이다." 하며 몸을 앞으로 내밀었다.

[나왔네요, 키시다 카즈마 변호사! 이번에도 카가미 씨의 말에 반박하는군요!]

[카가미 씨는 학생 시절부터 상당히 우수하셨을 테니 추억 만들기에 몰두해도 지장이 없으셨겠지만 모든 학생이 그런 여유를 부리면서 고등학교 생활을 할 수 있다고는 생각하지 않습니다. 고등학교에 들어오기 위해 시험을 봤듯이 대학교에 진학하려면 또 시험을 봐야 하고 직업을 가지려면 또 시험을 봐야 하죠. 인생은 언제나 심사의 연속이고 그것이 얼마나 혹독한지를 어릴 때부터 가르치고 그에 맞서는 방법을 가르쳐주는 것도 어른의 역할이 아닐까요?]

[……꿈이 없는 말씀이네요.]

[죄송하지만 꿈과 희망과 호경기를 모르고 자란 거품경제 붕괴 이후의 세대거든요.]

이, 이것이 과연 꿈과 희망을 갖고 싶어 하는 고등학생의 축제에서 이야기해도 좋은 내용일까? 조마조마한 심정으로 보고 있는 나의 옆에서 카린과 아사토도 "사탄, 싸움 거는 거 맞지?", "그보다 사탄, 너무 대놓고 검은 오라를 뿜어대는 거 아냐?" 하고 속닥거렸다.

[꿈이라고 하셨는데, 애초에 그 꿈은 너무 편중되어 있지 않습니까? 사람이 먼저 손에 넣어야 할 것은 실체가 없는 꿈이 아니라 자신의 생계를 꾸려갈 수 있는 직업이고——.]

주문을 외는 마술사처럼 거침없이 쏟아내던 카즈마 씨가 갑자기 말을 멈췄다. 침묵이 길어지자 관객석이 살짝 수런거렸다. 정확한 위치는 모르겠지만 카즈마 씨는 관객석 한쪽을 보고 있었고, 살짝 얼굴을 찡그리더니 마이크에서 물러났다.

[키시다 변호사, 왜 그러세요? 끝입니까? 아직 더 할 말이 남은 게 아닌가요?]

[……아닙니다. 괜찮습니다. 혼자 말을 너무 많이 했네요. 슬슬 내 옆에 유령처럼 조용히 앉아 있는 아가씨한테도 말할 기회를 주시죠.]

[아, 그렇네요. 자, 여기 와카츠키 씨는 염직공예가로 활동하고 계십니다. 부끄럽게도 저는 염직에 대해서 잘 모르는데 어떤

일을 하시나요?]

[……물을, 염색…… 해서…….]

[죄송한데 마이크 좀 확인해 주시겠어요?]

와카츠키 카에데 씨가 얼굴을 가까이 댄 스탠드 마이크에 옆자리의 미즈키 씨가 가볍게 손을 뻗어 스위치를 켰다. 다섯 명 중에서 가장 어린 와카츠키 씨는 고개를 꾸벅꾸벅 숙여 인사하다 마이크에 이마를 찧는 바람에 쿵 하고 부딪치는 소리가 크게 확장되어 회장에 울려 퍼졌다. 아, 아프겠다. 걱정하는 미즈키 씨에게 파닥파닥 양손을 가로젓는 와카츠키 씨는 아름다운 연녹색 원피스를 입고 있었고, 내성적으로 보이면서도 친근감이 느껴지는 사람이었다.

[이마는 괜찮으세요……? 그럼 다시 물어볼게요. 염직공예는 말하자면 쪽 염색 같은 건가요?]

[쪽 염색도, 네……, 하고 있어요. 염색한 실로 천을 짜거나 짠 천을 염색해서 옷이나 기모노를 만들거나 하면서, 염색과 그 다음의 작업까지 포함해서 염직이라고 해요. 저는 쪽 염색 외에도 초목 염색도 하는데…… 그러니까, 식물을 채집해서…… 염료라고 하는데 그걸 삶아서 염액을 만들어요. 꽃이나 풀이나 나무의 마른 잎에서 추출한 색――식물의 생명의 색으로 실을 염색하는 거죠.]

식물의 생명의 색. 무척 근사한 말이었다. 와카츠키 씨는 말하는 것이 서툰 사람인지도 모른다. 목소리는 작고 지금도 장거리 달리기를 끝낸 직후처럼 어깨로 숨을 몰아쉬고 있었다.

[그렇군요. 염색해서 천을 짠다니. 뭐랄까요, 아주 전통적이고 아름다운 일이군요. 와카츠키 씨는 언제부터 지금 하시는 일을 해야겠다고 생각하셨나요? 계기가 있었나요?]

[⋯⋯.]

[아! 한 번에 너무 많이 물었죠. 시간을 조금 드릴까요? 그럼 대타로 야시로 미즈키 씨한테 물어볼까요? 조금 전에 경찰관이 하는 일에 대해서 말씀을 해주셨는데, 지금 여기 있는 학생들 중에도 야시로 씨와 같은 일을 꿈꾸는 학생이 있을지도 모릅니다. 야시로 씨, 그런 학생들이 고등학교 때 해두어야 할 일이 있을까요?]

[글쎄요. 특별한 건 필요 없으니까 기본만 갖췄으면 좋겠어요. 스무 살 전에는 술을 마시거나 담배를 피우지 않는다든가, 주차 위반을 하지 않는다든가, 다른 사람을 때리지 않는다든가, 사람을 협박해서 돈을 빼앗지 않는다든가, 스토커 짓을 하지 않는다든가, 인터넷에 이상한 글을 올리지 않는다든가, 외설 행위는 머릿속으로만 하고 실행에는 옮기지 않는다든가⋯⋯.]

[아~, 평소의 고생이 눈에 보이는 듯하네요~.]

마이크를 통해 흘러나오는 목소리를 들으며 나는 관객석 한 곳을 뚫어지게 응시했다. 조금 전에 갑자기 말을 멈춘 카즈마 씨가 보고 있던 곳.

하지만 그곳에 유키야 오빠가 있는지는 역시 알 수 없었다.

3

휴식 시간이 거의 끝나가고 있었기에 나는 카린과 아사토에게 작은 목소리로 이야기하고 강연회 도중에 1층의 전통 찻집으로 돌아왔다.

전통 찻집 앞 복도에 치요가 있어서 손을 흔들며 달려갔는데, 치요가 가게 이름을 붓글씨로 쓴 간판(부끄럽지만 내가 썼다)을 교실 안으로 들이려는 것을 보고 깜짝 놀랐다. 아직 가게를 달 시간도 아닌데 어째서 간판을 들이는 걸까. 내가 묻자 치요는 시무룩한 표정으로 대답했다.

"누가 장난치면 안 되니까 일단 교실 안에 들여 놓기로 했어."

장난? 놀라는 나에게 치요가 설명해 주었다.

사실은 어제부터 학교 여기저기에서 장난 피해가 속출하고 있다고 한다.

장난의 내용 자체는 사소한 것이었다. 유령의 집에 갑자기 불이 켜지면서 공포가 줄어들어 김이 새거나, 간이음식점의 '야키소바' 현수막이 '아기소바'가 되어 있거나, 안뜰의 관객석에 사람이 앉으면 '뿌웅!' 소리가 나는 쿠션이 놓여 있거나. 그밖에도 포럼이 떨어져 있거나 길 안내 화살표가 반대로 되어 있는 등, 별로 큰 피해랄 것도 없는 시시한 장난이었지만 피해 건수가 제법 많았다. 그리고 장난에 공통되는 좀스러움으로 볼 때 동일 인물의 소행이 아닐까 하는 의심이 들었다. 우리 일본 전통 찻집은 다행히 피해를 입지 않았지만 조금 전에도 옆 교실에서 큼직한 하트 장식물에 지그재그 선이 그려져 있었다고 한다.

"누가 그러는 걸까……? 오늘도 계속되는 걸 보면 역시 학생이겠지? 이틀 연속으로 축제를 보러 오는 일반인 손님은 별로 없을 테니까……."

"이틀 연속 장난치러 오는 외부인이라면 너무 무서운데……."

그게 누구든 첫날만이라면 우발적인 행동이라고 생각할 수도 있지만 둘째 날도 똑같은 일이 계속되고 있다니 그 집념이 소름 끼쳤다. 사람들이 곤란해하는 모습을 보고 즐기고 있는 걸까.

점심 시간대에 들어서자 손님들은 좀 더 든든한 먹거리를 파는 간이음식점 쪽으로 빠졌는지 전통 찻집은 조금 한가해졌다. 그 사이에 전기 포트에 뜨거운 물을 보충해 두고 접시와 다완을 씻고 있는데 이번에는 유키야 오빠가 마음에 걸렸다.

그렇게 동요한 유키야 오빠는 처음 보았다.

별다를 것도 없는 포스터의 무엇이 유키야 오빠에게 그렇게 큰 충격을 주었을까. 그 강연회에 대체 무엇이 있었던 걸까.

고민하면서 일하다 보니 말차가 얼마 남지 않은 게 눈에 들어왔다. 오늘 일반인 공개는 오후 세 시까지이므로 그때까지는 그럭저럭 버틸 것 같았지만 만일을 위해 보충해두기로 했다. 나는 치요에게 "말차 가지고 올게." 하고 말하고 전통 찻집을 나섰다.

불편하게도 말차 재고를 보관하고 있는 다도부 부실은 교사에서 떨어진 학생회관에 있었다. 우리 학교는 20년 전에 대규모 증축과 개축을 했는데, 그때보다 넓고 기능적으로 환골탈태한 지금의 교사로 대부분의 동아리 부실이 옮겨졌지만 다도부는 다실을 사용해야 하므로 그대로 학생회관에 외로이 남게 되었다고 한다. 그래서인지 다도부는 어쩐지 존재감도 약했다. 봄과 가을에 야외에서 다회를 열거나, 대불로 유명한 고토쿠인 절에서 열리는 자선 다회에 참가하는 등 수수해도 활동은 꾸준히 하고 있는데도 말이다.

축제 분위기로 떠들썩한 교내는 방문객과 손님들로 넘쳐났지만 간이음식점도 볼거리도 없는 낡은 학생회관 주변에는 인적이 없었다. 미리 빌려둔 열쇠로 문을 따고 회관으로 들어가 부실에서 가지고 나온 말차 통을 끌어안고 다시 문을 잠그려고 했을 때였다. 바로 그 순간, 누군가의 목소리가 들렸다.

낮은, 성인 남성의 목소리였다.

그것도 음질이 서로 다른 두 사람의 목소리가 들렸다. 분위기가 심상치 않았다. 목소리를 높여 서로 공격하는 것이 아니라 양쪽 모두 감정을 억누르며 펜싱을 하듯 날카로운 말을 주고받았고, 그것은 조용한 만큼 오히려 숨통이 조여 오는 긴박감이 있었다. 그런 분위기였다.

나는 재빨리 그 자리를 떴어야 했다. 하지만 두 목소리 중 한쪽이 잘 아는 사람이었으므로 그쪽으로 걸음을 옮기고 말았다. 공기를 가르듯이 선명하게 들리는, 선동가를 해도 될 것 같은 목소리.

"아무튼 앞으로는 절대 관여하지 마세요. 어차피 당신한테는 아무래도 상관없는 일이잖아요?"

학생회관 뒤편으로 돌아가자 회색 스트라이프 양복을 입은 카즈마 씨가 서 있었다.

그와 대치하고 있을 사람의 모습은 건물에 가려 보이지 않았다. 하지만……, 향기가 피어오르고 있었다. 중음 건반만 사용하는 피아노곡 같은 차분하고 품위 있는 향수.

카즈마 씨가 발길을 돌리는 듯해서 나는 황급히 학생회관 앞쪽으로 돌아왔다. 하지만 발소리를 죽이려다 보니 그리 빨리 움직일 수가 없어서 아마도 그 상태로는 카즈마 씨에게 들키고 말았을 것이다. 하지만 보이지 않는 상대가 떠나려는 카즈마 씨에게 뭐라고 말을 했다. 카즈마 씨만큼 잘 들리는 목소리는 아니어서 뭐라고 했는지는 모른다. 단지 카즈마 씨가 발을 멈추었고, 그 틈에 나는 회관 앞쪽으로 돌아와 몸을 숨길 수가 있었다.

"왜냐고요?"

건물 뒤에 숨어 고개를 내밀자 몸을 반쯤 뒤로 돌린 카즈마 씨가 보였다. 할 수만 있다면 지금 당장 상대를 때려눕히고 싶다는 듯한 사나운 미소를 머금은 옆얼굴도.

"그야 당연히 당신을 골탕 먹이러 왔죠."

나는 고개를 밀어 넣고 학생회관 문 옆에 등을 붙이며 숨을 멈췄다. 가죽 구두 뒤축을 공격적으로 울리며 걸어온 카즈마 씨는 나를 알아채지 못하고 그대로 지나쳐갔다. 앞을 노려보는 눈빛은 적과 싸운 직후의 육식동물처럼 무시무시했다. 온몸에서 뿜어내는 향기도 깨진 유리 파편처럼 날카로웠다. 너무 날카로워서 그 향기에 본인이 상처 입고 피를 흘리는 게 아닐까 싶을 정도였다.

가슴이 아플 만큼 심장이 쿵쾅거려서 나는 카즈마 씨가 떠난 뒤에도 꼼짝도 할 수가 없었다. 상대는 누구였을까, 무슨 이야기를 나눴던 걸까, 이건 몰래 훔쳐본 거니까 빨리 잊어야 해, 온갖 생각이 머릿속에서 회오리쳤고 나도 모르게 쭈그리고 앉아 있었다. 얼마나 지났을까. 문득 눈앞에 그림자가 드리워져 의아해서 고개를 들어보았다.

"꺄아!"

눈앞에 정체불명의 허연 덩어리가 서 있어서 소스라치게 놀라

벽에 머리를 쿵 찧었다.

유령이라는 표현이 가장 가까울 것이다. 하얀 시트처럼 펄럭펄럭한 천을 머리부터 발까지 완전히 뒤집어썼는데 눈 위치에 동그란 구멍이 두 개 뚫려 있었다. 무섭다기보다는 꺼림칙하고, 하지만 보다 보니 귀여운 느낌도 드는 그런 존재가 내 앞에 서 있었다. 아마도 유령의 집 같은 것을 하는 반의 학생일 것이다.

그런데 그 유령에게는 신비한 향기가 어려 있었다.

풋내가 난다는 것이 아마도 가장 정확한 설명일 것이다. 하지만 결코 불쾌하지는 않았고, 가슴 안쪽을 간질이듯 싱그러웠다. 굳이 말하자면 풀을 벤 뒤의 평평한 들판에서 피어오르는 풀 냄새에 가까운 느낌이었다.

《혼자예요?》

무슨 냄새일까 하고 생각하고 있는데 시트 유령이 나에게 은색 스마트폰을 내밀며 메시지 화면에 찍은 문자를 보여주었다. 유령의 손은 손가락 끝까지 시트로 뒤덮여 있고 벙어리장갑처럼 엄지손가락과 나머지 손가락으로 나뉘어 있었다. 혼자냐고 묻는다면 그야 지금은 혼자 있으니 나는 머뭇머뭇하며 끄덕였다.

시트 유령은 자신의 왼쪽 옆구리 쪽을 부스럭부스럭 만지기 시작했다. 몇 초 뒤, 보아하니 그곳에 호주머니가 있어서 스마트폰을 넣고 싶은데 손가락을 쓰지 못해 잘 안 들어가는 모양이라고 깨달았다. 내가 서둘러 일어나 호주머니를 벌리는 것을 도

　　　　　　　　　　　　　　　　　제2화

와주자 시트 유령은 몇 번이나 꾸벅꾸벅 인사했다. 신기한 풋내와 천 명의 요정이 고마워서 열심히 머리를 숙이는 것 같은 향기가 풍겼다.

무사히 스마트폰을 넣은 시트 유령은 갑자기 내 손을 잡고 놀랄 틈도 없이 달려 나갔다.

"어?! 어?!"

나는 혼란스러워서 손을 뿌리칠 수 있다는 생각도 못하고 시트 유령과 함께 달렸다. 시트 유령은 교사 앞쪽의 간이음식점이 줄지어 있는 가장 북적대는 구역으로 향하더니 그 이상야릇한 모습 그대로 인파 속으로 돌진했다. 소프트 아이스크림을 먹고 있던 꼬마들이 "유령이다!" 하고 가리키며 야단을 피웠다. 이윽고 시트 유령은 솜사탕 텐트 앞에서 발을 멈췄다.

"응? 뭐야? 하나? 하나면 돼?"

시트 유령이 호주머니에서 부스럭부스럭 꺼낸 오렌지색 간이음식점 초대권을 머리에 띠를 질끈 동여맨 멋있게 생긴 여학생이 받아들며 눈썹을 살짝 올렸다. 유령의 손은 벙어리장갑 상태여서 본인은 손가락을 하나 세우고 있는지 몰라도 상대방은 몇 개를 펴고 있는지 알 수가 없었다. 시트 유령이 고개를 끄덕끄덕하자 "오케이!" 하고 그녀는 호탕하게 인사하고 나무젓가락을 화려하게 빙글빙글 돌려 작은 구름 같은 솜사탕을 만들어주었다.

솜사탕을 양손으로 얌전히 받아든 시트 유령은 몸을 빙글 돌려 나에게 솜사탕을 내밀었다. 내가 얼빠진 얼굴로 멀뚱히 서 있자 시트로 덮인 손으로 내 손을 잡고 나무젓가락을 쥐어주었다. 그리고 내 손을 꼭 감쌌다.

뭐가 뭔지 도통 영문을 알 수 없었다.

하지만 이 시트 유령이 마치 천 명의 요정이 "힘 내!" 하고 일제히 통통 뛰며 응원해주는 것처럼 간절한 마음으로 나를 다독여주려는 것이라는 걸 향기로 알 수 있었다.

시트 유령은 몸을 휙 돌려 순식간에 인파 속으로 사라졌다. 푸릇푸릇하고 싱그러운, 어쩐지 그리운 향기만 남긴 채.

나는 멍하니 서서 솜사탕을 바라보았다. 그러고 보니 카린과 간이음식점을 둘러봤을 때는 별로 안 먹었기 때문에 배도 조금 고픈 상태였다. 작게 뜯은 솜사탕을 입에 넣자 거미줄을 겹겹이 말아놓은 것 같은 폭신폭신하고 달콤한 덩어리가 혀 위에서 사르르 녹았다. 맛있어. 맛있긴 한데 대체 왜지?

"학생, 뭣 좀 물어봐도 될까요?"

발음이 무척 훌륭한 목소리가 뒤쪽에서 들려 여전히 반쯤 얼이 빠져 있던 나는 멀뚱히 돌아보았다. 그리고 그 곳에 서 있는 두 유명인을 보고 당황해서 이상한 목소리가 나오고 말았다.

아나운서인 아카기 세이지 씨와 이코노미스트 카가미 유키히코 씨가 나란히 서 있었다.

"궁금한 게 있는데 혹시 원예부가 쓰던 작은 온실은 철거됐나요? 안뜰 근처에 있었을 텐데."

"네? 그게, 저기, 제가 입학했을 때는 없었어요……. 죄, 죄송해요."

"아, 그렇구나. 역시 내가 다니던 시절이랑은 완전히 달라졌구나. ……아, 솜사탕, 맛있어 보이네. 공짜 쿠폰도 있는데 나도 하나 먹어 볼까? 카가미 씨도 드실래요?"

"아니요, 괜찮습니다. 그보다 아카기 씨, 단것 드시면 안 된다고 하지 않았나요? 괜찮겠어요?"

"그렇긴 하죠……. 카가미 씨는 날씬해서 좋겠네요. 뭔가 운동이라도 하세요? 체형을 유지하는 비결이 있으면 좀 가르쳐주세요."

"특별한 건 없어요. 적당히 먹고 과음하지 않고 운동하는 정도죠."

"무리예요. 셋 다 불가능해요."

손과 머리를 절레절레 내젓는 아카기 씨를 보고 쓴웃음을 지은 카가미 유키히코 씨는 나를 돌아보았다.

"불러 세워서 미안해요. 고마워요."

괜찮다는 대답이 목구멍에 걸려 목소리가 나오지 않았다. 단정하게 미소 짓는 그에게서 피어오르는 나직하고 느긋하게 연주하는 피아노곡 같은 차분하고 고상한 향기.

카가미 유키히코 씨는 아카기 씨와 담소를 나누며 교사 쪽을 향했다.

단지 향수기 똑같을 뿐이다. 그밖에도 똑같은 향수를 쓰는 사람이 있을지도 모른다.

'그야 당연히 당신을 골탕 먹이러 왔죠.'

그때 학생회관 뒤쪽에서 대치하고 있던 사람을 만나기 위해 카즈마 씨는 오늘 모교를 찾아온 것일까. 카즈마 씨는 강연회 게스트로 초청을 받았다. 그밖에도 누가 초청 받았는지 의뢰를 받았을 때 물어보지 않았을까. 그리고 **그렇기 때문에** 출연을 결정한 걸까?

모르겠다. 향수 하나로는 아무런 확신도 가질 수 없다. 전혀 다른 사람인지도 모른다.

하지만.

✱

머릿속이 빙글빙글 복잡한 상태로 전통 찻집으로 돌아왔을 때 마침 교실 앞 복도에서 카린과 아사토, 유키야 오빠와 마주쳤다. 카린과 아사토는 어색한 미소를 짓고 있었다.

"방금 퀴즈 대회 갔다 왔어. 우리가 우승해서 상품으로 과자도 받았거든."

"아저씨가 너무 순식간에 대답해서 흥이 끓어오르다 못해 마지막에는 엄청 미묘한 분위기였어."

"되도록 빨리 대답하라고 해서 시키는 대로 했을 뿐이에요."

카린과 아사토가 어색하게 웃자 유키야 오빠는 심히 유감스럽다는 듯이 말하며 손끝으로 안경테 브리지를 밀어 올렸다. 그때 어라? 하고 생각했다. 왠지 모를 느낌뿐이긴 했지만.

"유키야 오빠, 저기……."

"네?"

눈썹을 치켜 올리는 얼굴을 가만히 보고 역시 기분 탓이 아니라고 생각했다.

하지만 어떻게 하면 좋을까. 지금부터 다시 가게를 보러 돌아가야 한다. 말차 통과 솜사탕을 양손에 하나씩 든 채 유키야 오빠를 올려다보며 고뇌하고 있는데 왼쪽 어깨를 톡 치는 가벼운 충격을 느꼈다. 돌아보니 카린과 아사토와 유키야 오빠에게 낯을 가리는지 바닥을 보고 있는 치요가 있었다. 방금은 자신의 오른쪽 어깨로 내 왼쪽 어깨를 살짝 친 것이었다. 치요는 작은 목소리로 속삭였다.

"카노, 가게는 내가 대신 볼 테니까 가도 돼……."

"뭐? 하지만 치요."

"대신 대체 휴일에 나랑 가을의 카마쿠라 사찰 투어를 같이 가주면 기쁠 거야……."

"당연하지. 하세데라 절에서 불경 필사도 하자. 치요, 저번에 하고 싶다고 했었지?"

"정말……? 시간도 오래 걸리고 종이 값도 천 엔이나 하는데, 정말 그래도 돼……?"

나는 대답과 인사 대신 치요의 손을 꼭 잡았고, 치요도 내 손을 꼭 맞잡으며 "치요…….", "카노……." 하고 서로의 우정을 확인했다.

치요가 말차 통과 솜사탕을 들고 전통 찻집으로 돌아가자 카린이 환하게 웃었다.

"언니, 쉴 수 있어? 그럼 같이 바자회 가자. 아까 슬쩍 봤는데 예쁜 옷 정말 많더라."

"카린, 잠깐만."

카린의 원피스 소매를 잡아당겨 아사토와 유키야 오빠에게서 조금 멀리 떨어져, 미안하지만 바자회에는 아사토와 둘이서 가 달라고 작게 부탁하자 카린의 눈이 동그래졌다. 그러더니 눈을 반짝반짝 빛내며 내 여동생은 눈부시게 환한 미소와 함께 엄지 손가락을 척 들었다. 무언가 오해를 하는 게 분명했지만 나도 일단 엄지를 들어보였다.

"유키야 오빠, 미안해! 역시 아사토랑 단둘이 다니고 싶으니까 지금부터는 따로 다니자. 괜찮지? 자, 사탄이 준 공짜 쿠폰. 그럼 갔다 올게!"

"……다녀와요."

"난 바자회보다는 카노네 반 와플이 먹고 싶은데."

이의를 제기하는 아사토의 팔을 무작정 잡아끌고 카린은 사냥감을 발견한 치타 같은 속도로 달려갔다.

"카노는 가게 일은 이제 끝난 거예요?"

"네. 유키야 오빠."

"가보고 싶은 곳 있어요? 그러고 보니 미하루 씨에게 드릴 선물을 사러 가고 싶은데."

"유키야 오빠, 안색이 좀 안 좋아요. 아니……, 많이 나빠 보여요."

입을 다문 유키야 오빠는 그런다고 안색이 달라지는 것도 아니고 숨길 수 있는 것도 아니건만 얼굴의 아래쪽 절반을 손으로 슬쩍 가렸다. 본인도 자각은 하고 있었나 보다.

"보건실에 갈래요? 축제 기간에도 보건 선생님이 계시고 일반인에게도 개방되어 있거든요."

바닥을 내려다보고 있던 유키야 오빠는 체념한 듯이 작게 한숨을 내쉬었다.

"……그 정도는 아니에요. 그냥 사람이 적은 곳에서 조금 쉬고 싶어요."

지금 교내는 어디나 사람들로 북적거렸다. 잠깐 생각하다 나는 3층 서쪽 끝으로 향했다. 그곳에는 존재를 감추듯이 옥상으로 향하는 계단이 슬쩍 숨어 있다. 하지만 옥상은 잠겨 있어서 철문 앞의 층계참은 사용하지 않는 책상과 의자와 사물함이 쌓인 채 방치되어 있었다. 먼지가 많은 게 단점이지만 그런 만큼 사람들이 찾지 않는 한적한 장소였다. 그리로 안내하자 유키야 오빠는 안도한 듯이 층계참 앞의 계단에 앉았다. 나도 사이에 고양이 두 마리 정도가 몸을 동그랗게 말고 잘 수 있을 정도의 간격을 두고 앉았다.

"마실 것 좀 사올까요? 차갑고 시원한 걸……."

"아뇨, 괜찮아요. 조금 피곤한 것뿐이거든요."

조금이 아니라 유키야 오빠는 많이 지쳐 보였다. 검은 메탈 테의 안경을 벗고 눈꺼풀 위를 손가락으로 가만히 눌렀다. 층계참 벽에는 네모난 창문이 있어서 그리로 들어오는 가을 햇살에 유키야 오빠의 뺨에 난 솜털이 희미하게 반짝였다.

얼마 지나 유키야 오빠가 손을 떼더니 천천히 눈을 떴다. 나는 시력에 문제가 없어서 잘은 모르지만 시력이 안 좋은 사람이 아무런 교정도 하지 않고 세상을 볼 때는 흐릿하고 의지할 곳 없는 것처럼 보이는 걸까. 안경을 벗은 유키야 오빠의 옆얼굴에는 그런 생각이 들게 만드는 불안감이 깃들어 있어서, 그런 만큼 어른스러운 평소의 모습보다도 훨씬 어려 보였다. 빛 속을 떠다니는 미세한 먼지를 아련한 눈으로 쳐다보는 유키야 오빠의 맨얼굴을 옆에서 보고 나는 심장을 얻어맞은 것 같은 충격을 받았다.

──닮았잖아?

조금 전에 간이음식점 앞의 인파 속에서 짧은 대화를 나눈 사람의 얼굴을 되도록 자세히 떠올렸다. 조용조용하게 말하는 입매, 하얀 뺨의 윤곽, 시원스럽게 미소 짓는 외까풀의 눈.

카즈마 씨는 유키야 오빠를 강연회에 오지 못하게 하려고 했다. **그 사람**의 의견에 사사건건 토를 달았다. 학생회관 뒤쪽에서 마주하고 있던 상대에게 날카로운 적개심을 드러냈고, 그 사람을 만나기 위해 모교를 찾아왔다.

유키야 오빠가 강연회 포스터를 보고 평소의 그답지 않게 동요한 것은 어째서일까. 안 간다고 딱 잘라 거절한 강연회에 곧장 찾아간 이유는 무엇일까. 수수한 포스터에는 간략한 정보만 적혀 있었다. 강연회 장소와 시간, 그리고…… 게스트의 이름.

'내가 그 사람에 대해 아는 건 이름과 제대로 된 인간이 아니라는 것 정도야.'

예전에 유키야 오빠는 아버지에 대해서 그 정도로만 이야기했었다.

설마, 그럴 리가. 하지만, 그래도, 어떻게……, 말도 안 돼.

"시끌시끌하네요."

갑자기 귀에 들어온 목소리에 깜짝 놀라 어깨가 흠칫 떨렸다. 옆을 보니 유키야 오빠는 조금 편해졌는지 부드러워진 표정으로 다시 안경을 썼다.

"네⋯⋯?"

"여기까지 들리잖이요."

어서 오세요, 하고 손님을 부르는 활기찬 목소리. 뭐가 그리 재미있는지 까르르 웃는 여자아이들의 목소리. 많은 사람들이 복도를 오가는 발소리. 굵직한 남학생들의 합창 소리는 와플을 파는 우리 반이 벨기에의 이미지를 더 잘 살리기 위해 벨기에 국가를 부르는 소리였다. 그런 무수한 소리가 먼지 자욱하고 인적 없는 계단까지 들려왔다. 다만 그 소리는 다른 세계에서 들려오는 것처럼 멀었고, 나는 유키야 오빠와 투명한 수조 속에 앉아 있는 느낌이었다.

"⋯⋯유키야 오빠."

물어보면 안 되는 걸지도 모른다. 아니, 틀림없이 그럴 것이다. 이 사람에게 이 이야기는 급소나 마찬가지다. 하지만 계속 커지기만 하는 의문이 가슴속을 가득 채워서 더는 참을 수가 없었다.

"저기, 유키야 오빠의 아버지는⋯⋯."

마지막 말을 입에 올린 순간 공기가 얼어붙는 소리가 들리는 것 같았다.

마음을 떨쳐버리듯 유키야 오빠의 옆얼굴에서 표정이 사라지는 것을 보고 돌이킬 수 없는 짓을 하고 말았다고 생각했다. 하지만 그럼에도 나는, 아무것도 아니에요, 하고 얼버무리지 않았다. 곧바로 그렇게 했으면 아직은 돌이킬 수 있었을 텐데. 아마유키야 오빠도 맞춰서 넘어가줬을 텐데.

하지만 나는 알고 싶었다.

말하고 싶지 않은 부분은 건드리지 않겠노라며 포용력이 있는 척했지만 사실은 줄곧 알고 싶었다. 유키야 오빠가 어두운심연에 가라앉혀 놓듯이 숨기고 있는 것이 무엇인지. 아무리 곁에 있어도 잠깐 눈을 떼면 사라져버릴 것 같은 느낌이 언제나지워지지 않는 것은 그 비밀 때문임을 알고 있으니까.

유키야 오빠로서는 틀림없이 겉으로 드러난 신경 다발을 건드리는 것 같은 문제일 것이다. 하지만 아무리 제멋대로에 오만하다고 할지라도 나는 알고 싶었다. 마음을 굳히고 숨을 크게 들이마셨을 때였다.

"무책임하고 인간다운 정이 없는, 나랑 많이 닮은 사람이래요. 외삼촌이 곧잘 그렇게 말씀하셨어요."

선수를 치듯이 낮고 차갑고 기복 없는 목소리로 유키야 오빠가 말했다.

"……외삼촌이요?"

"카즈 삼촌이 아니라 어머니의 오빠인 큰외삼촌이요. 도쿄에있는 중학교로 전학가기 전까지는 할아버지와 큰외삼촌네 식구들과 함께 카마쿠라에 있는 집에서 살았거든요. 그런 놈한테 걸린 어머니도 어리석고, 내가 그 사람이랑 기분 나쁠 정도로 닮았다고 자주 말씀하셨어요. 역시 피는 못 속인다고."

목소리가, 말이, 아무 것도 나오지 않았다. 아마도 유키야 오빠는 그것을 노렸을 것이다. 살을 내주고 뼈를 취하는 고육지책으로 자신도 상처를 입음으로써 내가 꺼내려는 훨씬 치명적인 말을 막았다.

또다시 흥겨운 웃음소리가 들렸다. 머나먼 세계의 소리가 바람을 타고 실려 오는 것처럼.

"……자주라니, 그런 말을 몇 번이나 하셨다고요?"

전학 가기 전이라면 유키야 오빠는 지금의 나보다도 훨씬 어렸을 때다. 그런 어린아이에게 대체 무슨 생각으로 그런 폭력적인 말을 했는지 이해가 되지 않았다.

"카게츠 향방에 놀러오던 때에도 줄곧 그런 말을 들었던 거예요……?"

알고 싶다는 욕망이 미처 몰랐다는 충격에 산산이 부서지며 목소리가 갈라졌다. 나를 본 유키야 오빠는 불의의 기습을 받은 얼굴을 하고 있었다. 그런 표정을 지으니 유키야라고 부르던 초등학교 때로 돌아간 것 같았다. 너무 화가 나고, 그리고 너무나도 슬펐다.

"그 외삼촌이 틀렸어요. 어리석다느니 하는 건 쓸데없는 참견이고, 기분 나쁘다는 말을 남한테 아무렇지 않게 할 수 있는 사람이 더 이상해요. 무엇보다 피라는 건 적혈구나 백혈구나 혈소판 같은 그런 것일 뿐이고, 그게 누구와 이어져 있든 유키야 오빠가 누구를 닮았든 유키야 오빠는 유키야 오빠잖아요?"

"……잠깐만요, 왜 우는 거예요?"

"그러니까 그런 말은 신경 쓸 필요 없어요. 다른 사람도 아닌 유키야 오빠가 그런 말을 신경 쓰면 안 돼요."

목소리도 나오지 않는 듯한 유키야 오빠의 얼굴. 그 얼굴이 서서히 흐려지며 눈물 속으로 가라앉아 점점 보이지 않았다.

내가 정말로 알고 싶은 것은 당신 아버지의 정체가 아니라 당신이 끌어안고 있는 깊은 고독의 이유다. 그리고 아마도 지금 그 한 자락을 엿보았다.

당신은 저주에 걸렸을 뿐이다. 자신은 이 세상에 태어나지 말았어야 했다고 생각하게 만드는 저주에.

하지만 이미 당신은 힘없는 초등학생이 아니다. 예전에 무언가에 얽매여 있었다고 하더라도 이제는 자유로워져도 괜찮다. 당신이 쌓아온 당신의 세계에서 당신을 둘러싼 많은 사람들이 얼마나 당신을 필요로 하고 있는지, 키시다 유키야씩이나 되는 사람으로서 날카로운 통찰력과 합리적인 사고력으로 그 사실을 이해해야 한다.

머릿속으로는 제법 훌륭한 생각을 하고 있는데 눈물이 멈추지 않아서 제대로 말이 나오지 않았다. 눈물을 훔치고 있는데 유키야 오빠의 당황한 목소리가 들렸다.

"옛날부터 생각했는데 어째서 그렇게 잘 울어요?"

"……잘 울지 않아요……."

"그것도 매번 남의 일로만. 그래서는 몸이 견디지 못할 거예요."

하지만 당신은 남이 아니다.

무언가를 해주고 싶어도 아무것도 할 수 없고, 그럼에도 뭔가 할 수 있는 게 없을까 하는 생각을 안 할 수도 없어서 이렇게 기도하는 마음으로 눈물이 난다. 나에게 당신은 그런 사람이다.

그런 거창한 생각을 머릿속으로는 해도 역시 지금의 한심한 상태로는 말이 나오지 않아서 괜찮다고 손을 저으려고 했을 때 커다란 손이 어깨를 감쌌다. 나의 상태를 살피면서 조심스럽게 손을 뻗은 것처럼 살짝.

나는 너무 놀라서 눈물이 쏙 들어가고 말았지만 슬금슬금 빨개지는 뺨을 고개를 숙여 가리고 여전히 눈물이 멈추지 않는 척 코를 훌쩍이며 속임수를 썼다. 유키야 오빠는 의심하지 않고 어린아이 달래주듯 천천히 내 어깨를 쓰다듬어주었다.

불순했지만 가슴이 벅차서 괴로울 만큼 행복했다.

커다란 수조 안처럼 조용한 곳에서 이렇게 서로 안고 있으니 이대로 시간이 멈췄으면 좋겠다고 생각했다.

하지만 정말로 멈출 리는 없었고, 소란스러운 소리가 터져 나온 것은 바로 그 직후였다.

학교를 감싸는 유쾌한 소음과는 명백히 다른 것이었다. 동요
와 긴박감이 뒤섞인 소리와 비명에 가까운 소리까지 들렸다. 대
체 무슨 일이 벌어진 걸까. 나와 유키야 오빠는 서로 마주보고
동시에 일어났다.

재빨리 3층으로 내려가자 복도 동쪽에 사람들이 우르르 몰려
있었다.

3층 동쪽은 2학년 교실이 있는 구역이다. 그리고 저 근처는.

"혹시 카노네 반이에요?"

내 표정으로 짐작했는지 유키야 오빠가 물었다. 나는 발걸음
을 서두르며 고개를 끄덕였다. 역시나 사람들이 모여 있는 곳은
내가 속해 있는 2학년 3반 앞이었고, 사람들이 무언가를 에워
싸듯이 반원을 그리고 있었다.

"지나갈게요."

인파를 뚫고 들어간 나는 무심코 소리를 질렀다.

와플 카페의 트레이드마크, 긴 앞치마를 두른 거대한 줄리안
소년상이 복도에 쓰러져 있었다.

이 시간대의 서빙 담당인 민속의상을 입은 반 아이들 몇몇이
당황해서 어쩔 줄 몰라 하며 줄리안 소년상을 에워싸고 있었다.
나도 사람들 틈바구니에서 간신히 몸을 빼내고 치요와 같이 열
심히 색칠한 줄리안 소년상을 향해 달려갔다.

"망가졌어."

누군가가 힘없이 중얼거렸다. 박스를 주재료로 만들어진 줄리안은 몸 형태가 찌그러져 있었다. 만든 물건이지만 어쩐지 아파 보였다. 충격으로 몸이 굳어버린 나는 코끝을 스친 냄새에 숨을 삼켰다.

누군지 정체를 알 수 없는, 풋내 나지만 싱그러운 선명하고 강렬한 향기.

그리고 하나 더.

백단을 베이스로 한 달콤하고 시원한 천연향료의 향기.

"내가 봤어."

카랑하게 외친 사람은 내 바로 옆에 있던 짧은 머리의 여자애였다. 분해서 참을 수 없는지 얼굴을 찡그리고 말했다.

"하얀 시트를 뒤집어쓴 이상한 유령 같은 애가 넘어뜨렸어."

4

줄리안 소년상은 생각보다도 훨씬 심각하게 파손돼서 수리는 단념했다. 축제는 앞으로 두 시간만 있으면 끝나니 불행 중 다행이기는 했지만 역시 다들 충격을 감추지 못했다. 며칠씩 늦게까지 학교에 남아서 완성시킨 줄리안 소년상이었다.

"……요코타, 줄리안이 넘어지는 모습 보고 있었어?"

자세한 상황을 확인하고 싶어서 조금 전의 짧은 머리 여자아이에게 물어보았다. 요코타는 세련되고 화려한 여자애들 그룹에 속한 아이로, 교실 한쪽 구석에서 조용히 서식하는 수수한 여학생인 나는 주눅이 들어서 별로 이야기를 나눠본 적은 없었지만 요코타는 전혀 개의치 않고 나에게 말했다.

"계속 보고 있었던 건 아니야. 마침 그때 손님한테 와플을 서빙하던 참이었는데 시야 끄트머리에서 줄리안이 휘청하는 게 보였어. 큰일이다 싶어서 그쪽을 봤더니 줄리안이 쓰러지고 그 하얀 녀석이 달아나는 게 보였어."

그리고 놀라서 복도로 달려 나왔다고 한다. 요코타는 분이 풀리지 않는지 덧붙였다.

"어제부터 여기저기서 이상한 장난이 계속되고 있잖아. 그것도 다 그 녀석 짓 아냐? 정말 너무 수상하더라니까?"

실은 나도 그 점을 우려했기에 가슴이 무거웠다. 어제부터 장난을 치고 다니는 범인이 마침내 우리 반까지 손을 뻗친 것일까. 지금까지의 장난은 소소한 것들이었는데 전시물을 망가뜨리다니, 솔직히 이번에는 너무 심했다.

그건 그렇고, 믿을 수가 없었다. 정말로 그 시트 유령이 줄리안을 망가뜨렸을까? 이유는 모르지만 나를 위로하고 격려해준 그 시트 유령이?

"혹시 1학년 4반의 황천 카페에 있는 애 아닐까? 어제 거기 갔었는데 입구에 그런 게 매달려 있었거든."

요코타와 함께 시트 유령을 목격했다는 서빙 담당 여자애가 자연스럽게 이야기에 끼어들었다. 나는 당황하며 그 아이에게도 더 자세히 이야기해달라고 했다.

"그런 거라니, 시트 유령 말이야?"

"응. 동아리 후배가 1학년 4반에 있어서 어제 놀러 갔었거든. 그랬더니 그 시트 유령? 그게 쪼그라든 거대한 테루테루보즈(흰 천으로 머리 모양을 만들어 처마 밑에 매달아 날씨가 맑기를 기원하는 일본의 인형 – 역자 주)처럼 입구에 매달려 있었어."

그럼 시트 유령은 황천 카페 관계자일까? 그렇게 생각했을 때 문득 떠올랐다. 그러고 보니 그녀도 1학년 4반이라고 했다. 게다가 줄리안이 망가진 현장에 남아 있던 그 백단 향기는 분명히 ……

그녀에게 고맙다고 인사를 하고 나는 서둘러 교실 밖에서 기다리고 있는 유키야 오빠에게 갔다. 이러이러하고 저러저러해서 1학년 4반으로 가보려 한다고 이야기하자 "그럼 나도 같이 가요." 하고 유키야 오빠가 말해주었다. 얼굴색은 많이 괜찮아져 있었다.

1학년 교실은 2층 서쪽에 있다. '황천 카페'라는 간판을 내건 1학년 4반 교실은 음산한 색채로 장식되어 있어서 한층 눈에 띄었다. 하지만 그 입구에는 조금 전에 들었던 시트 유령으로 보이는 것은 매달려 있지 않았다.

자세한 이야기를 누군가에게 들어보고 싶었지만 심령 프로그램을 본 날이면 반드시 머리를 감다가 몇 번이나 뒤를 돌아보곤 하는 나로선 암막 커튼이 쳐진 교실 안으로 들어갈 용기가 나지 않았다. 하지만 키시다 유키야 오빠는 망설임 없이 문을 열고 "끼야아아아악!" 하고 무시무시한 괴성을 지르며 튀어나온 좀비의 모습에도 눈썹 하나 까딱하지 않고(나는 비명을 지르고 말았다) 정중하게 물어보았다.

"갑자기 물어봐서 미안하지만 혹시 이쪽 입구에 시트를 매달아두지 않았었나요?"

"끼에에에엑…… 어라, 그런 게 있었나? 잠깐 물어보고 올 테니까 기다리세요."

보아하니 남학생인 듯한 피칠갑한 좀비는 친절하게도 교실 안으로 돌아가 친구들에게 물어보고 와주었다. 그 내용은 예상과는 전혀 다른 것이었다.

"잘은 모르겠지만 오늘 팔렸대요."

"팔렸다고요? 판매용 상품이었어요?"

"아뇨, 그런 건 아니고요. 우리 반 의상 팀이 만든 건데 의상으로 쓰기에는 하나도 안 무서워서 장식으로 걸어놓은 거거든요. 그런데 오늘 점심때쯤인가? 갖고 싶으니까 팔라는 사람이 나타나서 팔았대요. 500엔에."

"어떤 사람이 사갔는데요?"

"그것도 물어봤는데 지금은 확인할 수가 없나 봐요. 판 애가 휴식 시간이라 교실에 없거든요. 그런데 저 안 무서워요? 좀비로서 영 별로예요?"

"전혀요. 튀어나왔을 때의 박력은 상당했어요. 자신감을 가져요."

시트 유령으로 보이는 의상은 오늘 누군가가 사갔다. 그렇다는 건 적어도 1학년 4반 학생은 시트 유령이 아니라고 보아도 좋을 것이다. 같은 반 학생이 샀다면 '팔라는 사람이 나타나서' 라는 표현은 쓰지 않았을 것이다.

"저기, 아, 아키라 아야는 지금 있어?"

머리에 도끼칼을 박고 피를 흘리는 좀비는 무서웠지만 나는 용기를 내서 물어보았다. 좀비 학생은 눈을 몇 번 깜빡이다가 아아, 하고 중얼거렸다.

"여기에는 없어요. 오늘 아침에는 봤으니까 학교에는 있겠지만."

"……교실에 안 왔어?"

"걘 준비 담당이라 오늘은 할 일이 없거든요. 게다가 걘 어쩐지 학교나 축제는 좋아하는 것 같지도 않더라고요."

나와 유키야 오빠는 그 학생에게 인사를 하고 기념으로 판매하는 해골 모양 쿠키를 두 봉지 사서 황천 카페를 뒤로 했다. 쿠키는 어째선지 새파래서 비닐 봉투 안에 담긴 미지의 생명체 같기도 했다. 조금 기괴한 쿠키를 보면서 나는 오늘 아침에 보았던 그녀를 떠올렸다.

'사실은 저도 오늘은 반에서 할 일이 생겨서 도와드릴 수 없게 됐거든요.'

그때 그녀는 어떤 심정으로 그런 말을 했을까.

시트 유령 의상의 출처는 알아냈지만 그밖에는 결국 아무것도 알아내지 못했다. 시트 유령은 누구인가. 정말로 줄리안을 망가뜨렸을까. 그리고 시트를 뒤집어쓴 학생이 어제부터 계속 장난을 치고 다니는 범인일까.

"아직 정보가 부족해요. 카노가 만난 시트 유령과 카노네 반 친구들이 목격한 시트 유령은 동일 인물이라고 봐도 무방한가요?"

"아마도요. 나한테 솜사탕을 준 사람이랑 똑같은 향기가 났거든요……."

나는 시트 유령에게서 풍기는 그 신기하고 푸릇푸릇한 향기를 유키야 오빠에게도 설명했다. 유키야 오빠라면 무언가 알아낼지도 모른다고 생각했기 때문이다. 하지만 유키야 오빠도 안경 브리지에 손가락을 대고 고민하는 듯했다.

"제초 작업이라도 하고 온 걸까요?"

"원예부 학생들은 같이 전통 찻집을 하고 있으니 아닐 테고……, 앗."

마침 지나가던 1학년 1반 교실에서 카즈마 씨기 나오는 바람에 나는 깜짝 놀라서 멈춰 섰다.

"조수잖아?"

카즈마 씨도 눈썹을 치켜 올리며 말했다. 카즈마 씨의 뒤에서는 검은 정장 바지를 입은 미즈키 씨가, 그 뒤에서는 카린과 아사토가 나왔고, "언니." 하고 환하게 웃으며 카린이 벌꿀색 테디 베어를 나에게 보여주었다.

"여기서 하는 사격에서 야시로 언니가 따줬어!"

"이분 진짜 대단해. 백발백중. 완전히 스나이퍼야."

"신이 나서 너무 많이 따버렸어. 아무래도 사격장에만 가면 피가 끓어올라서……."

"교육시설에서 위험한 발언 하지 마."

얼굴을 찡그리며 미즈키 씨에게 말한 카즈마 씨는 유키야 오빠와 눈이 마주치자 표정은 바꾸지 않았지만 상당히 어색한 향기를 풍겼다. 속내를 보여주지 않는 무표정한 유키야 오빠는 강연회에 대해서는 언급하지 않고 "그런데." 하고 이야기를 꺼냈다.

시트를 뒤집어쓰고 유령 분장을 한 사람을 보지 못했냐고 묻자 카즈마 씨와 미즈키 씨, 카린과 아사토는 일제히 서로를 보았다.

"걔 말인가?"

"그 애 말이지?"

"아까 그 사람?"

"우리는 아까 1층에서 만나서 이 2층으로 올라왔는데 그때 엄청난 기세로 3층에서 계단을 내려오더라고. 그 유령이랑, 카노랑 같은 교복을 입은 여자애가."

교복을 입은 여자애? 나는 순간적으로 줄리안 소년상 주변에 남아 있던 향기를 떠올렸다.

"아사토, 그 여자애는 혹시 짧은 단발머리에 검은 안경 쓰고 있었어?"

"어, 맞아. 큼직한 안경에 바가지 머리. 카노랑 아는 사이야?"

"그 두 사람이 같이 다녔다는 거예요?"

유키야 오빠가 묻자 이번에는 카린이 고개를 가로저었다.

"그런 느낌은 아니었어. 시트를 뒤집어쓴 유령이 그 여자애를 뒤쫓고 있었던 것 같아. 여자애는 아주 필사적으로 달아나는 느낌이었거든."

달아났다고? 그리고 시트 유령이 뒤쫓았다?

도통 영문을 몰라 혼란스러워하자 카즈마 씨가 낭랑한 목소리로 말했다.

"무슨 일 있었어?"

나는 줄리안 소년상이 망가진 일과 그 순간 시트 유령이 목격된 일을 이야기했다. 친착한 사람인 줄로만 알았던 미즈키 씨가 갑자기 날카로운 향기와 함께 안광을 뿜어냈다.

"그러니까 즐거운 축제를 위협하는 카마쿠라 시민의 적이 이 학교에 숨어 있다는 거지?"

"야시로, 칼잡이 시절의 눈빛으로 돌아갔어."

"아뇨, 그렇게까지 거창한 일은 아닌데요……! 단지 어제부터 교내 여기저기서 계속 이어지고 있어요. 간판을 쓰러뜨리거나 낙서를 하는 정도였는데, 어쩌면 우리 반의 일도 그 사람이 한 짓이 아닌가 하는 얘기가 나오고 있거든요. 만약 그렇다면 일이 점점 커지니 그것도 걱정 돼서요."

미즈키 씨의 향기가 문득 어두워졌다. 표정이나 태도에는 거의 드러나지 않았으니 알아챈 사람은 아마도 나뿐이었을 것이다. 나는 눈을 딱 감고 물어보았다.

"혹시 짐작 가는 곳이 있으세요?"

"조금 전에 네가 얘기한 그 짧은 단발에 안경 쓴 여자애는 아는 애니?"

반대로 물어보는 바람에 당황했지만 나는 그렇다고 대답했다.

"얼마 전에 처음 알게 된 앤데 절 도와줬었어요."

그렇구나, 하고 중얼거린 미즈키 씨는 망설이는 향기가 더욱 짙어졌지만 이야기를 시작했다.

"그 애가 맞는지 아닌지는 확실하지 않으니까 감안하고 들어 줬으면 하는데, 오늘 아침에 카즈마를 찾아다닐 때 그 애랑 꼭 닮은 여자애를 봤거든. 거동이 조금 수상했달까 왠지 남들 눈을 신경 쓰는 듯한 모습이 마음에 걸려서 걸음을 멈추고 보고 있었어. 습관상 그런 점이 눈에 잘 들어와서 말이야. 그랬더니 그 애가 간이음식점 한쪽에 놓여 있는 쓰레기통을 넘어뜨리더라. 바로 주의를 줬더니 그 애는 얼굴빛이 달라지며 달아나버렸어."

참고로 그 애는 조금 전에 시트를 뒤집어쓴 유령에게 쫓기던 여자애와 같은 사람인 것 같아. 조용한 미즈키 씨의 목소리에 심장의 고동이 점점 빨라지는 것을 느꼈다. ……설마. 그 애가 그런 짓을 하리라고는 생각되지 않았다.

"한 번 더 말해두지만, 네가 아는 애가 아닐 가능성도 있어. 단발머리를 한 여학생도 안경 쓴 여학생도 교내에 더 있을 테니까. 하지만 그 애한테 이야기를 한번 들어봐도 좋을지도 몰라."

"……저기요, 죄송한데요……."

주변의 소음에 지워질 것 같은 가느다란 목소리가 느닷없이 끼어들었다. 다 같이 그쪽을 돌아보자 검은 스탠딩 칼라 교복을 입은 남학생이 서 있었다. 실내화 색깔로 보아 1학년이었다. 눈길이 한꺼번에 쏠리자 그 남학생은 얼굴이 빨개졌고 나는 동지의 향기를 느꼈다.

"……갑자기 끼어들어서 죄송한데요, 아까 시트 유령 얘기 하지 않으셨어요?"

"그건 왜 묻지?"

카즈마 씨가 안 그래도 위력적인 목소리로 무뚝뚝하게 되묻자 1학년 남학생은 금방이라도 숨이 넘어갈 듯한 얼굴로 고개를 푹 숙이고 말았다.

"사탄, 괴롭히지 마."

"좀 부드럽게 말해요."

카린과 아사토가 카즈마 씨를 나무라는 동안 유키야 오빠가 대신 차분한 목소리로 물었다.

"마침 그 이야기를 하던 중이었는데, 학생은 그 사람이 누군지 알아요?"

"아뇨, 몰라요. 그래서 혹시 누군지 아시면 가르쳐달라고 하려고……."

"왜? 너도 무슨 피해를 입었니?"

"네, 피해요? 아뇨, 그렇지 않아요. 그냥, 그러니까…… 감사 인사를 하고 싶어서요."

감사 인사? 나는 그 말에 깜짝 놀랐다.

"혹시 그 사람이 '혼자예요?' 하고 묻지 않았어? 그리고 뭔가 받지 않았니?"

"네? 어떻게 아세요?"

눈을 깜빡이던 그는 머뭇거리면서 자기가 겪은 일을 이야기해 주었다.

그가 시트 유령과 조우한 것은 마침 점심 무렵이었다고 한다. 아마도 내가 학생회관 앞에서 시트 유령과 만나기 조금 전이었을 것이다.

그는 그때 특별동에 있었다고 한다. 특별동이란 이름대로 사회, 과학, 음악 수업의 교실로 사용하는 특별교실이 한꺼번에 모여 있는 3층짜리 건물이다. 20년 전에 증축되어 일반교실이 있는 교사와는 구름다리로 연결되어 있다. 그 특별동 2층 끄트머리에는 사람이 별로 오지 않는 창고나 다름없는 작은 교실이 있고, 그는 계속 거기서 스마트폰으로 게임을 하고 있었다고 이야기하자 "저기요." 하고 카린이 잘 모르겠다는 표정으로 손을 들었다.

"왜 그런 곳에서 게임을 하고 있었어요? 모처럼의 축제인데."

"특별동의 그 교실은 옛날부터 학교생활에 잘 적응하지 못하는 아웃사이더가 곧잘 은신처로 써왔어. 이 소년의 내성적인 언동과 혼자서 흐느적흐느적 걸어 다니는 모습으로 짐작컨대 축제를 같이 즐길 친구가 없어서 그런 데서 고독하게 시간을 보내고 있었던 거겠지."

방약무인 임금님의 발언에 1학년 남학생은 또다시 죽을 것 같은 표정을 지었다. 미즈키 씨가 카즈마 씨의 입을 찰싹 때리듯 막았고 나는 황급히 사과했다.

"미안해, 정말 미안해."

"……괜찮아요. 저 아저씨 말대로 전 친구가 없거든요. 외톨이예요."

"신경 쓰지 마. 그 교실에 대해서 이렇게 잘 아는 이유는 얘도 거기 단골이었거든. 너랑 똑같았어."

"단, 나는 어른들에게 양육되어야 하는 고통과 스스로의 섹슈얼리티에 대해 그 방에서 사색했던 거지, 저 친구 같은 저차원적인 문제로 고민한 건 아니었어."

그러니 똑같이 취급하면 곤란하다고 주장하는 카즈마 씨는 완전히 무시하고 "계속 말해줘요." 하고 유키야 오빠가 이야기를 재촉했다. 남학생은 이번에도 주뼛주뼛하며 이야기했다.

"그때 그 시트 유령? 그 사람이 들어왔어요. 아무도 올 리 없다고 생각했던 터라 정말 깜짝 놀랐거든요. 게다가 모습도 그렇고. 그러더니 그 사람이 나한테 스마트폰을 보여줬어요."

《혼자예요?》

시트 유령은 나에게 그랬던 것과 똑같이 메시지 화면에 친 짧은 문장을 그에게 보여주었다. 보면 알잖아, 하고 마음에 상처를 받은 그가 고개를 끄덕이자 시트 유령은 부스럭부스럭하며 팔에 걸고 있던 하얀 비닐 봉투를 빼서 그에게 내밀었다. 그는 내가 그랬던 것처럼 망설여져서 손을 내밀지 못했다고 했다. 그러자 시트 유령은 역시나 나에게 그랬던 것처럼 그의 손을 잡고 봉투를 쥐어주며 손을 꼭 감싸 쥐었다.

그러더니 시트 유령은 몸을 돌려 떠났고, 얼이 빠진 상태로 그가 비닐봉투 안을 보니 아직 따끈따끈한 야키소바가 들어 있었다. 젓가락도 함께.

"진짜로 왜 그런 건지는 모르겠지만, 그래도 뭐랄까, 날 생각해준 것만은 알겠으니까……, 야키소바를 그냥 받기만 하면 미안하기도 하고 가능하면 고맙다고 인사도 하고 싶어서 그 사람을 찾아다니고 있었어요. 그런 모습을 하고 있으니 아마도 유령의 집 같은 걸 하는 반 학생일 것 같아서요."

하지만 좀처럼 찾을 수가 없어서 난감하던 차에 '시트'며 '유령' 같은 단어를 자꾸 언급하는 우리를 발견하고 용기를 짜내서 말을 걸어보았다고 한다.

"……그 시트 유령은 좋은 사람인 걸까? 잘 모르겠네."

이야기를 다 들은 아사토가 미간을 찡그렸다. 나도 줄리안 소년상 일을 포함해 그 시트 쓴 사람에게 이야기를 들어보고 싶었다. 하지만 이 고등학교는 학생만 800명이 넘고, 그 중에서 시트 유령의 정체에서 제외할 수 있는 사람은 1학년 4반 학생뿐이다. 게다가 지금은 축제 도중이라 어마어마한 숫자의 일반인 관람객이 교내에 들어와 있다. 하다못해 성별과 몇 학년 학생인지라도 안다면 몰라도 아무런 단서도 없이 찾아내기란 상당히 어려운 작업이 될 것이다. 망연자실해 있는데 그가 무언가 생각났는지 말을 꺼냈다.

"아, 맞다. 교무실에 가보면 뭔가 알 수 있을지도 몰라요."

"교무실? 거긴 왜?"

"그 시트 유령이 학교 내빈용 슬리퍼를 신고 있었거든요. 아마 실내화를 깜빡하는 바람에 빌려 신었을 거예요. 선생님한테 실내화를 빌려간 사람이 있는지 물어보면 알 수 있을지도 몰라요."

"뭐? 하지만……."

나는 축제 전날 들은 선생님의 주의사항을 떠올렸다. 축제 기간에는 방문객에게 실내화 지참을 의무화하고 슬리퍼 대여는 일절 하지 않으며, 더불어 학생이 실내화를 놓고 온 경우에도 마찬가지로 대여는 하지 않으니 주의하라고 했다. 그 이야기를 하자 1학년 남학생도 "그러고 보니……." 하고 같은 주의 사항을 전달받았는지 입을 다물었다.

하지만 이 이야기에 크게 반응을 보인 두 사람이 있었다. 유키야 오빠는 무언가를 알아낸 듯이 눈을 빛냈고 카즈마 씨는 팔짱을 끼며 중얼거렸다.

"그렇지……, 꼭 학생이란 법은 없지."

무슨 뜻이지……? 혼자 그 의미를 이해한 유키야 오빠가 카즈마 씨에게 물었다.

"어디 있는지는 몰라요?"

"글쎄. 끝나자마자 닌자처럼 모습을 감춰버려서 돌아간 줄로만 알았지."

도움이 안 된다는 투로 싸늘하게 흘겨보는 유키야 오빠에게 "누군지는 알았으니 찾기만 하면 되잖아?" 하고 카즈마 씨가 되받아쳤다. 나는 귀를 의심했다. 누군지 알았다고?

그 사람이 도대체 누구냐고 당황하며 물어보려고 했을 때 스커트 호주머니에서 스마트폰의 진동이 울렸다. 꺼내보니 LAND 메시지가 와 있었다. 반 전원에게 보내진 것으로, 메시지를 열어보고 나는 깜짝 놀랐다.

《줄리안을 망가뜨린 범인이 나타났어.》

내가 말없이 스마트폰을 보여주자 유키야 오빠도 미간을 찌푸리며 안경 브리지를 밀어 올리고 잠깐 고민하더니 말했다.

"일단 가보죠."

여기저기 떠벌려서 일을 크게 키우고 싶지는 않아서 1학년 남학생과는 연락처를 교환하고 시트 유령을 만나게 되면 연락 주겠다는 약속을 하고 헤어졌다. 카린과 아사토에게는 계속해서 축제를 즐기라고 했지만 "아참, 나 와플 먹고 싶었지.", "나도 먹고 싶었어." 하며 호기심 왕성한 얼굴로 따라왔고, 그 뒤에는 카즈마 씨와 미즈키 씨도 있었다.

교실로 향하는 도중에 나는 유키야 오빠에게서 시트 유령으로 짐작되는 사람의 이름을 들었다. 느닷없이 옆구리를 푹 찌르는 것처럼 전혀 예상치 못한 이름이었다. 하지만 생각해 보면 시트 유령에게 배어 있던 그 푸릇푸릇한 향기는 그 사람이 아니고는 날 리가 없는 향이었다.

계단을 올라가 2학년 3반 교실에 도착했을 때, 사무치게 절절한 목소리가 들려왔다.

"정말로 미안해."

하얀 시트를 양손에 들고 몸이 부러질 정도로 깊이 머리를 숙인 그 사람이 있었다.

5

우리 고등학교의 축제에는 해마다 이틀 동안 약 4천 명의 방문객이 찾아온다.

오랜 시간을 들여 축제를 준비해온 우리 입장에서는 정말로 고마운 일이지만 많은 사람들이 드나들면서 생기는 몇 가지 문제도 있었다. 그 중 하나가 실내화 문제다. 예전에는 방문객에게 학교 슬리퍼를 빌려주던 시기도 있었다고 하지만 숫자가 부족하고 분실이 끊이지 않는다는 이유로 지금은 학교 측에서 슬리퍼 대여는 일절 하지 않고 방문객에게 실내화 지참을 의무화하게 되었다. 그리고 방문객에게 그렇게까지 요구한다면 학생에게도 마찬가지여야 한다며, 설령 학생이 실내화를 잊고 온 경우라도 슬리퍼는 빌려주지 않았다. 다시 말해, 본래대로라면 축제 동안 교내에서 내빈용 실내화를 신은 사람은 아무도 없어야 한다.

하지만 이번 축제에는 예외가 있었다.

창립 85주년에 해당하는 올해는 다양한 분야에서 활약하는 졸업생 초청 강연회가 기획되었다. 초청받은 졸업생들은 학교의 귀빈이고, 그러므로 그들에게는 특별히 내빈용 슬리퍼가 지급되었다. 내빈용 슬리퍼를 신을 수 있는 사람은 이 강연회 게스트뿐이고, 1학년 남학생의 증언에 따르면 시트 유령은 그 슬리퍼를 신고 있었다.

그는 아는 사람이 많지 않은 특별동의 작은 교실에 시트 유령이 나타났으니 정체는 틀림없이 학생일 것이라고 믿었지만 교내 구조를 잘 아는 사람이 비단 학생들만은 아니다. 한때 이 학교에서 고교시절을 보낸 **졸업생**도 있다.

단, 우리 고등학교는 20년 전에 대규모 증축과 개축을 해 교내 시설의 대부분이 새롭게 바뀌었다. 특별동도 그 중 하나다. 강연회에 초대된 다섯 명의 졸업생 중 20년 전의 증축 개축 전에 졸업한 카가미 유키히코 씨, 아카기 세이지 씨는 지금의 교내를 잘 아는 시트 유령 후보에서 제외된다. 나머지 세 사람 중 카즈마 씨와 미즈키 씨는 카린, 아사토와 함께 시트 유령을 목격했으니 역시나 해당되지 않는다. 그렇다면 남는 사람은 딱 한 명이다.

스물여섯 살의 염직공예가 와카츠키 카에데 씨.

그리고 찾고 있던 그 사람은 지금 내 눈 앞에서 같은 반 친구들에게 머리를 숙이며 사죄하고 있었다.

"소중한 전시물을 망가뜨려서 정말로 미안해."

복도에는 우리 반 여자애들이 몇 명 나와서 직각으로 허리를 굽힌 와카츠키 씨를 난감한 표정으로 보고 있었다. 같은 학생이라면 몰라도 이렇게 자기들보다 나이가 많은 여성을 상대로는 화를 내고 싶어도 제대로 낼 수가 없다는 표정이었다. 그래도 그 아이들 중에서 한 걸음 앞으로 나온 아이가 있었다. 의지가 강해 보이는 눈썹을 치켜 뜬 짧은 머리의 요코타였다.

"왜 그런 짓을 했어요? 줄리안…… 우리끼린 줄리안이라고 부르는데 정말로 열심히 만든 거라고요. 대체 왜 그랬어요?"

"……정말로 미안해."

"미안하다고만 할 게 아니라 이유를 말씀해 주세요. 왜 그런 거예요?"

머리를 숙인 채 와카츠키 씨는 입을 꽉 다물었다. 그렇다. 그녀는 대답하지 못한다.

"요코타, 기다려. 그런 게 아니야."

요코타는 내가 갑자기 팔을 잡아당기는 바람에 깜짝 놀라서 돌아보았다.

시트 유령——와카츠키 씨는 카린 일행이 목격했을 때 여학생을 뒤쫓고 있었다. 목격한 타이밍으로 보아 그 일은 줄리안을 쓰러뜨린 직후였다. 만약 줄리안을 망가뜨린 사람이 와카츠키 씨라면 그녀가 뒤쫓아 가는 상황은 말이 되지 않는다. 하지만 가정을 뒤바꿔보면, 줄리안을 쓰러뜨린 사람이 그 여학생이라면 일련의 스토리가 그려진다. 다시 말해, 와카츠키 씨는 그 여학생이 줄리안을 쓰러뜨리는 현장을 목격하고 그녀를 붙잡기 위해 뒤쫓았던 것이다.

그 여학생이 누구인지, 혹시 내가 우려하는 대로인지는 지금 시점에서는 알 수 없다. 그래도 이것만은 확실했다.

"줄리안을 쓰러뜨린 사람은 그 사람이……."

누군가가 손목을 억세게 잡는 바람에 말이 끊겼다. 돌아보니 와카츠키 씨가 미간을 찌푸리고 있었다. 그러지 말라고 천 명의 요정이 일제히 부탁하는 듯한 향기를 내뿜으며.

역시 이 사람이 한 짓이 아니다. 이 사람은 자신이 하지도 않은 일을 사죄하기 위해 여기로 왔다. 줄리안을 망가뜨린 그 아이를 감싸기 위해.

손목을 잡은 와카츠키 씨의 눈빛이 너무나도 필사적이라 나는 말문이 막혀버렸다. 하지만 아무 짓도 하지 않은 와카츠키 씨의 탓으로 돌릴 수는 없었다. 어떻게 하면 좋지? 고민하고 있을 때 문득 그 향기를 느꼈다.

백단을 베이스로 조합한 달콤하고 시원한 천연 향료의 향기.

오늘 아침에 내가 준 고리 액세서리의 향기다.

근처에 있었다. 무슨 일인가 싶어 발걸음을 멈춘 주변 사람들 사이로 나는 향기를 따라 시선을 움직였다. 그리고 발견했다.

그녀는 몇 미터 뒤의 복도 끄트머리에 서 있었다. 나와 눈이 마주치자 어깨를 흠칫 떨더니 이렇게나 멀리 떨어져 있는데도 느껴질 만큼 강렬한 두려움과 불안과 죄책감의 향기를 뿜어냈다. 역시 그랬다. 왜 그런 짓을 했는지 이해가 되지 않아 내가 인상을 찌푸리자 울음을 터뜨릴 것처럼 얼굴을 일그러뜨리며 몸을 뒤로 뺐다. 달아나버릴 것이다. 나는 순간적으로 그녀를 멈춰 세우기 위해 입을 벌렸지만 가느다란 숨결만 나오고 목소리가 나오지 않았다.

이 상황에서 그녀의 이름을 부른다면? 무슨 일인가 하고 구경하고 있는 사람들, 교실에서 이쪽을 주시하고 있는 반 아이들이 일제히 그녀 쪽으로 눈을 돌릴 것이다. 그리고 나는 뭐라고 할까? 네가 그랬잖아, 라고? 사과할 사람은 너야, 라고?

이래서는 그때와 똑같다.

예전에 나는 한 여자애를 지목하며 네가 그랬다고 고발했다.

그 여자애는 학교에 나오지 못하게 되었고 결국 먼 곳으로 떠나갔다. 그 뒤로 숨도 쉴 수 없을 만큼 후회했다. 다시는 이런 식으로 남에게 상처를 주고 싶지 않다고 생각했다.

이러지도 저러지도 못한 채 멈춰 서서 얼어붙은 것처럼 그녀와 서로 바라보고만 있는데 따뜻한 손이 싸늘해진 손가락을 가만히 감쌌다.

"저 학생이 아키라예요?"

첼로 같은 중저음의 목소리에 나는 턱 끝을 움직여 대답했다. 유키야 오빠는 내 손을 잡은 채 카즈 삼촌, 하고 옆에 있는 사람을 불렀다.

"지금 나한테 미안한 일이 있죠?"

"무슨 소리야? 이 외삼촌은 전혀 모르겠구나."

"이 지독하게 거북한 상황을 해결해주면 그 일에 대해서는 잊고 조금쯤은 외삼촌을 존경하는 마음이 생길지도 몰라요."

카즈마 씨는 귀찮다는 듯이 얼굴을 찡그렸지만 유키야 오빠가 눈빛으로 재촉하자 한숨을 내쉬며 어째선지 복도에 서 있는 반 여자아이들 쪽으로 걸어갔다.

"학생."

요코타는 축제에는 어울리지 않는 정장 차림의 남자가 자기를 부르자 깜짝 놀란 듯했다. 카즈마 씨는 재킷 안주머니에서 가죽 지갑을 꺼내더니,

"와플을 사고 싶은데."

하고 1만 엔짜리 지폐를 꺼냈다. 요코타는 후쿠자와 유키치
<small>일본의 메이지 시대 계몽 사상가로 1만 엔 권 지폐에 그려져 있는 인물이다 – 역자 주를</small>
쳐다보고 미간에 주름을 잡았다.

"더 작은 돈은 없으세요? 거스름돈 만들기가 쉽지 않아서
요……."

"거스름돈은 필요 없어."

요코타의 눈이 튀어나올 듯이 커졌고 옆에 있던 여자애들도
술렁거렸다. 카즈마 씨는 문 앞에 세워진 칠판의 메뉴표를 보았
다.

"한 개에 300엔이라…… 이러면 딱 떨어지지 않으니 200엔
추가하지. 테이크아웃으로 와플 서른네 개, 빨리 준비해줘."

"네? 하지만 양이 엄청날 텐데요……?"

"걱정할 필요 없어. 이쪽에는 먹어도 먹어도 배고픈 중학생이
둘이나 있고 뱃속에 블랙홀을 키우고 있는 여자도 있으니까. 참
고로 나는 40분 뒤에는 이 학교를 떠날 예정이야."

빨리 시작하라는 듯이 카즈마 씨가 손목시계를 탁 치자 복도
에 나와 있던 여자애들이 일제히 교실로 돌아갔고, 교실에서 목
을 빼고 상황을 지켜보고 있던 아이들도 얼굴을 집어넣었다.

"와플 메이커 총출동!"

"크림 다 꺼내!"

들려오는 목소리는 분주했고 이미 아무도 와카츠키 씨와 줄리안의 문제에 신경 쓸 여유는 없는 듯했다.

"이러면 됐어?"

"돈으로 모조리 쫓아버리는 방법이 역시 때 묻은 어른의 모습이라 존경스러워요."

멈춰 서서 상황을 지켜보던 사람들도 다시 흩어졌고, 뒤에 남은 것은 우리와 와카츠키 씨, 그리고 복도 끄트머리에 서 있는 아키라뿐이었다. 아키라는 금방이라도 달아날 듯이 울상을 지으면서도 손을 꽉 움켜쥐고 그 자리에 머물러 있었다.

그녀와 이야기를 해야 한다. 내가 한 걸음 내디디자 "기다려." 하고 누가 어깨를 잡았다. 내 어깨에 손을 올려놓은 채로 미즈키 씨는 아키라에게 고개를 돌려 말했다.

"안녕? 오늘 아침에 간이음식점 앞에서 만났었지?"

아키라는 몸 둘 바를 모르겠다는 향기를 풍기며 고개를 숙였다. 그렇다면 역시 미즈키 씨가 주의를 준 여학생이 아키라였단 말인가. 미즈키 씨는 아키라를 나무라지 않고 오히려 그녀가 괴로워하는 모습에 안도한 듯한 향기를 풍기며 나에게 말했다.

"이야기를 하려면 장소를 옮기는 게 나아. 여기서는 방해만 되고 눈에도 잘 띄니까."

확실히 맞는 말이었고, 그렇다면 마침 근처에 안성맞춤인 장소가 있었다.

아키라, 하고 내가 나직하게 부르자 고개를 숙인 채 얼어붙어 있던 그녀는 마침내 어색하게 우리 쪽으로 걸어왔다.

막혀 있는 옥상 앞, 책상과 의자가 어지럽게 쌓여 있는 먼지가 뿌연 층계참은 조금 전과 마찬가지로 아무도 없고 따스한 오후 햇살이 창문으로 들어오고 있었다.

연녹색 원피스를 입은 와카츠키 씨는 창문 아래에 고개를 숙이고 서 있었고, 아키라도 그녀와 눈이 마주치지 않는 옆쪽에서 역시나 고개를 숙이고 서 있었다. 나와 유키야 오빠는 그들의 대각선 앞에 섰다. 조금 떨어진 곳에서는 미즈키 씨가 쭉 뻗은 자세로 서 있었고, 카즈마 씨는 벽에 기대어 팔짱을 꼈다. 카린과 아사토는 나름 물러나 있으려는 건지 등을 돌리고 계단에 앉았지만 계속 이쪽을 흘끗흘끗 돌아보았다.

숨이 막힐 듯한 침묵이 이어졌다. 이 사건을 끌고 온 사람은 나니까 내가 먼저 이야기를 꺼내야 한다고 생각했지만 어떻게 시작해야 좋을지 알 수 없었다. 초조해서 쩔쩔매고 있는데 한숨 소리가 들렸다. 검은 가죽 벨트로 된 손목시계로 눈길을 떨어뜨린 카즈마 씨였다.

"나랑 야시로는 이다음에 학교 관계자와 식사를 하고 술을 마시는 성가신 어른들의 모임에 가야 해. 축제도 거의 끝나갈 시간이니 신속하게 심리를 시작하지. 사쿠라 카노네 반의 전시물을 망가뜨린 건 학생인가?"

평범하게 있어도 날카로운 인상을 주는 카즈마 씨의 시선에 아키라가 두려움에 질렸다. 카즈마 씨가 말을 이었다.

"그리고 내 옆에 서 있는 이 여자가 오늘 아침에 간이음식점의 쓰레기통을 고의로 쓰러뜨리는 널 목격했어. 그 건과 사쿠라카노네 반에서 있었던 소동으로 보아 네가 어제부터 이 학교에서 연달아 일어난 장난을 친 범인이 아닌가 하는 의혹이 제기되었는데 그에 대한 학생의 기탄없는 의견을 듣고 싶군."

"카즈마 씨, 꼭 그렇게 심문하듯이……!"

"야시로 씨, 죄송하지만 그 도움 안 되는 변호사의 입을 좀 막아주시겠어요?"

"알았어."

미즈키 씨가 채찍을 휘두르듯 찰싹 하고 카즈마 씨의 입을 손으로 때리자 주위가 다시 조용해졌다. 안도하며 아키라를 보자 아키라도 나를 보고 있었다. 고개를 휙 숙인 아키라는 몇 초 동안 괴로운 듯이 침묵했다가 목소리를 쥐어짰다.

"……망가뜨릴 생각은 아니었어요. 앞치마를 벗기려고 했을 뿐이었어요."

아아, 하고 나는 씁쓸해졌다. 사람들의 눈을 의식해 줄리안의 하반신에 두른 긴 앞치마는 끈이 풀려서 떨어지지 않도록 본체에 고정해 두었다. 그것을 모르고 아키라는 앞치마를 잡아당겼고 줄리안이 쓰러지면서 바닥에 부딪혀 망가졌다. 그렇게 된 것이었다.

"그런데…… 왜 그랬어?"

나무랄 생각은 없었다. 일부러 그런 건 아니었기 때문이다. 하지만 정말로 알 수가 없었다.

아키라의 눈에 어둡게 그늘이 졌다. 마치 내가 그렇게 묻자 실망한 듯했다.

"전통 찻집이랑 사쿠라 선배네 반에는 손을 안 댈 생각이었어요. 친절하게 대해줬고 귀여운 고리도 받았으니까. 하지만…… 뭐랄까, 이젠 나도 모르겠다 싶었어요."

그녀의 대답은 질문에서 빗나가 있었다. 하지만 아마도 일부러 그랬을 것이다. 당신들이 의심하고 있는 대로예요, 하고 내던지듯이 인정한 그녀는 오히려 해볼 테면 해보라는 듯이 고요한 향기를 뿜어내고 있었다.

"어제부터 시작된 장난도 학생이 했다는 뜻인가요?"

내가 말을 잇지 못하자 유키야 오빠가 중립적인 말투로 확인했다. 아키라는 침묵했다.

"왜 그런 짓을 했죠?"

"기분이 나쁘니까요."

발밑을 내려다보고 있던 아키라가 불쑥 내뱉었다.

"다들 엄청 즐거워 보이고 충실하게 청춘을 즐기고 있다는 얼굴을 하고 있는 게 기분 나쁘니까요. 나는 하나도 안 즐거운데. 축제 같은 건 딱 질색이에요. 이런 행사를 왜 하는 거예요? 왜 이런 걸 해야 돼요, 왜……? 사실은 알고 있잖아요? 나처럼 친구가 없는 사람도 있다는 걸, 어두워서 사람들 속으로 들어가지 못하는 애들도 있다는 걸, 아무도 안 좋아해서 늘 혼자 있는 애들도 있다는 걸 알면서 왜 이런 한심한 행사를 하는 거예요? 너무해요."

나는 숨이 막혔다. 말을 이어갈수록 고조되는 그녀의 향기가 너무나도 비통해서 심장이 옥죄이는 기분이었다.

카즈마 씨가 지긋지긋하다는 듯이 한숨을 내쉬었다. 미즈키 씨는 슬픈 듯이 미간을 찡그리고 있었고 유키야 오빠는 이해가 잘 되지 않는다는 표정이었다.

"그렇게 싫으면 학교에 안 오면 되잖아요. 축제니까 학교를 빠져도 수업에 뒤쳐질 걱정도 없고 이틀 정도 결석해도 졸업에는 아무런 영향이……."

"자유 참가랬다고 아무렇지 않게 빠질 수 있는 아저씨는 가만히 있어!"

"평범한 사람들은 가고 싶지 않더라도 안 가면 마음이 불편해진다고!"

보다 못해 아사토와 카린이 돌아보고 나무랐지만 유키야 오빠는 여전히 석연치 않은 듯했다. 이해 못 할 거예요, 하고 아키

그날의 너에게

193

라가 중얼거렸다. 꺼질 듯한 목소리로.

"여기 있는 사람들은 아무도 모를 거예요. 다들 멋있고 할 말도 똑바로 다 하고 당당하고 뭐든 다 잘 할 것 같으니까. 밖에서 들어온 벌레가 출구를 찾지 못하고 계속해서 유리에 부딪치는 걸 보면 왜 저러나 싶잖아요? 저렇게 쉬운 것도 못하고 바보 같다고. 그런 거랑 비슷하다고 생각해요. 나 같은 애가 이렇게 끙끙 앓으며 고민하는 게 이해가 안 되죠? 싫으면 안 하면 되잖아, 하고 싶은 대로 하면 되잖아, 하고 생각하겠죠. 나는 그렇게 못한다고 말해도 그건 못하는 게 아니라 안 하는 것일 뿐이라고들 한다고요."

"아키라, 그렇지 않아."

"그래요?"

공격적인 속도로 되물은 아키라의 눈에는 가시가 돋쳐 있었다. 나를 비난하고 있었다.

그렇다. 알아챌 기회는 얼마든지 있었다. 아침에 오늘은 도와주지 않아도 된다고 하자 그녀가 상처 입은 향기를 풍겼을 때. 자기도 반에서 해야 할 일이 생기는 바람에 마침 잘 됐다고 한 그녀의 미소가 억지웃음 같다고 느꼈을 때. 나는 그녀가 불안해하고 외로워하는 것을 느꼈으면서도 그냥 내버려두었다.

"미안해. 오늘도 도와달라고 했으면 좋았을걸. 내가 괜한 짓을……."

"그런 말 하지 마요. 전혀 기쁘지도 않고 더 비참해질 뿐이니까."

가슴에 비수가 박히는 느낌이었다. 아키라가 스커트 자락을 꽉 움켜쥐었다.

"……미안해요. 기분 나쁘죠? 친절하게 대해줬는데. 나도 알아요. 이러니까 아무도 날 좋아하지 않는 거겠죠."

"하지만 어제 내가 힘들어할 때 도와줬잖아. 얼마나 기뻤는지 몰라."

"사쿠라 선배는 정말 착하네요."

아키라는 웃어보였지만 무척 슬픈 쓴웃음에 가까워 내 말은 아무런 도움도 되지 않음을 깨달았다. 조금 전에 거부당했을 때보다도 그녀의 그런 미소가 훨씬 더 마음을 후벼파서 가슴이 아팠다.

"그럼 학생은 어떻게 해줬으면 좋겠어요? 무슨 말을 듣고 싶은 거죠?"

유키야 오빠가 조용히 물었다. 비난하는 기색이 없는 만큼 위로하는 울림도 없는 목소리에 아키라는 괴로운 듯이 고개를 숙였다.

"학생이 힘들어하는 건 알아요. 하지만 떠밀어 내치는 것 같아서 미안하지만 학생이 속을 끓이는 문제는 결국 본인이 스스로 어떻게든 하지 않으면 해결되지 않을 거예요."

"……하지만 난 이 애 나이 때에는 그게 불가능했어."

작고 아름답게 지저귀는 새의 울음소리를 듣고 순간적으로 숨을 죽이고 귀를 기울이듯 전원이 신경을 집중하는 것이 느껴졌다. 와카츠키 씨가 가냘프고 투명한 목소리로 말했다.

"어릴 때부터 사람들과 잘 어울리지 못하는 성격이라 중학교 때는 왕따도 당했어. 이 고등학교는 분위기가 너그러워서 더 이상 그런 일을 당하지는 않았지만 그래도 여전히 친구는 생기지 않았지. 혼자 있으면 외롭지만 다른 사람한테 다가갔다가 상처받는 것도 무서워서 언제나 내 책상 앞에 앉아서 숨을 죽이고 있었어. 지금은 할 수 있게 됐어. 아직 서투르고 긴장은 하지만 공방에 찾아오는 사람들과 이야기도 나누고 가지치기한 나뭇가지를 줄 수 있냐고 물어보기 위해 모르는 집을 찾아갈 수도 있지. 하지만 그때의 나는 아무리 해도 그럴 수가 없었어. 너랑 똑같아."

너라고 하며 쳐다보자 아키라의 눈동자가 향기가 깜빡이는 별빛처럼 일렁거렸다.

"축제는 정말로 괴로웠어. 다른 애들이 즐겁게 와자지껄 떠들며 준비할 때 홀로 떨어져서 말없이 작업했지. 당일에 같이 간 이음식점을 둘러볼 친구도 없었고. 하지만 혼자 다니면 불쌍한 애라고 생각할까봐 무서워서 사람이 없는 곳으로 숨어버렸어. 학교는 온통 알록달록하게 물들어 있고 좋은 냄새가 나고 다들 웃고 있는데 왜 나 혼자만 이 모양일까 하고 눈물이 나더라고."

아키라의 눈가가 일그러졌다. 온몸에서 공감의 향기가 삐걱거리듯 새어나왔다.

"하지만 고등학교를 졸업한 뒤 염직을 만나 공방에 제자로 들어갔고, 그 뒤로 조금씩 많은 것들이 바뀌었어. 처음에는 내 손으로 식물을 모아서 실을 염색하고 천을 짜는 게 마냥 재미있었지만 점점 염직을 통해 알게 되는 사람이 늘어났고, 거짓말 같지만 내 작품을 좋아한다고 해주는 사람과 일을 의뢰해주는 사람도 만났어."

"저⋯⋯ 그 원피스도 혹시 직접 만드신 거예요?"

갑자기 끼어들어서 미안했지만 사실은 줄곧 신경이 쓰였던 터라 물어보았다. 와카츠키 씨가 입고 있는 원피스는 가까이서 자세히 보니 노란색, 연한 황록색, 연한 파란색이 아름답게 어우러진 신비로운 느낌이었다. 적당한 가격으로 가게에 나와 있다면 틀림없이 당장 사버릴 만큼 근사했다. 와카츠키 씨는 수줍게 웃으며 끄덕였다.

"조개풀이라는 풀로 염색한거야. 주변에서 흔히 자라는 풀인데 초가을에 수확해서 말려. 그리고 잘게 다져서 끓여서 염액을 추출해 실을 염색하면 어떻게 이런 풀에서 이렇게 눈부신 색이 나올까 하고 감동할 만큼 아름다운 노란색으로 물들어. 그걸 쪽으로 한 번 더 염색하면 이런 황록색이 나오고⋯⋯."

마음이 듬뿍 담긴 말투에서 그녀가 얼마나 그 일을 사랑하는지 알 수 있었다.

그렇나. 시트 유령으로 변장한 그녀에게서 느낀 그 선명한 푸릇푸릇함은 그녀가 하는 일에서 오는 향기였다. 풀과 나뭇가지를 삶아서 그 액체로 실을 염색하고 그 실로 천을 짠다. 수도 없이 되풀이하는 그 과정에서 염료의 초목을 삶을 때의 향기가 그녀의 몸에 밴 것이 아닐까. 아니면 오늘 이 학교에 오기 전에도 일을 하고 있었는지도 모른다.

[꽃과 풀과 나무의 잎과 가지에서 추출한 색──식물의 생명의 색으로 실을 염색하는 거죠.]

유키야 오빠에게서 시트 유령이 그녀라는 것을 들었을 때 나는 강연회에서 듣고 감동했던 말을 떠올렸고, 그 향기의 정체를 깨달았다.

"8월 초였어. 이 학교의 교장 선생님──내가 학교에 다닐 때의 담임 선생님에게서 강연회에 나와 달라는 연락이 왔어. 왜 나 같은 애한테 연락하셨는지 몰라서 혼란스러웠는데 '괴로운 시기를 극복하고 평생을 바칠 수 있는 일을 발견한 경험에 대해 이야기해주면 좋겠다, 그러면 틀림없이 옛날의 너처럼 힘들어하는 학생들에게 용기를 줄 수 있을 테니까'라고 말씀하셔서, 만약 정말로 내가 뭔가 할 수 있다면 해보자고 생각해서 오늘 오게 된 거야."

잠깐 말을 멈춘 와카츠키 씨는 귀를 기울이듯 허공을 보았다. 멀리서 들려오는 소란스러운 소리는 축제가 끝나갈수록 점점 더 떠들썩해졌다. 남은 재료를 처리하기 위해 간이음식점에서 떨이 판매를 시작했고 흥겨운 노래 소리가 울려 퍼지며 웃음소리가 왁자지껄 퍼져 나갔다.

"정말 오랜만에 교문을 지났더니 타임 슬립한 기분이었어. 내가 다니던 시절과 전혀 변하지 않은 흥겨운 축제를 보니 어쩐지 마음이 너무 괴롭고, 하지만 눈물이 날 것처럼 그리워서 가슴이 터질 것 같았지."

눈을 내리깐 와카츠키 씨가 미소 지었다.

"정말로 별 생각 없이 축제 기간 동안 혼자 있는 모습을 보이고 싶지 않아서 숨어 있었던 곳으로 가 봤어. 그랬더니 거기에 웅크리고 앉아서 게임을 하고 있는 남자애가 있더라. 아, 그날의 나 같은 애가 여전히 있구나라는 생각에 어쩐지 가만히 두고 볼 수가 없었어."

"혹시 그 곳이 특별동에 있는 작은 교실이에요?"

황급히 물어보자 와카츠키 씨의 눈이 동그래졌다.

"어떻게 알았어……?"

"그 남학생이랑 우연히 만났거든요. 야키소바를 줘서 고맙다는 인사를 하고 싶어서 와카츠키 씨를 찾아다니고 있었어요. 나중에 한번 만나 주실 수 있어요?"

"무슨 인사까지……. 그럼 그 애는 기뻐해준 거니……?"

당연하죠, 하고 내가 힘주어 끄덕이자 와카츠키 씨는 안심한 듯이 미소 지으며 기쁨에 찬 향기를 풍겼다. 그렇다. 그래서였던 것이다.

예전의 자신처럼, 어디에도 속하지 못한 기분으로 축제 날을 보내고 있는 후배들을 조금이라도 웃게 해주고 싶어서 와카츠키 씨는 시트 유령이 되었을 것이다.

솜사탕 고마웠어요, 하고 나도 인사를 하자 와카츠키 씨는 점점 빨개지면서 고개를 숙였다.

"미안해. 그때는 너도 혼자라서 우울해하는 줄 알고……. 아무것도 없는 학생회관 앞에서 혼자 웅크리고 앉아 있길래 꼭 그런 줄로만 알았어."

와카츠키 씨가 학생회관 이야기를 꺼낸 순간 카즈마 씨가 깜짝 놀라며 나를 보았다. 나는 하얗게 질리며 고개를 돌렸지만, 큰일 났다, 이러면 오히려 더 수상하잖아……!

"그러면 이 학생에게도 똑같이 했나요?"

유키야 오빠가 아키라를 보며 묻자 와카츠키 씨의 눈빛이 슬퍼졌다.

"하지만 난 너에게 상처를 주고 말았어. 정말로 미안해."

괴로워하며 눈을 감는 아키라. 나는 상상했다.

혼자서 괴로워하는 아이들을 찾아다니던 와카츠키 씨와 감당하기 힘든 고통을 발산할 곳을 찾고 있던 아키라는 학교 어딘가에서 만났을 것이다. 그리고 와카츠키 씨는 1학년 남학생과 나에게 그랬던 것처럼 그녀에게 물었을 것이다.

《혼자예요?》

스마트폰의 메시지 화면에 입력된 문장을 보고 아키라는 어떻게 생각했을까. 나는 자존심과 마음의 상처를 입은 아키라의 얼굴이 떠올랐다. 그리고……, 와카츠키 씨가 입고 있던 시트 의상은 원래는 그녀가 속한 1학년 4반에서 만든 것이다. 만약 아키라가 그것을 알고 있었다면 같은 반 아이들이 자신을 놀리는 것이라고 오해했을지도 모른다.

아무튼 아키라는 와카츠키 씨를 거부하고 아마도 자신에게 상처를 주는 것들로부터 멀어지기 위해 걸음을 옮겼을 것이다. 쫓기는 것처럼 잰 걸음으로, 와카츠키 씨가 뒤쫓아 오는 것을 알고는 더욱 맹렬하게 속도를 높였을 것이다. 작은 구멍을 뚫어 공기를 빼내듯이 해가 되지 않는 장난을 거듭하며 간신히 버텨 오던 용암과 같은 감정이 그녀의 가슴을 급격하게 틀어막았다. 괴로워서, 너무 괴로워서 숨도 쉴 수 없었을 것이다.

이윽고 그녀는 우리 반 앞을 지나다 줄리안을 보았고, 그리고는…….

"……역시 똑같지 않아요. 나랑 와카츠키 씨는 전혀 달라요."

똑, 똑, 빗방울이 떨어지듯 아키라는 중얼거렸다.

"와카츠키 씨는 좋은 사람이고 재능도 있잖아요. 하지만 난 아무것도 없어요. 정말로 재능이나 가치나 살아갈 이유 같은 게 하나도 없어요⋯⋯."

도중에 목소리가 메이듯 떨렸고 아키라는 손등으로 눈가를 찍으며 고개를 숙였다. 나는 순간적으로 그녀 쪽으로 달려가려고 했지만 다가가는 것도 혹시 그녀에게 상처가 될까 싶어 몸이 굳어버렸고, 결국 그렇게 멈춰버린 스스로가 싫어졌다.

하지만 와카츠키 씨는 그러지 않았다. 백조가 수면을 미끄러져 가듯이 조용히 아키라 앞으로 다가가 가만히 말했다.

"있지, 오늘 강연회를 위해서 조금 괜찮은 이야기를 생각해 왔는데 결국 말하지 못했거든⋯⋯. 좀 들어줄래?"

빨갛게 부어 울먹이는 눈을 들어 보인 아키라에게 와카츠키 씨가 미소 지었다.

"꽃 좋아해?"

당황한 듯이 아키라가 고개를 끄덕이자, 나도 정말 좋아한다고 대답하듯 와카츠키 씨는 환하게 웃었다.

"염직에서는 벚꽃이나 매화 같은 색으로 염색할 때 꽃잎이 아니라 그 꽃의 나뭇가지에서 색을 뽑아내. 화사한 색깔을 연상할 부분이라고는 전혀 없는 갈색의 단단한 가지를 푹 삶아서 그 액체로 실을 염색하면 마법처럼 아름다운 꽃잎 색깔이 나타나."

나는 그 광경이 머릿속에 펼쳐졌다. 지식이 없으니 정확하지는 않겠지만 커다란 냄비 앞에 앉은 와카츠키 씨가 그 푸릇푸릇한 향기가 피어오르는 액체에 고운 실 다발을 조심스럽게 담그면 식물의 생명 자체인 싱싱한 색깔이 실을 물들인다.

"보기에는 예쁘지도 않고 울퉁불퉁한 나뭇가지가 언젠가 피울 꽃처럼 아름다운 색을 간직하고 있어. 사람도 그렇지 않을까 하고 실을 염색하면서 생각하곤 해."

열심히, 간절히 전하려는 뜨거운 눈빛으로 와카츠키 씨는 아키라를 보았다.

"넌 스스로를 싫다고 생각하지? 바꾸고 싶지만 바뀔 수 없을 것 같아서 하루하루가 괴롭지? 그건 전혀 잘못된 게 아니야. 헛된 게 아니었다고 나중에 알게 될 거야. 지금은 외톨이라도, 스스로가 부끄러워서 죽을 것 같아도, 가진 게 아무것도 없어도, 그래도 괜찮아. 그렇게 필사적으로 고민한 흔적은 전부 네 안에 남아 있으니까. 나뭇가지에 깃든 꽃잎의 색깔처럼 언젠가는 틀림없이 너의 힘이 되어 나타날 거야. 눈부신 미래는 찾아오지 않을 것 같겠지만 그렇지 않아. 미래는 꼭 오니까 네가 최선을 다한다면 그걸로 충분해."

아키라의 눈에서 눈물이 쏟아졌고, 얼굴을 감싸며 고개를 숙인 그녀의 어깨를 와카츠키 씨가 손으로 가만히 감쌌다. 나는 너한테 이렇게 말해주기 위해 오늘 여기에 왔다고 말하듯이.

나는 꼴사나우니 꾹 참고 있었지만 결국 코를 훌쩍 들이마시고 말았다. 그러자 덩달아 아사토도 코를 훌쩍거렸고 카린도 팽하고 코를 풀었다.

"정말 좋은 얘기야……."

"왜 강연회에서 얘기 안 하셨어요? 아깝게."

"……옆에 있는 저 변호사님이 너무 엄청나서 어쩐지 타이밍이……."

와카츠키 씨와 아키라를 제외하고 그 자리에 있던 전원이 일제히 비난하는 눈초리로 돌아보자 주목의 대상이 된 카즈마 씨는 "뭐야." 하고 얼굴을 찡그렸다.

"사탄이 자꾸 싸움 거니까 그렇지."

"분위기 파악도 못 하고."

"이런 사람이 외삼촌이라니."

"고등학교 이후로 조금도 성장하지 못했군."

비난의 집중포화가 이어지자 눈물을 닦고 있던 아키라가 콜록거리듯이 웃음을 터뜨렸다.

그리고 '딩동댕동' 하고 참으로 태평한 멜로디가 울리며 축제 종료 30분 전을 알리는 교내 방송이 나왔다.

✱

"헉, 여자였어요?"

내 연락을 받고 옥상으로 이어지는 계단 아래까지 온 1학년 남학생은 그 사실에 깜짝 놀라고는 와카츠키 씨에게 감사 인사를 하며 기운차게 머리를 숙였다. 와카츠키 씨는 새빨개져서는 손을 휘저으며 덩달아 꾸벅꾸벅 고개를 숙였다.

조금 떨어진 곳에서 가슴 따뜻해지는 광경을 지켜보고 있던 나는 등 뒤에서 무시무시한 악마가 다가오는 것을 알아채지 못했다. 어깨에 손이 척 올라와서 히익 하고 숨을 삼키자 그 손의 주인이 내 얼굴 옆까지 고개를 낮추는 기색이 느껴져서 나는 얼어붙고 말았다.

"아까는 아주 감동적인 청춘의 한 페이지를 봤구나. 그런데 우리 조수한테 물어보고 싶은 게 있는데, 오늘 학생회관에 있었나?"

"아뇨, 저기, 잠깐 들렀을 뿐이에요……."

"그랬군, 거기 있었군. 그래서? 거기서 무언가 보거나 들었어?"

미성이라기에는 위력이 너무 센 저음이 귀에 직접 닿자 아무튼 너무 무시무시했다. 필사적으로 고개를 절레절레 가로젓자 "정말이야?" 하고 묻기에 훨씬 더 필사적으로 고개를 몇 번이나 끄덕끄덕하자 어깨에 올린 손에 위협하듯 힘이 실리는 바람에 심장이 멎는 줄 알았다.

"아무것도 듣지도 보지도 않은 넌 당연히 누구한테도 그 어떤 말도 하지 않겠지?"

몸이 뻣뻣해져 잘 움직이지 않았기에 간신히 작게 끄덕이자 "착하구나." 하고 소름이 돋을 정도로 부드럽게 속삭였다. 반쯤 울먹이며 옆을 보자 흉악한 미소를 짓고 있는 사탄의 얼굴이 바로 코앞에 있었다.

"저, 저리 가세요."

"글쎄, 어떻게 할까?"

명백히 놀리던 카즈마 씨가 갑자기 뒤에서 떠밀린 것처럼 비틀거렸다.

돌아보니 저승사자처럼 하얗고 살기등등한 얼굴의 유키야 오빠가 검은 슬리퍼를 신은 오른발을 미묘하게 들고 서 있었다.

"⋯⋯찾어? 손이라면 또 몰라도 학교 안을 내내 돌아다닌 그 더러운 슬리퍼로 날 걷어찼어?"

"학교 안을 돌아다니는 김에 아까는 화장실에도 갔었어요. 얼른 이거 들고 어른들의 성가신 모임이나 하러 가버려, 이 변태 변호사야."

유키야 오빠가 말뚝을 박듯이 카즈마 씨의 배에 들이민 것은 우리 반에서 만든 와플을 열 개씩 담은 길쭉한 상자였다. 카즈마 씨가 대량 주문한 와플이 슬슬 다 구워질 무렵이었으므로 카린과 아사토, 미즈키 씨와 유키야 오빠가 그것을 받으러 갔었다. 카린과 아사토는 열 개씩 든 와플 상자를 들고 그대로 마나

네 집으로 향했고, 미즈키 씨는 와플을 건네주러 일단 직장으로 돌아간다고 했다.

"장난 좀 친 거 가지고 뭘 그래."

분한 듯이 중얼거리며 와플 상자를 받은 카즈마 씨는 그것을 그대로 나에게 주었다.

"이건 너희 할머니께 드려. 이렇게 농담도 안 통하고 외삼촌에 대한 예의도 없는 조카를 고용해주셨는데 아직 제대로 인사도 못 드렸으니까."

"당장 돌아가."

"알았어, 알았다고. 유키야는 질투가 심하구나. ……그런데 이번 생일에 약속 있어? 데이트 할 것 아니면 시간 비워둬."

10월에 태어난 유키야 오빠는 이달 말일에 스무 살이 된다. 그래서 사실 나와 할머니는 10월 마지막 주 일요일에 유키야 오빠의 깜짝 생일 파티를 열어주자고 몰래 계획하고 있던 참이었다. 유키야 오빠는 아이스 빔을 쏘는 눈빛으로 카즈마 씨를 쏘아보았다.

"뭐가 아쉬워서 외삼촌을 위해 시간을 비워두겠어?"

"뭔가 갖고 싶은 거 없어? 좀 비싸도 이번에는 사주지. 스무 살 생일이니까."

"아무것도 필요 없어."

"그럼 밥이라도 먹으면서 이야기나 좀 하자. 오늘 일도 포함해서."

카즈마 씨의 목소리와 향기는 진지했다. 그것은 유키야 오빠에게도 전해졌는지 더는 따지고 들지 않았다. 카즈마 씨는 유키야 오빠의 어깨를 탁 두드리고는 계단을 내려갔고, 그 모습이 사라지자 한숨을 한 번 내쉰 유키야 오빠가 나를 돌아보았다.

"카노는 이제 뒷정리를 해야 하나요?"

"아뇨, 본격적인 철수는 내일 하거든요. 오늘은 일반 공개가 끝나면 간단히 정리하고 끝나요."

"그래요? 그럼 간이음식점에서 뭐 좀 사고 있을 테니까 끝나면 연락해요."

당연하다는 듯이 이야기하는 유키야 오빠를 나는 깜짝 놀라 뚫어지게 보고 말았다. 얼굴이 빨개져 있었을 것이다. 그런 내 반응을 본 유키야 오빠도 눈이 동그래졌다.

"나도 미하루 씨에게 여기서 산 걸 드리러 카게츠 향방으로 돌아갈 거거든요."

아, 그래서…….

조금 실망하기는 했지만 같이 갈 수 있다는 것이 기뻐서 알았다고 고개를 끄덕였다. 그리고 유키야 오빠는 나에게 조금 따뜻한 봉투를 내밀었다. 대량 주문한 와플 중 나머지 네 개가 든 봉지였다.

"이건 저 학생한테 줘요."

유키야 오빠는 내 등 뒤로 시선을 보내고 계단을 내려갔다.

돌아보니 계속 그 자리에서 기다리고 있었는지 벽 쪽에 아키라가 서 있었다.

나와 눈이 마주치자 아키라는 긴장한 향기를 풍기며 어색한 발걸음으로 다가와 눈을 내리깐 채 작은 목소리로 나에게 물었다.

"사쿠라 선배, 교실로 바로 돌아가세요?"

"아니, 전통 찻집에 가서 뒷정리 좀 거들까 했는데……."

"그럼 잠시 동안만 교실에 가지 말아주시겠어요? ……부탁드려요."

그 이유는 묻지 않아도 알 수 있었다.

나는 그녀에게 해줄 말을 고민했지만 떠오르는 말은 하나같이 그녀의 결의에는 어울리지 않는 것 같아서 결국 다시 집어삼켰다. 대신 이렇게 말해보았다.

"아, 아키라. 혹시 생각이 있으면 말이지만 다도부에 안 들어올래? 부원도 별로 없고 존재감도 약하지만 수요일마다 제대로 활동도 하고 있고, 다회도 열고……."

"수요일에는 학원에 가야 해요."

역시 나는 아무런 도움이 안 된다. 울상을 지으며 고개를 푹 숙이고 있는데 갑자기 공기가 부드럽게 흔들렸다. 내가 고개를 들자 이번에는 아키라가 반대로 바닥을 보며 우물쭈물 말했다.

"하지만 학원 가는 날은 바꿀 수 있어요. 다음에 놀러 가도 돼요? 어제 일 거들면서 사실 조금 재미있을 것 같다고 생각했거든요……."

"당연하지. 언제든지 기다리고 있을게."

그렇게 대답하며 나는 아직 위로해주는 듯한 온기를 품은 와플 봉투를 아키라에게 내밀었다. 작은 봉투를 끌어안은 아키라는 수줍게 웃었다.

탁탁 하는 슬리퍼 소리가 들렸다. 와카츠키 씨가 걸어오며 걱정스러운 표정으로 입을 열려고 하자 아키라는 가슴이 찡해질 만큼 깊이 머리를 숙였다. 그리고 몸을 휙 일으키더니 우리에게서 등을 돌리고 2학년 교실이 있는 복도를 향해 걸음을 옮겼다. 두려움과 불안, 하지만 그런 감정을 꾹 참고 앞으로 나아가려는 용기의 향기를 풍기며.

다음에 아키라가 부실에 놀러오면 조금은 선배다운 모습으로 그녀에게 말하자.

본인이 아무것도 가진 게 없다고 했지만 그날의 넌 무척 용감했다고.

그리고 차를 마시며 잊지 못할 축제의 추억을 이야기하자. 대성황이었던 전통 찻집과, 처음 만났는데 대뜸 설거지를 도와달라고 한 일, 대량 주문한 와플의 맛.

그리고 하얀 시트를 푹 뒤집어 쓴 다정한 유령에 대해서도.

제 3 화

반짝이는 별

1

바람이 약간 세게 불자 화톳불의 불씨가 화르륵 흩날렸다.

그 순간, 무대 중앙에 서 있던 에보시옛날 성인 남자가 예복을 입을 때 쓰던 건의 일종 – 역자 주를 쓰고 카리기누노에서 남성 배우가 착용하는 소매가 넓은 겉옷으로. 신이나 신분이 높은 남성 역할의 배우가 착용한다. – 역자 주를 입은 남자가 노래를 시작했다. 별이 빛나는 하늘 아래에서 펼쳐지는 노能. 일본의 전통 가면 음악극 – 역자 주 무대에는 벽도 지붕도 없는데 노랫소리는 놀라울 만큼 낭랑하게 카마쿠라구 신사 경내에 울려 퍼졌다.

타카사고여, 그 포구의 배에 돛을 올리어 그 포구의 배에 돛을 올리어
달과 함께 밀려오는 밀물에 파도치는 아와지 섬 그림자,
멀리 나루오 앞바다를 지나 어서 스미노에에 닿으라
어서 스미노에에 닿으라

또다시 바람이 불어와 울창하게 우거진 경내의 나무들이 마치 노랫가락에 맞춰 춤추듯 가지와 잎을 흔들었다. 가을벌레의 맑은 울음소리가 울렸다. 높은 피리소리가 하늘을 꿰뚫듯 울려 퍼지고 타이코노 공연에 쓰이는 네 가지 악기 중 바닥에 놓고 치는 큰 북 – 역자 주 와 오츠즈미왼쪽 무릎에 올려놓고 오른손으로 치는 북 – 역자 주, 코츠즈미왼손 으로 잡아 오른쪽 어깨에 올려놓고 오른손으로 치는 작은 북 – 역자 주 연주자가 악 기를 두드리며 서로 메기는 소리가 서서히 고조되자 무대에 위 대한 존재가 모습을 드러낼 때의 장엄함이 감돌았다.

드리워진 오색의 막이 슥 올라가며 엄숙한 가면을 쓴 배우가 등장했다. 검은 관을 쓰고 화려한 금사 문양의 카리기누와 순백 의 하카마겉에 입는 주름 잡힌 하의 – 역자 주를 입은 성스러운 그 사람은 스미요시묘진스미요시 신사에서 모시는 신 – 역자 주이라는 신이라고 한다.

나는 노가 느긋하고 조용한 이미지라고 생각했는데, 부채를 펄럭이며 무대를 종횡무진으로 춤추는 스미요시묘진은 자부심 이 넘치는 듯 씩씩하고 멋있었다. 카게츠 향방에서 카마쿠라구 신사로 걸어오면서 유키야 오빠가 가르쳐준 바에 따르면, 이 스 미요시묘진이 추는 춤은 액을 물리치고 사람들에게 축복을 내 리는 무척 경사스러운 춤이고, 그래서 이 '타카사고'라는 노의 1 절은 결혼 피로연에서도 자주 불린다고 한다.

옆 자리를 보니 유키야 오빠는 무대에 온통 신경을 집중하고 있었다. 밤하늘 아래에서 보는 옆얼굴이 아름다워 살짝 감동하고 있는데 내 시선을 알아챈 유키야 오빠가 "왜 그래요?" 하고 묻듯 눈썹을 치켜 올렸다. 내가 속마음을 들키지 않으려고 쩔쩔 매자 유키야 오빠는 물에 비친 달빛처럼 엷은 미소를 띠었다.

지금이 밤이라 다행이었다. 내 얼굴의 난감한 기능이 발동해도 잘 보이지 않으니 말이다. 나는 살짝 달뜬 뺨을 누르며 무대 쪽으로 자세를 고쳐 앉고 사다오미 할아버지에게 고마워했다.

사다오미 할아버지는 카게츠 향방 근처에 사는 전직 궁궐목수로, 돌아가신 할아버지의 친구이기도 하다. 작년에 외동딸이던 카야코 언니가 갑작스럽게 세상을 뜨고 그 뒤로 사다오미 할아버지도 심장과 눈에 병이 생기는 등 큰일이 연달아 터지면서 한때는 집에 틀어박혀 나오지 않았지만 요즘 들어 다시 외출하시게 되었다.

지난주에는 내가 다니는 현립 고등학교에서 축제가 열렸는데, 나는 혼자 사시는 사다오미 할아버지에게 기념 선물로 드리려고 문 닫기 직전의 간이음식점에서 야키소바와 풀빵과 프랑크푸르트 소시지 따위를 잔뜩 샀다. 하지만 만나기로 약속했던 유키야 오빠와 합류하고 보니 유키야 오빠도 완전히 똑같은 생각을 했는지 서로의 큼직한 짐 보따리를 보고 둘 다 움찔했다. 그대로 사다오미 할아버지의 집을 찾아가자, 요즘 들어 연한 색이 들어간 안경을 쓰기 시작한 멋쟁이 사다오미 할아버지는 나와 유키야 오빠가 양손에 들고 온 엄청난 양의 음식을 보더니 어이없는 표정을 지었다.

"마음 써주는 건 고맙지만 혼자서 이 많은 걸 어떻게 다 먹겠냐? 너희도 먹고 가."

할아버지는 나와 유키야 오빠를 집 안으로 들였다. 마침 이틀 뒤가 카야코 언니의 일주기여서 우리는 거실에 있는 불단에 향을 올렸다.

그 뒤에 내 연락을 받은 할머니가 "왜 나만 쏙 빼놓고 모이는 거야!" 하며 사다오미 할아버지네로 들이닥쳐서 늘 그렇듯 할아버지와 입씨름을 시작했고, 나와 유키야 오빠는 와플을 먹으며 싸움 구경을 했다. 한바탕 티격태격하더니 사다오미 할아버지가 "그런데 말이다." 하고 말을 꺼냈다.

"너희들, 노에는 관심이 있니?"

무슨 노를 말하는 건가 싶어 내가 얼빠진 표정으로 보고만 있자, 사다오미 할아버지가 "전통 예능 말이야." 하고 덧붙여주고 나서야 겨우 노能를 말하는 것임을 이해했다. 노는 좋고 싫고를 논하기 이전에 지금까지 접할 기회가 없었기 때문에 잘 몰랐다. 하지만 의외로 유키야 오빠가 "좋아해요." 하고 대답했다. 언제나 냉정하고 담백한 유키야 오빠치고는 목소리에 제법 힘이 실려 있었다.

"그 독특한 일본 전통 악기의 비트와 음색이 좋아요. 가사도 압운이 살아있고 중의적인 의미가 많은 것도 재미있고요."

"젊은 녀석이 제법인데?"

사다오미 할아버지는 유키야 오빠와 한참 신나게 노 이야기를 하더니 좌탁에서 봉투 하나를 들어올렸다.

"카마쿠라구 신사에서 해마다 10월이면 타키기노장작불을 피우고 야외에서 공연하는 노 - 역자 주를 하거든. 예전에 같이 일하던 목수 친구 중에 노며 가부키노래와 춤, 연기가 어우러진 일본의 전통 연극 - 역자 주를 좋아하는 녀석이 있어서 해마다 카마쿠라구 신사에 마누라랑 보러 가는데 지난주에 그만 허리를 다치는 바람에 못 가게 됐대. 이번 주 토요일에 너희가 대신 다녀오는 게 어떠냐?"

사다오미 할아버지는 너희라고 하면서 나와 유키야 오빠를 가리켰다. 유키야 오빠와 단둘이 타키기노를 감상한다니. 내가 속으로 기쁨의 춤을 춘 것은 말할 필요도 없지만 유키야 오빠는 혹시 어떤가 싶어 옆을 돌아보자 벌써 지갑을 꺼내고 있었다.

"감사히 받을게요. 얼마예요?"

"돈은 됐어. 벌써 계산은 다 했거든."

"하지만 카마쿠라구 신사에서 하는 타키기노는 한 사람 당 7천 엔 정도 하잖아요?"

'7천 엔?! 허둥지둥 봉투에서 티켓을 꺼내보니 정말로 유키야 오빠가 말한 금액이 적혀 있어 눈알이 튀어나올 뻔했다. 7천 엔이라니, 내 용돈이 순식간에 날아가는 무시무시한 금액이다.

"공짜로 받을 수는 없어요."

"시끄러워. 어린놈이 그렇게 일일이 따지는 거 아냐."

"그래도요."

"뭐 어때. 본인이 괜찮다고 하는데 그냥 받아. 게다가 이 불량 목수는 유키야랑 카노가 가졌으면 해서 표를 산 거잖니? 사양하지 말고 고맙습니다 하고 기쁘게 받으면 아마 더 좋아할 거야."

그렇지? 하고 할머니가 놀리듯이 곁눈질을 했고, 사다오미 할아버지의 뚱하고 못마땅한 표정으로 보아 할머니가 말한 대로일 것이다. 나와 유키야 오빠는 망설인 끝에 "감사합니다." 하고 공손하게 인사했다. "그래." 하고 대답하는 할아버지의 목소리는 퉁명스러웠지만 눈빛과 향기는 무척이나 다정했다.

타키기노는 저녁 8시가 지나서 끝났다.

"마지막에 한 '타카사고'가 멋졌어요."

"무로마치 시대1336~1573년 - 역자 주에는 노가 최첨단 엔터테인먼트였겠죠."

유키야 오빠와 감상을 이야기하며 출구를 향해 걷다가 공연이 진행되는 동안에는 스마트폰 전원을 꺼두었던 것이 생각났다. 가방에서 하늘색 스마트폰을 꺼내 전원을 넣고 깜짝 놀랐다. 부재중 전화가 다섯 통이나 와 있었다. 게다가 전부 동생인 카린이 건 것이었다. 무슨 일이 생겼나? 나는 유키야 오빠에게 양해를 구하고 서둘러 전화를 걸었다.

[언니?!]

벨이 세 번 울리고 전화를 받은 카린의 목소리는 무척이나 다급했다.

[휴, 다행이다! 몇 번이나 걸었는데 안 받아서 큰일이라도 난 줄 알았잖아!]

"카린, 무슨 일 있어?"

[미안해, 언니! 내가 그만 유키야 오빠가 여대생이라고 되어 있는 걸 깜박하고 아빠한테 말해버렸어!]

잠시 무슨 말인지 이해가 되지 않아서 어리둥절하다 이내 떠올랐다.

작년 일이다. 유키야 오빠가 카게츠 향방에서 아르바이트를 시작했을 때 도쿄에 있는 아빠가 그 이야기를 듣고 난색을 표한 모양이었다. 그래서 할머니가 유키야 오빠를 '센스 있고 우수한 백옥 같은 피부의 미인 여대생'이라고 속여 아버지의 허락을 받아냈다.

[아까 저녁 먹으면서 언니네 학교 축제에 갔을 때 얘기를 했거든……. 오늘은 토요일이라 아빠도 있었는데……. 미안해, 아사토랑 마나 얘기를 하던 중에 진짜 무심코 유키야 오빠 얘기가 튀어나온 거야. 아빠가 키시다라는 학생은 여대생이 아니었니?

하고 물어보는 바람에 아차 싶었지만 이미 늦었더라고……]

"아, 그, 그래서 아빠는 뭐라고 하셔?"

[아무 말도 안 하고 입을 다물어버렸어. 그런데 눈이 무서웠거든. 큰일 났어.]

꼴깍, 침을 삼켰다. 아빠는 평소에 말수가 적고 큰 소리로 화내는 일도 없다. 하지만 유키야 오빠와 닮은 구석이 있어서 조용한 목소리로 끝까지 추궁한다. 그것이 무서웠다.

[어쩌면 아빠나 엄마가 연락할지도 몰라. 언니, 정말 미안해……]

"카린이 사과할 필요는 없어. 처음부터 거짓말한 게 잘못이니까. 그러니까 넌 신경 안 써도 돼. 알았지?"

[응……]

카린은 완전히 풀이 죽어 목소리에 힘이 없었다.

"정말로 신경 쓰지 않아도 돼, 씻고 일찍 자."

되도록 밝게 말하고 나는 전화를 끊었다.

"무슨 일 있어요?"

"아무것도 아니에요. 괜찮아요."

긴장한 분위기가 전해졌는지 걱정하는 유키야 오빠에게 필사적으로 웃어 보이며 손을 저었다. 카마쿠라구 신사에서 카마쿠라 역으로 가는 버스가 있으니 유키야 오빠에게 그 버스를 타고 가라고 했지만, 유키야 오빠는 무슨 헛소리를 하느냐고 혼내

듯이 검은 메탈 테 안경 너머로 아이스 빔을 쏘며 나를 카게츠 향방까지 바래다주었다.

"이제 오니? 노는 어땠어?"

문 앞까지 마중 나온 할머니에게 나는 서둘러 이러이러해서 저러저러하다고 설명했다. 물론 노가 아니라 아빠 일이었다. 할머니는 "……정말? 큰일났네." 하는 표정을 짓기는 했지만 금방 "어떻게든 되겠지 뭐." 하고 대수롭지 않게 넘기고 욕실로 향했다.

목욕 차례가 돌아오기를 기다리는 동안 나는 2층에 있는 내 방에서 수학 숙제나 할 생각이었지만 책상 끄트머리에 둔 스마트폰이 금방이라도 울릴 것만 같아서 가슴이 떨려 집중할 수가 없었다.

하지만 그날 밤은 결국 아무런 연락도 오지 않았다.

다음 날도, 그 다음 날도, 다음 주로 넘어가고, 2주가 지나도 아빠와 엄마는 아무런 말이 없었고 그러는 사이에 나는 이 일을 완전히 잊어버렸다.

하지만 사건은 대체로 잊어버릴 때 즈음에 터지기 마련이다.

[카노냐? 나다.]

10월의 마지막 토요일, 아침 9시 반 경에 카게츠 향방의 전화가 울렸다. 할머니는 카마쿠라 북부에 있는 오래된 전통 료칸에서 개최하는 향회에 초대를 받아 아침 일찍 외출했고, 유키야 오빠는 아직 출근하기 전이었으며 기모노의 오비를 막 맨 참인 나는 허둥지둥 거실의 전화를 받았다.

"할아버지, 안녕하세요?"

[레이지가 지금 우리 집에 와 있어.]

사다오미 할아버지의 목소리는 낮고 빨랐다. 나는 그대로 얼어붙었다.

[카야코한테 향을 올리러 왔다는데……, 아주 집요할 정도로 꼬맹이에 대해 묻더구나. 어떻게 된 거야? 혹시 네 할머니가 레이지한테 녀석 얘기는 안 한 거냐?]

할머니 할아버지와 예전부터 알고 지낸 사다오미 할아버지는 대학 진학을 위해 도쿄로 가기 전까지 카게츠 향방에서 살았던 아빠에 대해서도 당연히 잘 알았다. 내가 갑작스러운 사태에 머리가 따라가지를 않아 대답도 못 하고 있자 [듣고 있냐?] 하고 사다오미 할아버지가 걱정스럽게 물었다.

[오늘은 꼬맹이도 가게 나오는 날이지? 이제 레이지도 그리로 간다니까 잘못했다간 딱 마주칠——앗, 기다려, 레이지! 차, 차 한 잔 더 하고 가라니까!]

사다오미 할아버지의 허둥대는 목소리를 끝으로 전화가 끊어졌다. 나는 머릿속이 새하얘진 상태로 거실 벽에 걸린 시계를 보았다. 정확히 9시 반. 이제 곧 유키야 오빠가 온다. 잘못하면

이 아니라 확실히 맞닥뜨릴 거라고 생각했을 때 '딩동' 하고 본
채 현관 초인종이 울렸다.

"좋은 아침이에요. ……무슨 일 있어요? 얼굴이 딱딱하게 굳
었어요."

"아뇨, 아무것도 아니에요. 그런데 유키야 오빠, 잠깐 산책하
고 싶지 않아요?"

"괜찮아요. 그보다는 옷을 갈아입고 개점 준비를 하고 싶은
데요."

성실한 모범 답안을 내놓는 유키야 오빠에게 그렇죠, 하고 혼
란스러운 심정으로 애매하게 웃음을 짓고 있노라니 오래된 나
무문 너머에서 자동차 엔진 소리가 들렸다. 사람은 너무 심각한
상황에 처하면 오히려 냉정해지는 모양인지, 발을 묶어두려던
사다오미 할아버지의 작전이 잘 안 풀린 모양이구나 하고 나는
차분히 생각했다. 차가 멈추고 문을 여닫는 소리가 들렸다. 사
다오미 할아버지와, 낮은 다른 남자의 목소리. 이윽고 발소리가
가까워졌고 나무문이 끼익 소리를 내며 열렸다.

"──카노."

납작한 돌이 깔린 짧은 길을 걸어온 아빠는 정말로 오랜만에
듣는 저음의 목소리로 나를 불렀다.

2

나는 딱 한 번 할아버지를 따라 아빠의 직장을 견학한 적이
있다.

초등학교에 막 입학했을 무렵이었을 것이다. 아직 유치원에
다니던 카린도 함께였고, 낯선 곳에서 불안해하던 카린과 나는
손을 꼭 잡고 있었다. 할아버지는 늘 입는 작업복이 아닌 낡은
양복을 입었다. 복도를 걸으면서 사람들과 마주칠 때마다 담소
를 나누며 나와 카린이 귀엽지 않느냐며 자랑했고, 그러는 사이
에 희고 두꺼운 문이 있는 방에 도착했다.

문을 연 순간, 향목과 생약, 향신료, 온갖 향료가 뒤섞인 향
기가 온몸을 감쌌다. 방 한쪽에는 로마의 콜로세움처럼 둥글고
거대한 선반이 있었고, 거기에는 향료가 들어 있는 것 같은 차
광병이 즐비하게 늘어서 있었다. 그밖에도 온갖 기계와 모니터
가 놓인 공간을 흰 실험실 가운을 입은 사람들이 왔다 갔다 했
다.

아빠는 가운 호주머니에 한 손을 넣고 모니터를 조작하는 남
자 뒤에 서서 뭐라고 지시를 내리고 있었다.

"레이지."

할아버지가 부르자 뒤를 돌아본 아빠가 희미하게 눈살을 찡
그리더니, 오면 온다고 연락이라도 하지 그랬냐며 우리 쪽으로

다가왔다.

나는 아빠가 화가 났나 싶어 불안한 마음에 향기를 맡아보려 했지만 방 안을 가득 채운 향기가 너무 강해서 잘되지 않았디. 아빠는 잘 웃지 않는 눈으로 나를 내려다보고 나에게 매달려 있는 카린을 안아 올려 등을 토닥토닥했다. 나는 아빠가 카린이 흰 가운을 입은 사람들이 무섭다며 울상을 짓고 있어서 안아 올렸는지 아니면 '거짓말'을 하는 나쁜 아이인 내가 싫어서 카린 을 선택했는지를 가만히 서서 생각했다.

갑자기 그런 옛날 일을 떠올린 것은 아빠가 입고 있는 스탠 칼라의 희끄무레한 코트가 실험실 가운과 닮았다는 것과 아빠 에게서 풍기는 좋은 향기 때문이었을 것이다. 아빠는 일 때문에 언제나 머리카락과 피부에 희미한 향기가 감돌았다.

"학생이 키시다 유키야인가?"

무테안경 너머로 유키야 오빠를 보는 아빠는 무척이나 무뚝 뚝했다. 나는 식은땀을 흘리며 어리둥절한 표정의 유키야 오빠 에게 소개했다.

"저기, 우, 우리 아빠예요."

아아, 하고 눈이 커진 유키야 오빠는 아빠에게 예의바르게 머 리를 숙였다.

"인사가 늦어서 죄송합니다. 이 가게에서 아르바이트를 하고 있는 키시다 유키야입니다."

"아, 아빠, 오늘은 어떻게 왔어? 갑자기 찾아와서 깜짝 놀랐잖아. 슬슬 가게 문 열어야 해서 지금 좀 바빠. 아, 유키야 오빠는 옷 갈아입고 오세요!"

아빠의 용건은 어차피 유키야 오빠의 성별 사칭 사건이겠지만 그것은 유키야 오빠에게는 전혀 책임이 없는 일이니 아무튼 아빠 앞에서 벗어나게 하려고 나는 유키야 오빠의 팔을 꾹꾹 밀었다.

"왜 그래요?"

유키야 오빠가 미간을 찡그렸다.

"카노, 좀 진정해."

아빠와 같이 온 사다오미 할아버지도 나를 달래주었다. 마지막으로 무테안경 너머에서 아빠의 눈이 천천히 가늘어졌다.

"네가 가게 문을 연다고? 할머니는 어디 가시고?"

"……할머니는 오늘 북카마쿠라에 있는 료칸에서 열리는 향회에서 향원香元, 향회의 주최자 – 역자 주을 해달라는 요청을 받고 거기 가셨어. 하지만 괜찮아. 늘 하는 일이니까. 나도 잘해."

"늘 네가 이렇게 가게를 보는 거니?"

여유가 없었던 나는 이야기가 이상하게 흘러간다는 것을 그제야 깨달았다. 아빠는 아까부터 계속 유키야 오빠가 아니라 나만 보고 있었다. 아빠가 작게 한숨을 내쉬었다.

"돌아와."

무슨 말인지 순간 이해하지 못했다.

"너도 내년에는 대학 수험생이잖니. 벌써 준비를 시작해도 모자랄 시기에 이런 일로 시간을 헛되이 낭비할 수는 없을 거 아니냐. 이제 그만 집으로 돌아와."

"……낭비한다니, 무슨 말을 그렇게 해?"

"네가 해야 할 일은 공부지 장사나 아르바이트가 아니야. 네 성격에 먼저 나서서 도와주는 거겠지만 그렇게 시간이 남아돌면 달리 할 일이 있을 거 아니냐. 애초에 네가 거들어야 유지가 되는 가게라면 이제 접을 때인 거야."

"그 말은…… 가게 문을 닫으라는 거야?"

"그래. 이 얘기는 전부터 할머니한테도 했어. 할머니도 이제 연세가 있으니까. 혼자 이쪽에 계시게 할 수는 없으니 할머니도 도쿄 집으로 모실 거야."

"하지만……, 할아버지가 소중히 여기신 가게잖아."

"그래. 그러니까 사실은 할아버지가 돌아가셨을 때 문을 닫았어야 했어."

아빠가 냉담하게 내뱉은 순간, 머릿속 어딘가에서 뼈가 삐걱거리는 듯한 소리가 났다.

옛날에는 카마쿠라의 할머니 할아버지 댁에 맡겨진 것을 엄마와 아빠에게 버림받은 거라고 생각했다. 하지만 엄마와 아빠에게도 사정이 있었을지도 모른다고 요즘 들어 조금씩 생각하게 되었다. 그랬는데 녹은 줄 알았던 증오가 지금, 배신당했다는 마음에 몇 배나 증폭되어 몸 속 깊은 곳에서 치밀어 올랐다.

"날 내쫓을 땐 언제고, 이제 와서 그런 소리 하지 마."

무섭지도 춥지도 않은데 목소리가 떨렸다. 아빠가 미간을 잔뜩 찡그렸다.

"내쫓았다고?"

"그게 아니면 뭐야? 그걸 뭐라고 표현해? 내가 싫어져서, 방해되니까 할머니랑 할아버지한테 떠넘긴 거잖아?!"

그리고 나를 사랑하지 않으니까. 그래서 내가 꽁꽁 얼어붙을 것 같은 외로움을 느끼며 카마쿠라에 왔을 때 그 마음을 치료해준 이 집과 가게를 닫아버리라고, 떠나라고 쉽게 말할 수 있는 것이다.

"카노, 진정하려무나. 레이지, 너도 그러는 거 아니야. 이런 데서 다짜고짜 꺼낼 얘기가 아니잖아."

보다 못한 사다오미 할아버지가 말렸다. 유키노 오빠도 조용히 끼어들었다.

"그리고 제삼자가 끼어들어서 죄송하지만 미하루 씨는 카노의 앞날을 진지하게 생각하고 계세요. 카노가 공부에 전념하더라도 가게 일은 저 혼자서 대응할 수 있는데 지금 당장 가게를 닫으라는 이야기까지는 안 하셔도 되지 않을까요?"

진지하게 말하는 유키야 오빠를 아빠는 싸늘하게 쳐다보며 대답했다.

"나는 솔직히 자네가 여기서 일하는 게 마음에 들지 않고 인정한 적도 없네. 어머니가 멋대로 자넬 고용했을 때 카노의 아빠인 나한테는 정확하게 설명을 안 했으니 말이야."

"레이지, 아까도 말했잖아. 이 녀석은 딱히 이상한 놈이 아니야. 꼬맹이 때부터 이 가게를 드나들었고 긴지도 얼마나 귀여워했는데."

사다오미 할아버지가 혼을 내듯 말했지만 아빠는 유키야 오빠에게서 눈을 돌리지 않았다.

"미안하지만 부모님은 뭘 하시지?"

나는 심장을 얼음물에 담근 기분이었다.

"그건 왜 물어?"

"……카노."

"아빠랑은 상관없잖아!"

"카노."

내 팔을 잡은 유키야 오빠의 눈은 깊고 고요했다.

어떻게 유키야 오빠가 나보다 차분할 수 있을까. 그렇게 화내지 않아도, 그렇게 숨기지 않아도 된다고 타이르는 것처럼. 더이상 움직일 수 없게 된 내게서 천천히 손을 떼고 유키야 오빠는 아빠를 똑바로 바라보았다.

"아버지는 안 계세요. 어머니는 미혼인 상태로 저를 낳았고 상대에게 인정 받지 못했다고 합니다."

아빠가 살짝 눈살을 찌푸렸다.

"아버지에 대해 자네는 아무것도 모르나?"

"아니요, 최소한의 내용은 압니다. 다만 아버지와 관련된 일은 집안에서 금기시하기 때문에 만난 적은 없습니다. 어머니는……."

순간 부드럽던 말투가 날카로워졌다.

"어머니는 회계사였지만 지금은 재혼해 외국에 계시기 때문에 오랫동안 만나지 않았습니다."

"……그럼 누가 자네를 돌봐주고 있지? 자네도 아직 학생이잖은가?"

"금전적인 부분은 카마쿠라에 계시는 할아버지께서 봐주시고 있습니다. 다른 건 도쿄에 있는 외삼촌이 돌봐주고 있고요."

유키야 오빠의 이야기에서 무언가 짐작가는 부분이 있었던 것일까. 계속 추궁하듯 날카롭던 아빠의 향기가 갑자기 부드러워졌다.

"사적인 부분을 물어 미안하네."

"괜찮습니다."

"미안하지만 오늘은 딸과 이야기를 하려고 왔네. 가게는 그동안 자네가 좀 봐주겠나?"

"물론이죠. 그게 제 일인걸요. 옷을 갈아입어야 하니 잠깐 실례하겠습니다."

유키야 오빠는 아빠와 사다오미 할아버지에게 인사를 하고 현관에서 본채로 들어갔다. 나도 한 박자 늦게 뒤쫓았다. 카노, 하고 아빠가 불렀지만 돌아보지 않았다.

"유키야 오빠."

평소에 옷을 갈아입는 곳으로 쓰는 다다미방으로 이어지는 복도에서 유키야 오빠가 발을 멈추고 돌아보았다.

"……미안해요. 아빠가 무례한 질문을 해서……, 말하고 싶지 않은 이야기까지 하게 해서 미안해요."

"부모님이 신경을 쓰시는 건 당연해요. 게다가 별일도 아니고 요."

그럴 리가 없다.

아버지와 관련된 일이 이 사람에게 얼마나 치유하기 힘든 아픔인지 나는 알고 있다. 아빠가 대담하게 한 말들은 아물어가는 상처에 손톱을 박아 넣는 일이나 다름없었을 것이다.

"카노, 축제 때 나한테 했던 말 기억해요?"

네? 하고 고개를 들자 유키야 오빠는 안경 브리지를 쓱 밀어 올렸다.

"그 뒤로 자기 분석과 고찰을 거듭해봤는데 확실히 카노의 말이 옳다는 결론에 도달했어요. 누구와 피가 이어져 있든 나는 나고, 누가 내 아버지고 그가 어떤 사람인지는 그다지 중요한 문제가 아니에요. 적어도 아까처럼 카노가 마음을 써줄 만큼 가치 있는 일은 아닌 거예요. 지금까지 나도 이 나이가 되도록 너무 과민하게 생각했던 거예요."

"이 나이라니, 유키야 오빠는 아직 열아홉이잖아요……."

"앞으로 닷새만 지나면 스물이잖아요. 아무튼 정말로 별일 아니에요. 카노 덕분에 그렇게 생각하게 됐어요."

생각지도 못한 말을 듣자 이런 상황에서도 얼굴의 난감한 기능이 발동했다.

하지만 그런 기분 좋은 당혹감도 유키야 오빠의 이어진 말에 지워졌다.

"그보다 카노, 오늘은 아버지와 제대로 이야기해보는 게 좋아요."

이야기? 무슨 이야기? 지금까지 방치해놓고 느닷없이 찾아와서는 돌아오라고, 가게도 닫아버리라고 하는 횡포를 따르라는 걸까. 내가 고슴도치처럼 가시를 세우는 것을 헤아리고 유키야 오빠가 타이르듯 부드럽게 불렀다.

"카노, 카노는 모르겠지만 아마 미하루 씨는 가게를 닫는 상황도 고려하고 있을 거예요."

말이 목구멍에 걸려 나오지 않았다. 정신이 천천히 멀어지는 느낌이었다.

"카노가 치요네 집에 자러 간 날 미하루 씨가 그렇게 이야기한 적이 있어요. 카노는 내가 다니는 대학교가 1지망이잖아요? 미하루 씨는 그걸 걱정하셨어요. 카노는 착하니까 미하루 씨를 생각해서 카마쿠라에 남으려고 하는 게 아닐까 하고요. 정말로 가고 싶은 곳에 가지 못하는 게 아닐까 하고 걱정하셨어요."

"아니에요……, 할머니 때문이라니, 그렇지 않아요."

"알아요. 하지만 카노는 미하루 씨가 그렇게 생각하는 건 몰랐잖아요? 미하루 씨뿐만 아니라 부모님과도 똑같은 일이 있을지도 몰라요. 카노가 모르는 일이나, 사실은 그렇지 않은데 그렇다고 믿는 일이라든가."

나는 아무 말도 할 수 없었다. 중저음의 목소리가 나를 불렀다.

"카노, 난 아버지라는 게 어떤 존재인지 모르고 카노처럼 다른 사람의 기분을 알지도 못해요. 하지만 아버지가 카노를 진심으로 걱정하고 계시다는 건 느껴져요. 한번 제대로 이야기해봐요. 혹시나 곤란한 일이 생기면 바로 구하러 갈 테니까 용기를 내요."

내 머리를 다정하게 토닥이고 유키야 오빠는 다다미방 쪽으로 걸어갔다. 나는 그 등을 바라보며 물어볼 수 없었던 말을 품고 멍하니 서 있었다.

만약.

만약 내가 당신이 생각하는 것 같은 사람이 아니라 더 추하고

더러운 인간이란 걸 알게 된다면, 당신은 그때도 그렇게 말해줄
까.

✳

　나에게 카마쿠라에 있는 할머니 할아버지 댁으로 가라고 한
사람은 아빠였다.
　내가 초등학교에서 문제를 일으키고 반 년 정도 지난, 가을이
끝나갈 무렵의 계절이었다.
　"카노, 이리 오렴."
　저녁을 먹고 나서 아빠가 날 불렀다. 유치원에 다니던 카린이
나에게 달라붙어 따라왔지만 엄마가 카린의 고사리손을 잡고
목욕하러 가자고 작은 목소리로 타이르며 거실을 나갔다.
　소파에 아빠와 마주 앉은 나는 숨을 참으며 고개를 숙였다.
그 무렵에는 부모님 앞에서 그러는 것이 버릇이 되어 있었다.
부모님 앞에서 숨을 쉬지 않으면, 혹은 입으로만 아주 살짝 숨
을 들이쉬면 나를 대하는 두 사람의 향기를 느끼지 않을 수 있
기 때문이었다.
　아빠는 상대와 이야기하기 전에 할 말을 미리 생각해두는 사
람이라 말하는 단계에서는 말문이 막히는 일이 거의 없는데 이
때만큼은 상당히 오래 입을 다물고 있었다. 내가 숨을 죽이는

것도 한계에 달해 작게 기침했을 때 그것이 신호라도 되는 양 단숨에 말했다.

"카노, 내년부터는 잠시 카마쿠라의 할머니 할아버지 집에 가 있거라."

조용한 아빠의 목소리처럼 나도 조용히 그 결정을 받아들였다. 잠시라는 건 언제까지인지, 내가 앞으로 이 집에 돌아올 수는 있는지도 묻지 않았다. 이렇게 부모님이 나를 포기하는 순간을 줄곧 두려워해왔다. 그리고 실제로 그때가 오니 신기할 만큼 마음이 평온해졌다. 더 이상 두려워하지 않아도 된다. 숨을 참을 필요도 없다.

할머니 할아버지와의 생활은 정말로 쉽게 익숙해졌다. 절과 신사가 많은 카마쿠라의 거리도, 오래되고 커다란 카게츠 향방도, 가게에 늘 감도는 할아버지가 만든 향의 그윽한 향기도 나는 모두 좋았다. 그러다 유키야 오빠와도 알게 되자 하루하루가 다채로웠다.

그렇게 1년 정도가 지나고 유키야 오빠가 갑자기 모습을 감추었을 때 즈음 엄마가 카마쿠라에 왔다.

"카노, 집으로 돌아가자."

내 얼굴을 보자마자 그렇게 말하는 엄마를 나는 믿을 수가 없어서 가만히 바라보았다.

내가 그 말을 들으면 꼬리를 흔들며 따라갈 거라고 생각한 걸까. 심한 모욕을 당한 것처럼 문드러진 분노가 치밀어 올라 안 가겠다고 소리치듯 말했다. 그때 엄마의 표정이 어땠는지는 기억나지 않는다. 나는 바로 도망쳐 내 방에 틀어박혔고, 향기를 느끼지 않도록 숨을 참고 있었기 때문이었다.

초등학교 6학년이 되자 이번에는 엄마와 아빠가 카마쿠라로 와서 돌아오라고 했다. 나는 딱 잘라 거절하고 카게츠 향방에서 그리 멀지 않은 여자중학교에 입학했다. 그리고 고등학교 입시를 준비할 시기에도 아빠는 도쿄로 돌아오라고 했지만 나는 지금 다니는 현립 고등학교에 진학하기로 결정했다. 여봐란 듯이 반발하는 기분이 강했다. 얼마 지나지 않아 할아버지가 입원했고 앞으로 얼마 남지 않았다는 말을 듣고 나니 더욱 절실하게 카마쿠라를 떠날 수 없었다.

그래도 고등학교에 들어가고 유키야 오빠가 다시 돌아오고, 그 뒤로 여러 모로 생각해볼 만한 일들도 생기면서 조금씩 아빠와 엄마를 받아들일 수 있을 것 같은 기분도 들었는데.

마음은 어째서 이토록 어이없게 원래대로 돌아가버리는 걸까.

갑자기 허리춤에 끼워둔 스마트폰이 진동했고 깜짝 놀라 어깨가 흠칫했다.

유키야 오빠에겐 그렇게 말했지만 아빠와 얼굴을 마주하기가 싫어서 집 한쪽 구석의 툇마루에 숨듯이 앉아 있었다. 하늘색 스마트폰을 꺼내보니 할머니에게서 걸려온 전화였다.

"여보세요……?"

[아, 카노? LAND 봤어. 레이지가 왔다며? 개도 참, 오면 온다고 말이나 좀 하지. 유키야를 괴롭히진 않았니? 할머닌 오늘 좀 늦을 것 같거든…….]

"할머니, 가게 닫을지도 모른다는 거 정말이야?"

몇 초 동안 침묵이 흘렀다.

[레이지가 그래?]

"진짜야?"

[……지금 당장 닫겠다는 건 아니야. 훨씬 나중일 수도 있고 조금 빠를 수도 있지. 하지만 나도 앞으로 10년 정도는 가게를 볼 수 있겠지만 20년은 좀 힘들지 않겠니?]

나는 스마트폰을 꽉 쥐었다.

"할머니, 나는 할머니 때문에 그러는 거 아니야. 대학교도 내가 거기가 마음에 들어서 그런 거야."

[응…….]

"아빠가 도쿄로 돌아오래. 하지만 난……."

[하지만 수험 공부는 진득하게 집중해서 해야 하잖니? 할머니는 그런 선택지도 고려해봐도 괜찮다고 생각해. 물론 카노가 하고 싶은 대로 해도 돼. 다만 이것만큼은 잊지 말았으면 하는데, 레이지랑 시호는 카노의 아빠 엄마야. 카노랑 같이 살고 싶은

제3화

게 당연하고 나도 그 마음은 충분히 이해해.]

왜 그런 말을 해?

조금 전까지는 평소랑 똑같았는데. 계속 그대로 있고 싶었는데 어째서 갑자기 이렇게 싫은 선택지만 들이미는 걸까.

[카노야.]

할머니가 포근하고 다정한 목소리로 불렀다.

[기억나? 할아버지가 돌아가신 다음에 정말 괴롭고 슬펐을 텐데도 열심히 공부해서 고등학교에 합격한 다음에 네가 할머니한테 말했잖니? 이제는 고등학교에 올라가니까 용돈을 더 달라고. 그냥 달라고는 안 한다며 대신 휴일에 가게 일손을 돕겠다고 말이야. 그건 할머니를 생각해서 해준 말이었잖아? 내가 가게를 어떡할지 고민하고 있었으니까.]

"……아니야, 돈 때문에 그런 거야……."

[할아버지가 소중히 하던 가게라 지키고 싶은데 혼자서 해나갈 수 있을지 자신이 없어서 불안해했으니까. 카노는 금방 알아채잖니? 그때 사실 할머니는 조금 울 뻔했어.]

전화 너머로도 할머니가 미소를 짓고 있는 것을 알았다. 울고 싶어질 만큼 다정한 미소를 띠고 있는 모습이 눈에 선했다.

[그 뒤로 유키야도 일을 해주게 됐고, 그리고 세상에, 걔가 좀 유능해야 말이지. 가장 힘들 때 너랑 유키야가 곁에 있어줘서 할머니는 다시 일어설 수 있었어. 정말로 고마워.]

여전히 상냥한 목소리로 할머니가 말을 이었다.

[하지만 카노, 아무리 지금 있는 곳이 편하고 이대로가 좋다고 바라더라도 역시 사람이든 상황이든 변해가기 마련이야. 그것만큼은 어떻게 해도 막을 수가 없고 바꾸기 싫어서 억지로 매달리면 오히려 이상한 방향으로 뒤틀리기도 해. 아까도 말했지만 카노가 하고 싶은 대로 해도 돼. 이것도 하나의 좋은 기회라고 생각하고 잘 고민해봐.]

알았다고 대답하기가 싫어서 입술 안쪽을 깨물자 촉촉하게 눈물이 배어나왔다.

[그럼 끊을게.]

할머니가 어린아이를 달래는 부드러운 목소리로 말하고 전화를 끊으려는 기척이 느껴졌다.

나도 귀에서 스마트폰을 떼려던 바로 그때였다. [뭐어?]하고 갑자기 할머니가 지금까지의 차분하던 분위기를 완전히 뭉개버리듯 외쳤다.

"응? 왜, 왜 그래?"

[……너도 참, 갑자기 그러면……, 아니, 진정하라니까……. 그래, 알았어. 알았다니까. 그래도 미리 말해두지만 너무 기대는 하지 말고.]

아무래도 할머니 옆에는 다른 누군가가 있고 그 사람과 이야기를 하는 모양이었다. 그런데 대체 무슨 이야기인 걸까? 눈물도 쏙 들어가고 고개를 갸웃거리는데 [여보세요, 카노?] 하고 완전히 평소의 생기 넘치는 분위기로 돌아온 할머니가 불렀다.

[레이지 거기 있니? 좀 바꿔줄래?]

"응? 아, 아빠를?"

갑자기 아빠는 왜 찾는 걸까. 솔직히 아빠 얼굴을 보는 것은 아주 내키지 않았지만 나는 일어서서 아빠를 찾아 나섰다.

거실에 있을 줄 알았던 아빠는 할머니 방 옆의 불단이 있는 방에 있었다. 할아버지의 영정 사진이 걸린 불단 앞에서 혼자 조용히 앉아 있었다.

"……아빠."

반사적으로 숨이 가늘어지며 목소리가 조금 갈라졌다. 움찔하며 돌아본 아빠는 나와 눈이 마주치자 무언가 말하려 했지만 나는 그보다 먼저 하늘색 스마트폰을 내밀었다. 그 기세에 놀란 아빠의 몸이 뒤로 조금 젖혀졌다.

"뭐냐"

"할머니가 할 얘기가 있으시대."

아빠는 미간을 좁히며 "저예요." 하고 스마트폰을 귀에 댔다.

"집을 비우길 노렸다니 그런 식으로 말씀하지 마세요. ……네, 전부터 계속 말했는데 어머니가 자꾸 슬쩍슬쩍 피하는 바람에 도무지 진전이 없는 그 일이에요. 그거 말고 무슨 일이 있겠어요……. 네? 왜요?"

뭔가 엉뚱한 말이라도 들었는지 아빠는 미간의 주름이 단숨에 깊어졌다.

"잠깐만요, 무슨 말인지 모르겠……, 네? 왜 어머닌 늘 그런 식이세요? 옛날부터 남의 말은 듣지도 않고 일방적으로……. 그리고 왜 그 애송이까지——어머니!"

중간에 말문이 막힌 아빠는 거칠게 한숨을 내쉬며 스마트폰을 내렸다. 일방적으로 전화가 끊긴 모양이었다. 그런데 방금 '애송이'라고 하지 않았나……? 하고 생각하고 있는데 아빠가 심상치 않은 기운을 뿜으며 나에게 스마트폰을 돌려주었다.

"카노, 바로 나가야 하니 옷 갈아입고 준비하렴."

"나가? 어, 어디로? 왜?"

"북카마쿠라의 성월정星月亭이라는 료칸이야. 이유는 몰라. 가 보면 성가신 노인네가 말해주겠지."

업무를 전하듯 짧게 말하며 방에서 나온 아빠에게서는 짜증스러운 향기가 뿜어져 나왔다. 아빠와 할머니는 사이가 나쁜 것까진 아니지만 자유롭고 느긋한 할머니와 약간 신경질적이고 합리성을 중시하는 아빠는 성격 차이로 인해 충돌이 잦았는데, 마지막에는 할머니가 아빠를 눌러 꺾거나 말로 구워삶고, 물러서지 않는 할머니에게 아빠가 한 수 접고 들어가는 형태로 결론이 나는 경우가 많았다. 어쩐지 이번에도 아빠가 눌린 모양이었다.

그런데 할머니는 아빠에게 무슨 볼일이 있는 걸까? 그리고 어째서 나까지 부르는 걸까? 사태를 파악하지 못한 채 아빠를 뒤따라가자, 아빠는 가게로 향했다. 주방 한쪽에 있는 나무문을 지나 가게와 본체를 잇는 좁고 어두운 통로로 가더니 가게로 나가는 문을 드르륵 열었다.

문을 연 지 아직 몇십 분밖에 지나지 않은 가게에는 손님이 없었다. 연보라색 사메코몬자잘한 점이 원호를 그리는 무늬 – 역자 주에 남색 하오리를 겹쳐 입은 유키야 오빠는 포장할 때 쓰는 작은 봉투를 보충하면서 계산대 앞 의자에 앉은 사다오미 할아버지와 이야기를 나누고 있었다. 통로에서 나온 아빠와 나를 보더니 놀라서 눈이 커졌다.

"이야기는 벌써 다 끝났어요?"

"키시다, 서둘러 옷을 갈아입고 외출할 준비를 해주게. 어머니가 자네와 날 북카마쿠라에 있는 료칸으로 부르셨어. 이유는 묻지 말고. 나도 모르니까."

유키야 오빠가 물어보려는 것을 막은 아빠는 기분이 좋지 않은 탓에 평소보다 훨씬 무뚝뚝했다. 유키야 오빠조차도 안경 너머에서 눈만 끔뻑끔뻑했다.

"가게는 카노에게 맡긴다는 말씀이세요?"

"아니, 가게를 닫고 카노도 데려갈 거야. 미안하지만 자네와 단둘이 차를 타고 가고 싶진 않거든."

"그건…… 저도 동감이에요."

"왜 그래? 무슨 일이라도 생겼어?"

사다오미 할아버지가 목소리를 낮춰 물어봤지만 나도 대답할 방법이 없었다. 유키야 오빠는 이런 경우에도 침착하고 신속했다.

"손님이 오시기 전에 포렴부터 걷어올게요."

유키야 오빠가 미닫이문을 열고 밖으로 나갔다.

나도 멀뚱히 있으면 안 된다. 계산대 안쪽 선반에서 '오늘은 휴무입니다'라고 쓰인 나무 팻말을 꺼내 밖으로 나가려는데 목소리가 들렸다.

"어머나, 벌써 문 닫는 거예요……?"

"죄송합니다. 오늘은 사정이 좀 있어서 가게를 닫게 됐습니다. 찾으시는 물건이 있으신가요? 그러면 기다리겠습니다."

"앗, 아뇨, 그런 건 아니고 전……."

이 목소리는. 아빠가 놀라는 나를 제치고 빠른 걸음으로 앞질러가 미닫이문을 열었다. 주차 공간에 세워진 아빠의 파란 차. 그 옆에서 흰 바탕에 붓글씨로 '향'이라는 한 글자가 적힌 포렴을 든 유키야 오빠와 연한 회색 코트에 베이지색 치마를 입은 사람이 마주보고 있었다.

"여보?"

왜 여기 있는 거냐고 묻는 뉘앙스로 아빠가 부르자, 그제야 알아챈 엄마는 앗 하는 표정으로 나를 보더니 눈꼬리를 끌어올리며 집게손가락으로 아빠를 가리켰다.

"역시 여기 있었구나……. 차를 가지고 나가길래 이상하다 싶었어. 주말 출근이라고 거짓말까지 하고."

"거짓말이라니. 부모로서 의무를 다하기 위한 출근이야."

"말했잖아. 갑자기 들이닥쳐서 어머님께 불평을 하거나 키시다를 구박하거나 카노를 추궁하는 일은 하지 않겠다고. 그래놓고선……, 아무튼 고집불통이라니까."

"내가 고집불통이라고? 아르바이트생의 정체를 알고도 계속 잠자코 있었던 당신이 할 말은 아니지."

알고 있었다고? 옥신각신하는 두 사람에게서 조용히 멀어진 유키야 오빠가 내게 눈빛으로 물었다.

"우리 엄마예요……."

어쩐지 미안한 기분으로 말하자 그럴 것 같았다는 듯이 유키야 오빠가 끄덕였다.

"저 분은 가게에 오신 적이 있어요."

"네?"

"카노랑 닮아서 인상에 남았죠. 내가 일하기 시작한 작년부터 서너 번은 뵌 것 같아요. 물건을 구매하신 적도 있어서 손님이라고 생각했지만요."

엄마가 가게에 왔었다고? 그것도 손님처럼 물건을 사기도 했다고? 대체 왜? 혼란스러운 마음으로 중얼거리자 유키야 오빠가 검은 눈동자로 나를 보았다. 정말로 모르겠어요? 하고 묻듯이. 사실은 알고 있는지도 모르지만 알고 싶지 않아서 나는 고개를 숙였다.

"며느리까지 왔네? 무슨 일인지는 모르겠지만 정신없는 것 같으니 난 그만 가마."

미닫이문을 열고 사다오미 할아버지가 나왔다. 그럼 난 간다, 하고 사다오미 할아버지가 우리 쪽으로 손을 들어 보이고 가다가 문득 발을 멈추고 "꼬맹아." 하고 돌아보았다.

"잘해라."

무슨 뜻인지 나는 도통 영문을 알 수 없었지만 유키야 오빠는 사다오미 할아버지를 똑바로 마주보았다.

"그럴 거예요."

사다오미 할아버지는 눈이 조금 커지더니 "그럼 됐어." 하고 웃었다.

3

카게츠 향방의 고객 중에는 가게를 찾아오는 개인 손님 외에도 카마쿠라 근교의 사원이나 요정, 불교 용품 전문점, 기모노

가게를 운영하는 사업자들도 있다. 료칸 성월정도 그런 단골 가게 중의 하나다.

성월정은 엔가쿠지 절과 토케이지 절, 조치지 절에서 별로 멀지 않은 카마쿠라 북부의 언덕 위에 있다. 다이쇼 시대1912년~1926년 - 역자 주에 창업한 오래된 전통 료칸으로, 다실 풍으로 지어진 운치 있는 건물은 물론 계절마다 알록달록하게 정원을 수놓는 꽃, 특히 장마철에 피는 수국과 가을 단풍이 아름다운 정원으로 평판이 높아 관광객의 예약이 끊이지 않는 곳이다.

자동차 안에서 아빠에게 들은 이야기에 따르면, 성월정과 카게츠 향방의 거래가 시작된 것은 성월정의 선대 여주인이 운영하던 때부터였다고 한다. 향장으로서 조금씩 이름을 알리기 시작한 할아버지에게 선대 료칸 주인인 미츠코 씨가 자기네 료칸을 위한 특별한 향을 제조해달라고 부탁하면서 서로 인연을 맺기 시작했다고 한다.

"성월정에는 지금은 두 달에 한 번씩 사쿠라도에서 나온 '저녁별'이라는 향을 납품하고 있죠?"

조수석에 앉은 유키야 오빠의 말에 뒷좌석의 내 옆에 앉은 엄마가 놀란 듯했다.

"어느 손님한테 어떤 상품을 납품하는지 다 외우고 있는 거니?"

"일부러 외웠다기보다는 일을 하다 보니 자연스럽게 머리에 들어온 것뿐이에요. 벌써 1년 반이나 일하고 있으니까요."

"그래도 대단하구나."

엄마는 순수하게 감탄했을 뿐이었겠지만 운전석의 아빠에게서는 심기가 불편한 향기가 뭉게뭉게 피어올라 나는 위가 따끔거리는 것 같았다. 덧붙여 자리 배치가 이렇게 된 경위를 설명하자면, 처음에는 엄마가 조수석에 타고 나와 유키야 오빠가 뒷좌석에 앉으려고 했지만 어째서인지 아빠가 반대해서, 그렇다면 내가 조수석에 타겠다고 했더니 그러면 엄마와 유키야 오빠가 뒷좌석에 나란히 앉게 되니 그것도 좀 이상하다고 했다. 최종적으로는 유키야 오빠가 조수석에 앉고 나와 엄마가 뒷좌석에 앉기로 결론이 났다. 여담이지만, 운전석의 아빠와 조수석의 유키야 오빠는 차가 출발한 이후 단 한 번도 서로 얼굴을 보지 않았다.

이런 기묘한 여정 끝에 11시 반이 채 못 되어 성월정에 도착했다.

흰색과 분홍색 코스모스가 흐드러지게 핀 좁은 언덕을 올라가자 갑자기 시야가 탁 트이며 고풍스러운 목조 건물이 나타났고, 언덕길과 함께 시대도 거슬러 올라간 것만 같았다. 현관의 굵은 나무 기둥과 기와를 얹은 넓은 지붕은 장중한 느낌이었지만, 기와가 백은색으로 빛나는 그을림 기와가마에서 기와를 구운 뒤 마지막에 그을음을 입혀 표면에 탄소막을 만들어 수분흡수율을 낮춘 기와 - 역자 주여서

인지 건물의 인상이 너무 중후하지 않고 오히려 청초한 정취를 풍겼다. 고상하고 품격이 있지만 그것을 겉으로 내세우지 않는 아름다운 여인이 어서 오라고 미소를 지으며 맞이해주는 느낌의 료칸이었다.

"아, 왔구나. 어서 와……, 어머나, 시호도 왔네? 오랜만이야, 잘 지냈어?"

현관 앞에는 진한 먹색 츠케사게기모노의 어깨와 소매, 깃에 독립된 무늬가 들어간 약식 예복 – 역자 주를 맵시 있게 입은 할머니가 우리를 기다리고 있었다.

"연락도 없이 찾아와서 죄송해요."

"어머나, 괜찮아. 얼굴 보니 좋은걸."

미안해하는 엄마와 스스럼없이 어깨를 탁탁 두드리는 할머니는 어쩐지 동아리에서 만난 선후배 사이 같았다.

"레이지도 오랜만이야. 어머나, 키가 조금 자랐니?"

"그럴 리가 없잖아요. 그런데 갑자기 왜 이런 데로 불러낸 거예요?"

할머니와 아빠가 나란히 서면 잘 알 수 있는데, 아빠는 할머니를 닮았다. 그리고 카린도 아빠를 닮았기 때문에 할머니와 아빠와 카린이 나란히 있으면 셋 다 얼굴 생김새가 비슷했다. 나는 조금 전에 유키야 오빠도 말했듯이 엄마를 닮은 모양이었다.

"안에서 얘기하게 일단 들어가자."

재촉하는 할머니의 뒤를 따라 유리가 끼워진 나무문을 지나 현관으로 들어간 순간 나는 문득 발을 멈췄다.

가슴속에 맑은 바람이 불어 들어오는 듯한 아름다운 향기가 느껴졌다.

백단을 바탕으로 한 달콤하고 점잖으면서도 맑고 산뜻해서 근사한 향이었다. 있는지 없는지 모르게 은은히 감도는 향기가 시간이 멈춘 듯한 고풍스러운 건물에 한 겹, 두 겹, 정취를 덧씌우고 있어서 나는 무심코 신발을 벗는 것도 잊고 넋을 잃고 말았다.

"어서 오세요."

아름다운 목소리에 퍼뜩 정신을 차리자, 우아하게 머리를 올리고 흐르는 물결무늬가 들어간 호두색 기모노를 입은 사람이 현관의 마루방에서 가지런히 손을 모으고 머리를 숙이고 있었다.

"먼 걸음을 해주셔서 정말로 감사드려요. 안으로 들어오세요."

이 사람이 료칸 성월정의 젊은 여주인, 아마카와 유리에 씨였다.

"원래는 제가 찾아뵈어야 하는데 오늘은 향회 준비로 손을

뗄 수가 없어서 사쿠라 선생님께 염치 불구하고 부탁을 드렸어
요……. 정말로 죄송해요."

다실로 안내해 우리에게 차를 내주고 유리에 씨는 한 번 더
공손하게 사과했다.

본채 뒤쪽에 외따로 떨어져 있는 본격적인 다실이었다. 다실
다다미로는 테마에다다미, 키닌다다미, 캬쿠다다미가 깔려 있
는데다실은 보통 다다미 네 장 반으로 되어 있고 주인이 앉아 차를 내는 테마에다다미,
귀빈이 앉는 키닌다다미, 그 다음 손님들이 앉는 캬쿠다다미가 있다. - 역자 주 유리에
씨가 테마에다다미에 앉고 할머니, 아빠, 엄마, 유키야 오빠와
내가 차례로 앉았다.

서른이 조금 안 되는 유리에 씨는 어릴 때부터 예법을 철저히
익혔는지 정좌한 모습이 무척이나 아름다웠다. 다만, 유리에 씨
는 턱 선이 날렵하고 얼굴이 갸름한데 왼쪽 눈꼬리에 눈물점까
지 있어서인지 어딘가 모르게 쓸쓸한 정취가 느껴지는 사람이
었다. 그래서 지금처럼 짙은 호두색 기모노를 입고 있으면 더욱
쓸쓸한 분위기가 도드라져서 어쩐지 젊은 미망인처럼 보였다.
좀 더 밝은 색깔이 어울릴 것 같다고 생각하고 있는데 유리에
씨가 말을 꺼냈다.

"오늘은 이러면 안 되는 줄 알면서도 레이지 씨께 긴히 부탁드
리고 싶은 일이 있어서 먼 걸음을 해주십사 청을 드렸어요."

"저한테요?"

미간을 좁히는 아빠에게 유리에 씨는 어쩐지 매달리듯이 절박하게 말했다.

"부디 아버님께서 만드셨던 향을 재현해주시면 안 될까요?"

이번에는 아빠뿐만 아니라 엄마와 나, 유키야 오빠도 말뜻을 파악하지 못해 아무런 반응도 할 수 없었다. 할머니만은 놀라지 않았는데, 아마도 미리 이야기를 들었기 때문일 것이다.

"레이지 씨는 사쿠라도의 상품 개발 책임자로 계신다고 들었어요."

"그렇습니다만……."

'그래요?' 하고 묻듯이 이쪽을 보는 유키야 오빠에게 나는 고개를 끄덕였다.

할아버지에게서 우리 집안의 간단한 역사를 들은 적이 있는데, 사쿠라 가는 원래 교토에서 약재 도매상을 했다고 한다. 그러다 점점 약과 원료가 비슷한 향도 같이 취급하게 되었고, 나중에는 향을 전문으로 판매하는 분가도 카마쿠라로 옮겨왔다고 하셨다.

향포를 운영하는 분가는 할아버지의 아버지인 내 증조할아버지의 결단으로 다시 도쿄로 옮겨 '사쿠라도'라는 향 제품을 다루는 회사를 차렸다. 몸이 약한 할아버지는 공기 좋은 카마쿠라에 가게를 받아 남았지만 사쿠라도는 조금씩 규모를 확장해 갔고, 지금도 작은 회사이기는 하지만 도쿄, 카나자와, 나고야에 매장도 있다. 현재 카게츠 향방에서 파는 상품도 실은 모두 사쿠라도에서 만든 상품이고, 아빠는 사쿠라도에서 상품 개발에 종사하고 있는 연구원이다.

"아버님이 저희 어머니……, 선대를 위해서 특별한 향을 만들어 주신 건 알고 계신가요? '망월望月'이라는 이름의 선향이에요."

"그렇다는 이야기는 들었습니다만……, 재현해달라니 무슨 뜻이죠? 이해가 잘 안 되는군요."

유리에 씨가 더듬더듬 이야기를 시작했다.

성월정이 지금은 유서 깊은 전통 료칸이라는 이미지와 함께 부동의 인기를 누리고 있지만 사실 거품경제가 붕괴된 이후 불경기가 찾아오면서 경영이 위태롭던 시기가 있었다고 한다. 그런 료칸을 다시 일으켜 세운 사람이 유리에 씨의 어머니이자 선대 여주인인 미츠코 씨였다. 카마쿠라라는 옛 수도에 어울리는 고풍스러운 외관은 그대로 두면서 건물을 보수하고, 정원의 꽃과 나무를 새로 심고 정비하는 등 과감한 투자와 경영 전환을 통해 멀어져가던 고객을 다시 불러들이는 데 성공했다.

또 료칸에서 향을 피우기 시작한 사람도 미츠코 씨였다고 한다. 미츠코 씨는 직접 카게츠 향방으로 찾아가 할아버지에게 '세이게츠테이에 어울리는 향을 만들어 달라'고 의뢰했다고 한다. 그런 의뢰를 좋아했던 할아버지는 기뻐하며 솜씨를 발휘했을 것이다. 그리고 할아버지가 성월정을 위해 만든 향이 바로 '망월'이라는 이름의 고급 선향이었다.

"어머니가 그 향을 처음 피웠던 날, 저는 아직 어린 아이였지만 지금도 선명히 기억해요. 짙게 감돌며 고귀하고, 뭐랄까 품격이 있고 황홀해지는 향으로, 이 성월정과 어머니에게 정말로 꼭 맞는 향이었어요. 손님들의 평판도 무척이나 좋아서 향기 하나로 이렇게 료칸이 화려해지는구나 하고 어린 마음에도 감동했었죠."

유리에 씨는 근심어린 표정으로 눈을 내리깔았다.

"하지만 어머니도 연세가 있으신 데다 다리까지 다치셔서 3년 전에 제가 료칸을 물려받게 되었어요. 그래서 긴지 아저씨께도 인사를 드리고 싶어 카게츠 향방으로 찾아갔어요. 물론 '망월'도 더 만들어달라고 부탁을 드렸어요. 하지만……."

말을 멈춘 유리에 씨에게서 괴로운 향이 감돌았다.

"'만들지 못한다'고 말씀하셨어요."

"……그게 무슨 뜻이죠?"

그 자리에 있는 모두가 생각했을 내용을 물어본 사람은 유키야 오빠였다. 유리에 씨가 무릎 위에 포개고 있던 손에 힘을 꽉 주는 것이 보였다.

"말 그대로의 의미예요. '망월'은 더 이상 만들 수 없다고 하셨어요. 저도 어떻게 된 일인지 알 수가 없어서 그러지 마시고 만들어달라고 몇 번이나 부탁을 드렸지만 긴지 아저씨는 불가능하다고만 하실 뿐이었어요. 대신에 이건 어떻겠느냐며 다른 향을 권해주셨어요.”

“그게 ‘저녁별’인가요? 지금 카게츠 향방에서 정기적으로 구입하시고 계시죠?”

유리에 씨가 작게 끄덕였다. 어쩔 수 없어서 그런 거라는 마음의 소리가 들리는 것 같았다.

“그 뒤로도 몇 번이나 찾아 뵙고 부탁을 드려보았지만 역시 들어주시지 않았고, 얼마 지나지 않아 몸이 안 좋아지셔서 입원하셨죠…….”

“그리고 아버지는 가게로 돌아오지 못하고 돌아가셨고 ‘망월’은 다시는 구할 수 없게 되었다. 그러니 제게 재현을 해달라는 그런 말인가요?”

오늘은 이런저런 일이 있어 그다지 기분이 좋지 않은 아빠는 말투도 쌀쌀맞았다. 유리에 씨는 움츠러든 것 같았지만 결심을 굳힌 듯 두 눈에 힘을 주고,

“그렇습니다.”

하고 똑똑히 대답했다.

“성월정에는 ‘망월’이 어울려요. 염치없는 부탁인 줄은 잘 알고 있습니다. 그래도 어떻게든 그 ‘망월’을 만들어주실 수는 없나요?”

"하지만…… '저녁별'도 무척 좋은 향이에요. 전 사쿠라도에서 회계 일을 하는데 '저녁별'은 반응도 대단히 좋고 정말 훌륭한 향이라고 생각해요."

엄마가 열성적으로 목소리를 높인 것이 나는 의외였다. 엄마는 나처럼 눈에 띄는 것을 불편해하기 때문에 이런 자리에서는 별로 말을 하지 않는다. 역시 자기가 일하는 회사의 상품에는 애착이 있는 것일까.

"물론 '저녁별'도 멋진 향이에요. 저도 좋아하고 지금도 이렇게 피우고 있죠. 하지만……, 역시 성월정에는 '망월'이 아니면 안 돼요."

유리에 씨에게서 느껴지는 향은 필사적이었다. 왜 향 하나에 그렇게까지 집착하는지 이해가 안 될 정도로.

그러자 어떻게 된 일인지 아빠에게서 씁쓰레한 향기가 희미하게 감돌았다. 하지만 겉으로 드러내지는 않고 유리에 씨를 응시했다.

"하지만 재현해달라고 하셔도 저는 '망월'이라는 향을 몰라요."

"여기 있어요."

재빨리 대답한 유리에 씨가 귀갑 모양 장식장 구석에서 검은 옻칠이 된 작은 쟁반을 꺼냈다.

쟁반 위에는 가늘고 긴 오동나무 상자와 향꽂이, 아주 작은 양초를 꽂은 촛대가 있었다. 아빠에게 부탁하기 위해 미리 준비해놓은 듯했다. 만반의 준비를 갖춘 쟁반을 할머니가 유리에 씨에게서 건네받아 잘 부탁한다는 눈빛으로 아빠에게 내밀었고, 아빠는 아주 못마땅한 표정으로 받아들었다.

아빠는 성냥으로 작은 양초에 불을 붙이고 가늘고 긴 오동나무 상자를 열었다.

안에는 적갈색의 선향이 대여섯 개 들어 있었다. 길이로 보아 향이 타는 시간은 20분 정도일 것이다. 아빠는 그 중 하나를 오른손으로 집어 촛불로 가져갔다. 불이 옮겨 붙자 획 하고 왼손으로 작게 부채질해 불을 껐다. 직업상 익숙한 일이라 그런지 물 흐르는 듯 동작에 막힘이 없었다. 향꽂이에는 선향 하나를 꽂을 수 있는 작은 구멍이 뚫려 있고 거기에 아빠가 선향을 꽂았을 때 옆에서 일련의 과정을 지켜보고 있던 엄마가 "어머나." 하고 살짝 웃었다.

"향꽂이가 무척 근사하네요. 푸른색이 이렇게 깊다니……"

"이 향꽂이는 그이가 직접 만든 거야. 손재주가 좋아서 이런 걸 만드는 것도 좋아했거든. 특히 이 향꽂이는 신경을 좀 썼지. 하세에 가마를 가진 도예가 친구가 있는데 거기서 특별히 만든 거야. '망월'에는 이 향꽂이가 아니면 안 된다면서."

확실히 내 손바닥에도 들어올 만큼 작고 부드러운 원형의 향꽂이는 청금석처럼 형용하기 힘들 만큼 깊은 광택이 도는 푸른

색을 띠고 있었다. 우주의 물방울 같은 아름다운 향꽂이에 아빠가 붉게 불이 붙은 선향을 꽂자 향기가 조용히 다실을 채워 갔다.

확실히 '망월'이라는 이름이 잘 어울리는 향이었다.

유리에 씨의 표현대로 짙게 감돌고 고아하고 흔들림 없는 아름다움이 가득한 향기였다. 어디 한 군데 이지러진 곳 없이 꽉 찬 보름달처럼.

그윽한 향기에 취해 황홀감에 빠져 있던 나는 아빠가 복잡한 표정으로 가느다란 연기가 피어오르는 선향을 바라보고 있는 것을 알았다. '망월'의 향기에 섞이는 아빠의 향기를 느꼈다. 이 감정은 뭘까? 분한 듯도 하고……, 서글픈 동경 같기도 했다.

이윽고 아빠는 무언가를 전환하듯이 눈을 감고 숨을 한 번 쉬었다.

"결론부터 말씀드리자면 어느 정도의 재현은 가능해요. 무슨 향료를 어떻게 배합했는지도 대강 짐작이 되고요."

순간 얼굴이 환해진 유리에 씨에게 아빠는 곧바로 말을 이었다.

"다만 말씀드린 것처럼 '어느 정도'죠. 그래봐야 어차피 가짜일 뿐. 향은 똑같은 향료를 똑같은 비율대로 섞는다고 똑같은 물건이 나오는 단순한 게 아니에요. 기후와 계절과 그 밖의 요인을 포함해 제작자가 아주 약간만 조절해도 향기는 완전히 달라지거든요. 그런 의미에서 '망월'은 아버지가 돌아가셨을 때 동시에 죽은 향이에요. 죽은 것을 되살릴 수는 없어요. 설령 제가 그와 비슷한 것을 만들어낸다 하더라도 당신의 '망월'을 향한 집착으로 짐작컨대 아마 절대 만족하지 못할 거예요."

"그렇지는⋯⋯!"

아빠의 말을 반박하려던 유리에 씨는 뒷말을 잇지 못했다. 그런 자신에게 충격을 받은 듯한 비통한 표정이 그녀의 대답이었다.

"'저녁별'이 도움이 되지 못한 점은 사쿠라도의 일원으로서 안타깝고 대단히 죄송스럽게 생각합니다. 하지만 성월정의 향기로 어울리는 상품을 새로이 찾으시는 편이 나을 것 같네요. 사쿠라도와 카게츠 향방에 의리를 지키실 필요는 없습니다. 상품이 마음에 드시지 않으면 거기서 끝이에요. 장사라는 게 원래 그런 거니까요."

아빠의 깍듯한 말에 유리에 씨는 더 이상 아무런 말도 하지 못했다.

긴 침묵 끝에, 알겠습니다, 하고 가냘픈 대답이 돌아왔다.

✳

"아무리 그렇다고 하지만 너도 참, 조금 더 상냥하게 말할 순

없었니? 유리에는 온화한 성격이라 마음에 담아두지는 않겠지만 너무 퉁명스럽더라. 나이는 마흔다섯이나 먹었으면서."

"퉁명스럽게 굴지도 않았고, 여기서 나이가 무슨 상관이 있다고 그래요?"

"이이가 퉁명스럽게 굴어서 정말 죄송해요."

"어머나, 시호가 사과할 일이 아니야. 오히려 제대로 못 키운 내 잘못이지. 오호호."

마주 앉아 있는 어른들의 대화에 전전긍긍하면서 나는 된장으로 양념해서 구운 고등어를 입으로 가져갔다. 부드럽고 지방이 풍부해 달콤하고 살살 녹았다. 그 맛에 감동하고 있는데 옆에서 계란찜 뚜껑을 연 유키야 오빠가 "카노, 은행 줄까요?" 하고 유혹적인 말을 하기에, "정말요?" 하고 감동해서 내 계란찜 그릇을 내밀어 도르르 구르는 은행을 받았다. 나는 계란찜에 든 은행을 정말 좋아한다. 두 개로 늘어난 은행을 보고 헤벌쭉 웃다가 맞은편에 앉은 아빠가 무서운 눈으로 이쪽을 보고 있는 것을 알고 흠칫하며 굳었다.

다실에서 이야기가 끝난 뒤 아빠는 곧장 돌아가려고 했지만 유리에 씨가 "잠깐만 기다려주세요." 하고 붙잡았다. 그리고 안내를 받아 안쪽 객실로 들어가자 근사한 가이세키 요리가 5인분 준비되어 있었다. 이런 환대를 받을 만한 일은 아무것도 하지 않았기 때문에 모두가 사양했지만 꼭 드셔달라는 유리에 씨의 말에 결국 어른 셋과 아이 둘이 마주 앉아 점심을 먹게 되었다. 음식은 하나같이 머리가 몽롱해질 만큼 맛있었다.

"대체 누가 '센스 있고 우수한 백옥 같은 피부의 미인 여대생'이에요?"

아빠가 결국 말을 꺼냈고, 생선회를 집으려고 젓가락을 내밀던 유키야 오빠가 움직임을 우뚝 멈췄다. 하지만 아빠의 매서운 눈초리에도 할머니는 움츠러들지 않았고 생긋 웃으며 유키야 오빠 쪽으로 손을 내밀었다.

"어머, 센스 있고 우수한 백옥 같은 피부의 미인까지는 맞잖아? 대학생인 것도 틀림없고. 사소한 실수로 여자랑 남자를 잘못 말했을 뿐이야."

"고의로 거짓 정보를 흘린 걸 실수라고 하진 않죠. 그리고 같이 사는 문제도 그래요. 카노는 전혀 모르고 있던데 어떻게 된 거죠?"

"그야 난 도쿄에 쇼핑을 하거나 공연을 보러 가고 싶은걸. 거기서 사는 게 아니라 놀러가고 싶다고. 사는 곳은 역시 지금 집이 최고지. 그러니까 같이 사는 얘기는 없던 걸로 해."

"없던 걸로 하라니, 어머니도 이제 그만 본인의 연세를 좀 자각하는 게 어때요? 벌써 일흔이라고요."

아빠와 시어머니의 입씨름에 쩔쩔매던 엄마가 "미안해요……." 하고 유키야 오빠에게 면목 없다는 표정으로 사과했다. 괜찮습니다, 하고 대답하며 유키야 오빠는 입가를 가렸는데, 아무래도 조금 웃느라 그런 것 같았다. 어떤 부분이 재미있는 걸까? 동시에 눈이 동그래진 나와 엄마에게 죄송해요, 하고 사과하며 유키야 오빠가 표정을 다잡았다.

"카노랑 너무 닮으셔서 그랬어요. 뭐랄까, 마음을 쓰는 타이밍이나 표정이 똑같아요."

똑같다고? 무심코 엄마를 보자 엄마도 나를 보고는 낯간지러운 듯이 웃은 순간, 가슴을 할퀸 것 같은 기분이 들어 나는 고개를 숙였다. ……이상하다. 이렇게 아빠, 엄마와 내가 한 방에서 점심을 먹고 있다니. 이제는 이렇게 허물없는 부모 자식 사이가 아닐 텐데.

"미하루 씨."

아빠와 할머니가 입을 다문 타이밍을 노려 유키야 오빠가 말을 걸었다.

"'망월' 일은 알겠는데 왜 저까지 부르셨어요? 저는 솔직히 향제조법에 대해서는 전혀 모르는데요……."

"아아, 그건 말이야."

할머니는 젓가락을 놓고 등을 곧게 폈다.

"아까 얘기는 다 들었지? 유리에가 긴한테 '망월'을 부탁하러 갔다가 거절당한 얘기. 그런 일이 있었다는 건 나도 유리에한테 듣기 전에는 전혀 몰랐거든. 어쩐지 미안해서 레이지한테 '망월'

을 만들어달라고 부탁하고 싶다는 말에 차마 거절을 못했어. 그
래서 마침 집에 왔다길래 불러들이긴 했는데."

"민폐예요……."

"그런데 왜 긴은 유리에한테 '망월'을 만들어주지 않았을까?
선대인 미츠코 씨랑은 나랑 긴도 상당히 사이가 좋았고, 아직
어렸던 유리에도 몇 번인가 봤었거든. 그런 사람의 부탁이라면
긴은 틀림없이 기뻐하며 들어줬을 텐데. 그렇게 간절하게 부탁
했는데도 만들어주지 않다니, 그런 걸로 괜히 심술을 부릴 사람
은 아니잖아?"

사실 나도 유리에 씨의 이야기를 들으며 그 점이 마음에 걸렸
다. 내가 아는 할아버지는 느긋하고 마음씨 좋은 사람이라 누
군가의 부탁을 함부로 저버리거나 하지 않는다. 유키야 오빠도
동의한다는 뜻으로 고개를 끄덕였고 할머니는 집게손가락을 세
워들며 말했다.

"그래서 유키야라면 뭔가 딱 알아내지 않을까 싶었지. 어땠
어?"

"어머나, 키시다는 그렇게 딱 알아내는 사람인가요?"

"후후후, 그럼. 그래서 카게츠 향방으로 의뢰인의 전화가 끊임
없이 걸려오고……."

"미하루 씨의 말은 농담이니까 믿지 마세요. ……짐작이 간다
고 할 만한 정도는 아닌데요."

할머니의 눈썹이 올라갔고, 엄마와 아빠도 흥미가 생겼는지 유키야 오빠를 주목했다. 하지만 설명을 시작하는 유키야 오빠의 표정은 그늘져 있었다.

"유리에 씨가 료칸을 이어받은 건 3년 전이라고 했어요. 그리고 인사차 카게즈 향방에서 긴지 씨와 만났고요. 3년 전이라면……, 긴지 씨의 건강이 안 좋아졌을 무렵이죠?"

아. 가슴이 아파왔다. 내가 중학교 2학년이던 해 가을부터 할아버지는 서서히 몸이 안 좋아져 입원과 퇴원을 반복했다.

"그러니까 유리에 씨에게 '만들지 못한다'고 하신 건 말 그대로 체력적으로 불가능하다는 뜻이 아니었을까요? 아니면…… 머지않아 '망월'을 만들지 못하게 될 가능성을 생각해 안정적이고 구하기도 쉬운 사쿠라도의 '저녁별'로 바꾸게 하신 거죠."

슬픔을 외로움으로 감싼 듯한 향기가 배어나왔다. 속눈썹을 내리깐 할머니의 향이었다.

"그래……, 자주 앓아눕게 되고 난 뒤로는 향을 별로 안 만들었지. 뭔가 생각하는 게 있는지 신변 정리 같은 것도 했었고."

"하지만 그렇다면 그렇다고 얘기하면 되잖아요? 몸이 안 좋다고 하면 유리에 씨도 이상한 미련을 남기지 않고 포기할 수 있었을 텐데."

아빠의 말투가 이번에도 우호적이지 않아서 나는 애가 탔지만 유키야 오빠는 엷게 쓴웃음을 지었다.

제3화

"말씀대로예요. 긴지 씨의 성격으로 보아 그런 이유였다면 분명하게 말씀을 하셨을 것 같거든요. ……역시 다른 이유가 있었는지도 몰라요."

할아버지가 '망월'을 만들지 못했던 이유.

그 이유는 과연 무엇이었을까.

4

디저트가 나오고 그것도 다 먹었을 무렵에 유리에 씨가 방으로 들어왔다.

"아까는 무리한 부탁을 드려서 정말 죄송했습니다."

가지런히 손을 모으고 머리를 숙인 유리에 씨는 고상한 미소를 지으며 괜찮으면 정원을 산책하며 느긋하게 쉬었다 가라고 했다. 하지만 이런 유서 깊은 료칸의 여주인다운 우아한 행동과는 반대로 나는 그녀가 여전히 '망월'에 대한 낙담에서 벗어나지 못한 것을 향기로 느꼈다. 그리고 마음에 걸리는 점이 한 가지 더 있었다.

유리에 씨에게서는 정신적으로 상당히 지쳐 있는 향기가 났다. 나까지 가슴이 욱신욱신 아파올 정도로 무언가를 골똘히 생각하는 향기.

괜찮을지 걱정스러웠지만 유리에 씨는 세 시부터 시작되는 향회 준비를 위해 할머니와 함께 방에서 나갔고, 방에는 엄마 아빠와 나, 유키야 오빠라는 어색한 멤버만 남있다. 아니나 다를까 갑갑한지 먼저 아버지가 바깥바람을 쐬고 오겠다며 자리를 떴고, 뒤이어 엄마가 료칸 내부를 좀 둘러보고 오겠다며 일어나자 남겨진 나와 유키야 오빠도 서로 얼굴을 마주보고는 결국 방에서 나왔다. 유키야 오빠는 정원으로, 나는 화장실에 가기로 했다.

천장이 높은 고풍스러운 료칸 내부는 마루에서 빛이 날 정도로 반짝반짝 닦여 있었고 곳곳의 선반에 장식된 작은 꽃은 사랑스러웠다. 모든 것이 고상하고 역사가 느껴지는 공간을 은은한 '저녁별'의 향기가 더욱 화려하게 수놓았다. 저녁별은 저녁샛별을 뜻한다. 이름 그대로 해질녘의 하늘에 빛나는 금성처럼 청명한 향기는 이 성월정과 아주 잘 어울렸다.

──성월정에는 '망월'이 아니면 안 돼요.

유리에 씨는 '망월'에 아주 각별한 마음이 있는 듯했다.

나도 '망월'은 훌륭한 향이라고 생각한다. 하지만 이 '저녁별'의 푸릇푸릇하고 청초한 향기도 성월정에 잘 어울리지 않을까. 오히려 향기는 좋지만 상당히 묵직한 '망월'은 아직 젊은 유리에 씨에게는 지나치게 무거운 느낌이다. 그녀가 입고 있는 짙은 호두색 기모노처럼.

그런 생각을 하며 화장실에서 볼일을 마치고 복도를 걸어가고 있는데 스쳐 지나가는 유리문 너머에서 유키야 오빠가 보였다. 정원에서 아직은 푸르른 단풍잎을 올려다보고 있었다.

나도 유키야 오빠 쪽으로 가려고 유리문을 열었는데 그때 아빠가 정원을 가로질러 오는 바람에 흠칫 놀랐다. 반사적으로 문 뒤에 숨어서 얼굴만 슬쩍 내밀었다.

유키야 오빠가 아빠를 알아채고 살짝 고개를 숙였다. 하얗고 가녀린 대상화와, 반대로 반짝반짝하게 생기를 뿜어내는 노란 털머위가 핀 덤불 앞에서 아빠와 유키야 오빠는 서로 마주섰다.

"조금 전에 어머니한테 들었는데 자넨 카노의 체질에 대해서도 알고 있다지?"

큼직한 손에 멱살을 잡힌 것처럼 나는 숨이 멎었다.

천천히, 숨을 두 번 내쉬는 정도의 시간을 두고 유키야 오빠가 대답했다.

"네. 정확하게 이해하고 있는지는 잘 모르겠지만요."

"그 점을 자넨 어떻게 생각하지?"

"어떻게라뇨?"

"그 애는 사람의 감정의 움직임을 후각으로 느껴. 속되게 말하면 남의 마음을 엿보는 거지. 표정과 말과 행동을 아무리 포장해도 감정을 완전히 제어하지 못하면 그 애는 다 알아채. 자넨 그게 두렵지 않나?"

나는 문 뒤로 고개를 밀어 넣고 숨을 죽였다. 머릿속에도 심장이 있는 것처럼 관자놀이가 고동쳤다. 아빠가, 유키야 오빠가 어떤 얼굴을 하고 있는지 보고 싶은데 몸이 움직이지 않았다. 구두 바닥이 잔디를 쓰는 희미한 소리가 들렸다.

"카노는……."

"카노?"

"따님은……."

"그냥 카노라고 해."

"제 향기는 잘 못 느낀다고 했어요. 많이 놀라거나 큰 감정의 동요가 있을 때만 조금 아는 정도고 평소에는 거의 아무것도 느껴지지 않는다고 했어요."

"……그건 자네가 특이체질이라 그런가? 아니면 카노에게 문제가 있는 건가?"

"몰라요. 제가 특이하다고는 생각하지 않지만."

"카노에게 감정을 들킬 걱정이 없으니 자네는 카노 옆에 있을 수 있는 건가?"

유빙이 지독하게 느릿느릿 흘러가는 것처럼 긴 침묵이 흘렀다.

침묵이 1초만 더 이어졌더라면 아마도 나는 그 자리를 박차고 달아나버렸을 것이다. 하지만,

"아뇨."

내 마음이 부서지기 직전에 들려온 유키야 오빠의 목소리는 또렷하고 명료했다.

"설령 앞으로 다른 사람들과 똑같은 조건에 놓인다고 하더라도 저는 아무것도 달라지지 않을 거라고 생각해요. 카노가 저라는 인간에게 실망하고 떠나갈 수는 있겠지만 제가 카노의 체질을 이유로 떠나는 일은 없어요."

"……꽤나 단정적으로 말하는구나."

"차라리 죽고 싶다는 생각을 하고 있었을 때 카노가 제게 말을 걸어주었어요. 왜 그렇게 슬퍼하냐고."

──어느 봄날이었다. 가게 앞에서 길고양이와 놀고 있는 내 앞을 검은 책가방을 멘 말라빠진 남자애가 비통한 향기를 풍기며 지나갔다.

"떠나가지 않는 이유가 있어야 한다면, 저한테는 그걸로 충분해요."

마음속이 새하얘지고 갑자기 눈물이 왈칵 쏟아져 나는 목소리가 새어나오지 않도록 입을 틀어막았다.

아빠는 오랫동안 침묵했다. 그렇군, 하고 중얼거리는 목소리가 돌아왔다.

"인간은 정신 상태와 신체 활동이 밀접하게 연결되어 있어. 어쩌면 그 애는 감정의 기복과 함께 분비되는 물질의 냄새를 감지하는 걸지도 몰라. 나도 후각에는 나름 자신이 있어. 미약한 냄새도 바로 알아채고, 회사에서는 향기를 분석하고 재료를 어떻게 조합해야 원하는 향기를 만들어낼 수 있는지 계산도 할 수 있지. 하지만 그건 훈련으로 획득한 후천적인 스킬이야. 카노는 타고난 능력이라 나는 평생 노력해도 카노가 살아가는 세계를 이해하지 못해. 선의만 가진 게 아니라 악의로 충만한 사람들도 이렇게 많은 세상에서 그런 체질로 살아가는 게 어떤 건지 공감해줄 수도 없고 대책을 마련해줄 수도 없어."

"아버님은 카노가 아버님의 마음을 엿볼까봐 두려워하시는 게 아니군요."

유키야 오빠가 조용히 말했다.

"카노가 다른 사람의 감정을 느끼고 상처를 받을까봐 두려우신 거군요."

아빠는 아무 말도 하지 않았다. 어떤 얼굴을 하고 있는지는 모른다. 어떤 향기가 나는지도 나는 모른다. 하지만, 하고 유키야 오빠의 목소리가 이어졌다.

"카노는 보기보다 훨씬 강해요."

강하다고……?

"예전에 물어본 적이 있어요. 방금 아버님께서도 말씀하셨듯이 사람의 감정이 언제나 좋기만 한 것은 아닌데, 그런 감정을 느끼면 괴롭거나 혐오스럽지 않느냐고요."

"……카노는."

"혐오스럽다고 생각한 적은 없다고 했어요. 그런 생각은 해본 적도 없었다는 느낌이었어요. 추한 것은 본인도 마찬가지고, 다들 그럼에도 어떻게든 헤쳐 나가려고 하니까 그걸로 충분하지 않느냐고 했어요. ……아마 제가 같은 입장이었다면 이미 인간 혐오에 빠졌을 거예요. 하지만 카노는 그렇지 않아요. 카노는 사람이 어떤 감정을 품어도 비난하지 않고 자기도 그렇다고 받아들여요."

그건 강하기 때문이라고 생각해요.

"틀림없이 우리가 모르는 곳에서 상처받고 힘든 일도 있을 거예요. 하지만 아버님이 그렇게 마음 아파하지 않아도 괜찮을 거라고 생각해요."

료칸 내에는 다른 손님들도 있는지 멀리서 담소를 나누는 부드러운 목소리가 들려왔다.

아빠가 뭐라고 한 듯했다. 하지만 유리문 너머에 있는 내 귀에는 들리지 않았다. 유키야 오빠도 뭐라고 짤막하게 대답하고 조금 쯤을 두었다가 덧붙였다.

"주제넘은 말이지만 한 가지 말씀드려도 될까요?"

아빠는 고개를 끄덕였을까. 유키야 오빠가 말을 이었다.

"카노가 필요하면 그렇다고 말씀해주세요. 아이는 확실한 말 한마디를 기다려요. 자신의 존재를 용서하고 긍정해주기를 언제나 부모에게 바라거든요."

그럼 이만 실례하겠습니다. 분명히 예의바르게 인사하며 고개를 숙였을 유키야 오빠의 목소리가 마지막으로 들렸다.

누가 쫓아오는 것도 아닌데 나는 달아나듯 잰걸음으로 로비로 돌아와 몸이 푹 파묻힐 만큼 부드러운 소파에 주저앉았다.

'그런 체질로 살아가는 게 어떤 건지 공감해줄 수도 없고 대책을 마련해줄 수도 없어.'

정말로 아빠가 한 말이 맞을까. 필요가 없으면 거의 말도 걸지 않고 웃어주는 일도 거의 없는, 나를 가족에서 쫓아낸 아빠가.

'카노가 다른 사람의 감정을 느끼고 상처를 받을까봐 두려우신 거군요.'

가벼운 현기증이 났다. 기쁘다든가 믿을 수 없다든가 그런 느낌보다 갑자기 발밑이 허물어진 것 같은 혼란에 사로잡혀 얼굴을 감싸고 고개를 숙였다.

그 상태로 얼마나 가만히 있었을까. 갑자기 어깨를 흔드는 감각에 몸이 움찔 떨렸다. 고개를 들자 엄마가 걱정스러운 표정으로 서 있었다.

"왜 그래? 어디 안 좋니?"

아니, 아무렇지도 않아. 괜찮아.

그렇게 말하며 조금 웃어주는 것만으로도 많은 것이 회복된다는 사실은 알고 있다. 알고 있기 때문에 그러지 못하고 나는 다시 얼굴을 숙이고 숨을 죽였다. 엄마의 실망을 느끼지 않도록.

엄마가 내 옆에 앉았다. 카노야, 하고 부르자 나는 몸이 얼어붙었다.

"아빠는 저래 보여도 밀어붙이는 데는 약해."

"……응?"

"그러니까 카마쿠라에 계속 있고 싶으면 그렇다고 분명히 말하는 게 좋아. '아빠는 꼴도 보기 싫어'까지 말해버리면 헤어나오지 못할 만큼 절망하겠지만 내 일은 내가 결정할 테니 참견하지 말라는 말 정도는 해도 괜찮을 거야."

나는 얼이 빠져 엄마를 쳐다보고 있었는데, 아무래도 엄마는 내가 못 미더워서 그런 반응을 보인다고 해석했는지 "정말이야." 하고 힘주어 말했다.

"내가 아빠 연구실에 날마다 드나들면서 같이 밥 먹자든가 어디 가자고 계속 꼬셨더니 나랑 사귀어줬거든. 결혼도 내 생일에 혼인신고서 들이밀면서 다그쳤더니 해줬고. 아빠는 심보가 조금 뒤틀려 있어서 변화구에는 강하지만 직구에는 의외로 약하단다."

방금 몰랐던 부모님의 연애담을 들은 것 같은데요?!

"미안해……. 오늘은 많이 놀랐지? 갑자기 들이닥쳐서는 이런

저런 얘기까지 들었으니 충격을 받는 게 당연해. 하지만 아빠는 말이야, 사실은 줄곧 카노를 걱정하고 있다가 그 일이 생기니까 그걸 핑계 삼아서 온 것뿐이야. 그러니까 너무 화내지는 마. 나도 아빠한테 잘 말해놓을게. 카노는 걱정하지 말라고, 자기가 하고 싶은 대로 해도 괜찮다고."

엄마가 거짓 없는 말과 향기로 나를 달래줄수록 목이 서서히 조여 오는 기분이었다. 도둑이 물건을 훔친 상대에게서 따뜻한 위로를 받으면 이런 기분일까.

엄마는 나를 눈엣가시라고 생각하지 않을까. 엄마한테 그런 짓을 한 나를.

내가 어떤 얼굴을 하고 있었는지, 엄마는 걱정하는 향기를 진하게 풍기며 미간을 좁혔다.

"그게 아니면 혹시 가게가 걱정돼서 그래? 괜찮아. 할머니가 싫다고 하시는데 아빠가 억지로 닫게 하지는 않을 거야. 아빠는 할아버지한테 조금 복잡한 감정을 가지고 있다 보니 말이 좀 날카롭게 나오는 것뿐이지……."

생각지도 못한 엄마의 말에 어? 하고 목소리가 새어나오고 말았다.

"아빠랑 할아버지 사이에 무슨 일 있었어?"

"아, 아니, 무슨 일이 있었던 게 아니라……."

가볍게 손을 젓고 엄마는 잠시 동안 표현을 찾으며 고민했다.

"할아버지는 몸이 약하셔서 의사한테 오래 살기는 힘들다는 말까지 들으셨던 분이잖니? 그러니까 아마도 언제 당신이 세상을 떠나더라도 아빠가 제대로 살아갈 수 있으면 좋겠다고, 그렇게 생각하셨던 게 아닐까? 의외로 아빠한테는 엄격한 아버지였나 봐. 냉정하지는 않아도 뭐랄까, 거리가 느껴지는 분이셨대."

"……하지만 할아버지는 나한테는 정말로 다정하셨는데."

"손녀랑 아들은 전혀 다르거든. 아빠도 할아버지를 좋아해. 틀림없이 존경하기도 할 거야. 안 그러면 지금 하는 일을 선택했을 리가 없으니까. 하지만 아무리 좋아하고 존경해도 받아들일 수 없는 일이 있다고나 할까……. 좋아하기 때문에 오히려 응어리가 생기는 경우도 분명히 있거든."

아까 외따로 떨어져 있는 다실에서 '망월'의 향기를 확인했을 때의 일을 떠올렸다. 아빠는 작은 불이 붙은 선향을 바라보며 분함과 동경이 뒤섞인 향기를 풍겼다. '망월'에 보인 그 복잡한 마음 자체가 할아버지에 대한 아빠의 마음이었을까.

나에게는 언제나 견고한 벽 같은 아빠가 그런 갈등을 품고 있는 줄은 전혀 몰랐다. 엄마가 이렇게 사람의 마음을 세심하게 헤아릴 줄 아는 사람이라는 것도.

"게다가 오늘은 자기가 만든 '저녁별'보다도 할아버지가 만드신 '망월'이 낫다는 말까지 들었으니 아빠도 아마 좀 충격을 받았을 거야……."

"뭐? '저녁별'은 아빠가 만든 향이야?"

"맞아. 대단하지? '저녁별'은 사쿠라도 상품 중에서도 평판이 높고 엄마도 정말 좋은 향이라고 생각하지만⋯⋯, 그러니까 아빠한테 얘기를 하려면 좀 더 기다렸다 하는 쪽이 나을지도 몰라. 아빠의 마음이 풀릴 때를 잘 봐서 말이야."

"그게 정말이에요?"

갑자기 들린 가느다란 목소리에 나와 엄마는 깜짝 놀라 돌아보았다.

짙은 호두색 기모노를 입은 유리에 씨가 서 있었다. 창백해진 유리에 씨에게서 당황해서 어쩔 줄 모르는 향기가 나서 나는 소파에서 일어났다.

"내가 무슨 짓을⋯⋯. 레이지 씨 앞에서 '저녁별'보다도 '망월'이 더 좋다는 식으로 얘기하고, 게다가 '망월'을 재현해달라는 무신경한 부탁까지 하다니⋯⋯."

"어머, 괜찮아요. 어떤 향을 좋아하든 그건 고객의 자유고, 그이도 그 점은 잘 알고 있으니까 화를 내거나 마음에 담아 두진 않아요. 오히려 프로 의식이 아주 강한 사람이라 분명히 이 일을 다음 상품에 활용하려고⋯⋯."

열심히 대변해주던 엄마의 목소리가 끊기며 유리에 씨, 하고 작게 불렀다.

그래도 유리에 씨는 대답도 못한 채 양손으로 눈을 가렸다.

손가락 사이로 투명한 물방울이 뚝뚝 떨어졌다. 애처로운 향기와 함께.

분명 아빠에 대한 미안한 마음만으로 이렇게까지 감정이 격앙된 것은 아닐 것이다. 지금까지 괴로운 무언가가 그녀 안에서 쌓이고 또 쌓이다 결국 참을 수 있는 한계선을 넘어선 것이다.

나는 지금까지 어른이 이런 식으로 우는 모습을 한 번도 본 적이 없다 보니 어떻게든 해야 한다고 생각하면서도 바보처럼 손을 허공에 든 채로 아무것도 하지 못했다. 하지만 엄마는 유리에 씨의 어깨를 다독이며 위로의 마음을 담아 말했다.

"좀 앉아서 쉬어요. 네?"

로비에서는 다른 손님들이 볼 수도 있으니 엄마는 유리에 씨의 등을 부축해주며 복도를 지나 끄트머리에 있는 긴 의자에 앉으라고 권했다.

엄마가 등을 쓸어 주는 동안, 유리에 씨는 오랫동안 목소리를 죽이고 울었다.

"어머니의 뒤를 이어받은 지도 벌써 3년인데 여전히 부족한 점투성이에요."

흉한 꼴을 보여서 면목 없다고 나와 엄마에게 몇 번이나 사과하고 울어서 눈이 빨개진 유리에 씨가 조금씩 이야기해주었다.

"오늘도 향회를 여는데 제가 이런 일에 익숙하질 못해서 사쿠라 선생님께 아침부터 오시라고 해서 부담을 끼치고 말았어요. 어머니였다면 이런 일은 절대로 없었을 텐데."

"하지만 할머니는 전혀 개의치 않으셨어요. 오늘 아침에도 '세이게츠테이에 갈 거야, 부럽지?' 하고 신나게 자랑하면서 나가셨는걸요."

슬픈 감정이 조금이라도 누그러지면 좋겠다고 생각하며 말했는데 유리에 씨는 고맙다는 듯이 미소 지었다. 하루살이의 날개처럼 덧없는 미소였다.

"사쿠라 선생님 같은 분이나 어머니 때부터 있어준 직원과 친척들 덕분에 저도 어떻게든 하루하루를 넘겨가고 있어요. 하지만……, 어머니는 뭐든 할 수 있는 분이셨는데 저는 요령이 좋질 않아서. 3년이 지나도 전혀 익숙해지질 않고, 무언가 잊은 게 없을까, 실수한 게 없을까 하고 아직까지도 하루하루가 두려워요. 그런 마음을 겉으로는 드러내지 않으려고 노력하고는 있지만 옛날부터 오시던 손님 중에는 저를 믿음직스럽지 않다고 생각하시는 분도 계시더라고요."

"유리에 씨는 아직 젊고, 선대인 어머니가 훌륭한 분이셨던 만큼 아무래도 비교를 당하게 되겠죠."

어머니가 가만히 던진 말에 유리에 씨의 향기가 크게 일렁였다. 그것이 가장 괴로운 점인 듯했다.

"그럴 수밖에 없어요. 어머니는 그만큼 훌륭한 분이셨거든요.

손님들이나 직원들 모두에게 사랑받고 존경받으셨어요. 미숙한 제가 지금 당장 그렇게 될 수 있을 리가 없어요. 제가 할 수 있는 일은 하나씩 하나씩 노력과 경험을 쌓아가는 것이라고, 스스로를 갈고닦을 수밖에 없다는 걸 알고는 있어요. 알고 있는데……, 요즘 문득 생각해요. 나 같은 건 아무리 노력해도 어머니의 발끝에도 못 미치는 게 아닐까. 어머니가 쌓아올리신 것을 제가 다 망쳐버리는 게 아닌가 하고."

두려움과 불안과 외로움에 유리에 씨의 향기가 팽팽하게 당겨졌다. 그대로 뚝 끊어지면 어쩌나 하고 나는 걱정이 되었지만 유리에 씨는 불안정해질 것 같던 감정을 천천히 깊은 숨을 내쉬며 제어했다.

"얼마 전에, 벌써 몇 해 째 저희 료칸을 애용해주시는 손님이 묵으셨어요. 어머니와 무척 친하신 분으로, 머무시는 동안에는 편안하게 쉬시는 것처럼 보였는데 돌아가실 때 말씀하셨어요."

"뭐라고 하셨는데요……?"

나와 눈을 맞춘 유리에 씨는 안쓰러울 만큼 힘없이 웃었다.

"'옛날 향이 더 좋았어'라고요. 그게 다였어요. 그것뿐이었는데 어째서인지 더 이상은 가만히 서 있기도 힘든 기분이었어요. 옛날 향이……, 어머니가 운영하던 때의 성월정이 더 좋았다. 그렇게 말씀하신 것 같은 기분이 들었어요."

"그렇지는……."

"그렇지는, 않겠죠. 그 손님은 그런 뜻으로 말씀하신 게 아닐 거예요. 그래도 그 말이 줄곧 머릿속을 떠나질 않아서, 그래서 사쿠라 선생님과 레이지 씨에게 무리한 부탁을 드리고 말았어요."

태풍이 지나간 것처럼 잔잔해진 눈으로 유리에 씨는 허공을 보았다.

"아마도 저는 '망월'만 손에 넣으면 어머니에게 다가갈 수 있을 거라고 생각했던 거예요. 어머니가 처음으로 '망월'을 피우셨을 때 정말로 료칸 안에 보름달이 뜬 것 같았거든요. 화려하고 우아하고 성월정이 구석구석까지 빛나 보이고……. 하지만 그건 어머니가 계셨기 때문이었어요. 어머니라는 달 같은 사람이 있었기 때문에 '망월'로 인해 성월정이 더욱 빛났던 거예요. 그런데 아직 어린 제가 향만 흉내 낸다고 해서 어머니처럼 될 수는 없겠죠."

나는 선대 여주인을 모르지만 할머니와 아빠, 그리고 유리에 씨의 이야기로 볼 때 정말로 뛰어난 분이셨을 것이다. 그런 사람의 뒤를 잇는다는 것은 어마어마한 중압감을 느끼는 일인지도 모른다. 엄마가 걱정스러운 표정으로 제안했다.

"불안하고 잘 안 되는 일을 어머니한테 상담해보면 어떨까요? 같은 성월정의 여주인이었던 어머니가 당신의 마음도 틀림없이 가장 잘 알아주실 거예요."

"아뇨……."

유리에 씨는 천천히 고개를 가로저었다.

"어머니는 제게 일을 대충 한 차례 가르쳐주시고는 바로 다른 곳에 집을 구해 그쪽으로 이사 가셨어요. 긴급 상황이 아니면 연락도 하지 말라고 하셨어요."

료칸 여주인이라는 자리는 부모 자식 간이라도 그렇게 혹독한 자리란 말인가. 엄마와 내가 바들바들 떨자 유리에 씨는 처음으로 풉 하고 웃으며 밝은 미소를 보여주었다.

"어머니는 옛날부터 그런 분이셨어요. 제 부모님은 제가 어릴 때 이혼하셔서 아버지를 대신해주시려는 면도 있었기 때문이었겠지만, 아무튼 어머니는 엄격하신 분이셨어요. 손님들한테는 그렇게 친절하신데 저한테만 매정하셨다고 할까, 언제나 쌀쌀맞으셨어요. 웃으실지도 모르지만 어릴 때는 어머니의 딸이 아니라 성월정의 손님으로 태어나고 싶다는 생각도 했었어요. 그러면 언제나 다정하게 옆에 있어주실 텐데 하고……."

중간에 말을 멈춘 유리에 씨가 복도 끝을 보더니 얼굴을 붉혔다.

나도 그쪽을 보고 깜짝 놀랐다. 할머니와 아빠와 유키야 오빠가 다 같이 서 있었다.

"아니 그게, 아무리 기다려도 유리에가 안 오길래 어떻게 된 일인가 하고 찾으러 나왔더니 중간에 유키야를 만나고 그 뒤에

레이지도 만났거든. 그러다 이쪽에서 말소리가 들려서 와봤는데 어쩐지 분위기가 심각해 보여서 부르기가 좀 그렇더라고. 그러니까 딱히 엿들을 생각은 없었어. 정말이야."

할머니는 손을 저으며 그렇게 변명했고, 다시 말해 대부분의 이야기를 다 들은 듯했다. 유리에 씨는 새빨개져서 "어떡하면 좋아요, 꼴사나운 이야기를 다 들키다니……." 하고 당황하며 쩔쩔매다 퍼뜩 생각났는지 아빠에게 "아까는 '저녁별' 문제로 큰 실례를 했네요……!" 하고 옆에서 보는 사람이 더 당황스러울 만큼 머리를 깊게 숙였다.

"고개를 드세요. 누가 머리를 숙이는 건 별로 좋아하지 않습니다."

아빠의 말투는 여전히 무뚝뚝했지만 기분이 상한 향기는 나지 않았다.

"평가란 그것을 누가 만들었는지와는 별개로 이루어져야 한다고 생각해요. 당신은 본인이 느낀 대로 이야기했을 뿐이니 저에게 사과할 필요는 없어요."

"하지만……."

"괜찮아. 이렇게까지 말하니까 네가 마음 쓰지 않아도 괜찮아. 그보다 유리에, 빨리 옷 갈아입고 와. 슬슬 향회 시간이 다 돼가니까."

"네……. 선생님, 역시 옷을 꼭 갈아입어야 할까요? 향회가 시작되기 전에 끝내놔야 할 일들이 많은데……."

"그건 내가 해놓을게. 아무튼 넌 그 젊음을 헛되게 하는 수수한 기모노 말고 좀 더 향석을 화려하게 만들어주는 옷으로 갈아입어. 그래서는 누가 봐도 미망인 같잖아."

"미, 미망인……."

사실은 나도 생각했던 것을 할머니가 거침없이 말했고, 유리에 씨는 그 말에 큰 충격을 받은 듯했다.

"확실히 그 기모노가 어울린다고 하긴 어려워요."

"좀 더 밝고 부드러운 색깔이 훨씬 잘 어울릴 거예요."

"노란색과 빨간색 계통이나 흰색도 잘 받으실 것 같네요."

게다가 할머니에 이어 아빠, 엄마, 유키야 오빠까지 한 마디씩 거들자 유리에 씨는 당황해서 어쩔 줄을 몰랐다. 나는 문득 떠오른 생각을 물어보았다.

"혹시…… 어머니께서 그런 기모노를 즐겨 입으셨어요?"

유리에 씨는 호두색 기모노의 가슴 부분에 손을 대며 눈을 동그랗게 떴다.

"네, 그렇긴 한데……."

"아, 그런 거였어? 유리에, 미츠코 씨를 따라할 생각이었구나?"

아하, 하고 할머니가 지적하자 유리에 씨는 얼굴이 점점 빨개졌다.

"미츠코 씨는 비교적 풍채가 있었으니까 그런 시크한 짙은 색을 입으면 관록이 있어 보였지만 너처럼 호리호리한 사람은 그러면 안 돼. 넌 미츠코 씨랑은 다르니까 너한테 어울리고 장점을 부각시켜주는 걸 입어야지."

할머니의 말이 마음속의 무언가를 건드렸는지 유리에 씨의 눈동자가 흔들렸다.

"이왕 이렇게 된 거 내가 꾸며줄 테니까 안내해."

"선생님한테 그런 것까지 해달라고 할 수는……!"

할머니에게 끌려가는 유리에 씨에게 의외로 아빠가 말했다.

"아까도 말했지만 난 '망월'을 흉내낸 모조품밖에 만들지 못해요. 하지만 그래도 그걸로 마음이 편해진다면 말씀하세요."

발을 멈춘 유리에 씨의 마음이, 향기가 흔들렸다. 그것도 대답하기 직전까지.

하지만 그녀는 입을 꾹 다물어 그 말을 다시 삼키고 아직은 약한, 하지만 강해지려고 노력하는 마음이 담긴 미소를 지어보였다.

"마음은 정말 감사해요. 하지만 괜찮습니다. '망월'을 원했던 건 달아나고 싶어서였어요. 하지만 이제는 그러지 않기로 했어요. 그리고 그런 부탁을 드린 뒤에 이렇게 말씀드리면 믿기 어려우실지도 모르지만 전 '저녁별'도 정말로 좋아한답니다. 앞으로도 '저녁별'의 힘을 빌리면서 좀 더 좋은 여주인이 되도록 노력

할 거예요."

고개를 깊숙이 숙이며 인사하는 그녀의 모습은 유구한 전통을 간직한 료칸을 통솔하는 안주인의 모습답게 무척 아름다웠다.

5

유리에 씨가 할머니에게 이끌려 옷을 갈아입으러 간 뒤, 우리도 이만 돌아가려 했을 때 엄마의 휴대전화로 카린이 전화를 걸어왔다. 혹시나 유키야 오빠의 일로 부모님한테 내 편을 들어줄 생각인가 하고 나는 감동했지만 카린이 엄마에게 한 말은 [성월정에 있다는 게 정말이야?! 거기 오리지널 샴푸가 진짜 유명해! 엄마, 올 때 사 와!]였다. 엄마가 전화기를 귀에 댄 채 부랴부랴 매점을 찾으러 가자 아빠도 한숨을 내쉬며 따라갔고, 맥이 탁 풀린 나는 유키야 오빠와 로비에서 기다리기로 했다.

푹신한 소파에 앉은 유키야 오빠는 긴 속눈썹을 드리우고 무언가 고민하고 있었다. 그러고 보니 할머니가 "뭔가 떠오르면 얘기해."라고 했던 그 일——할아버지가 유리에 씨에게 '망월'을 왜 만들어주지 않았는지에 대한 건 아직 해결되지 않았다.

나는 유키야 오빠의 사색을 방해하지 않으려고 고풍스러운 살창 너머로 보이는 정원 풍경과 선반에 장식된 아름다운 꽃을 둘러보았다. 그리고 로비 구석에 있는 쪽매맞춤색, 나뭇결, 재질 등이 다른 나무쪽을 모아서 벽이나 마루, 가구의 표면 등에 모양을 내는 목공예의 장식기법 – 역 자 주으로 세공된 장식 선반을 감상하고 있는데 그 선반 근처 눈에 띄지 않는 아래쪽에 작은 향꽂이가 놓여 있는 것을 보았다. 짙은 남색의 동그란 접시 위에는 선향을 태운 재가 엷게 쌓여 있었다. '저녁별'을 태운 향꽂이인지 아직 희미하게 향기가 남아 있었다.

나도 카게츠 향방에서 향꽂이를 자주 보지만 그 향꽂이는 디자인이 독특했다.

동그스름한 향꽂이는 밤하늘 같은 짙은 남색으로 물들어 있고 그 작은 접시 곳곳에 자잘한 금박이 흩어져 있었다. 마치 무수한 빛이 반짝이는 별하늘처럼.

"그건 '저녁별'의 향꽂이인가요?"

"꺅!"

어느 틈에 다가왔는지 바로 등 뒤에 유키야 오빠가 있었다. 유키야 오빠는 이따금 닌자처럼 기척도 없어 움직여서 사람을 난감하게 만든다.

"보기 드문 디자인이네요."

내게서 별빛 하늘같은 향꽂이를 받아든 유키야 오빠도 흥미진진하게 중얼거렸다.

"그것도 긴지 아저씨가 만드신 향꽂이예요."

아름다운 목소리에 유키야 오빠와 함께 돌아보자 유리에 씨가 로비로 나왔다.

유리에 씨는 아주 연한 노란색 바탕에 오렌지색과 다홍색의 작은 단풍잎이 흩날리는 츠케사게를 입고 있었다. 몰라볼 만큼 분위기가 밝아졌고, 그러면서도 청초한 매력이 있어 무척 느낌이 좋았다.

"정말 잘 어울려요."

내가 감동하자 유리에 씨는 부끄러운 듯이 살짝 웃었다.

"처음 카게츠 향방에서 '저녁별'을 주셨을 때 이 향꽂이도 같이 주셨어요. '성월야星月夜'라는 이름이래요."

"정말 예쁜 이름이에요……."

"틀림없이 우리 료칸을 이미지해서 붙여주신 이름일 거예요. 성월야는 카마쿠라와 인연이 깊은 말이기도 하고요."

성월야는 노의 음악에서 카마쿠라를 뜻하는 수식어로도 쓰인다. 달이 없어도 반짝이는 별이 달밤처럼 환한 밤이라는 뜻을 가진 그 이름은 '저녁별'이라는 향을 피우는 향꽂이로 더없이 잘 어울렸다.

하지만 어째서인지 유리에 씨의 이야기를 들은 유키야 오빠는 미간에 작은 선을 만들었다. 유리에 씨도 그런 유키야 오빠의 반응을 알아보았다.

"왜 그러세요?"

"이 향꽂이는 긴지 씨가 만든 게 틀림없나요? 긴지 씨가 그렇게 말씀하셨어요?"

유리에 씨는 허를 찔린 듯이 눈을 동그랗게 떴다.

"그렇게 말씀하셨다기보다는……, '성월야라고 해요. 오래오래 잘 써주세요' 하고 말씀하셔서 긴지 씨가 만들어주신 줄로만 알았는데……. 그런데 왜요?"

유키야 오빠는 말없이 안경 브리지에 손가락을 대고 금박이 흩뿌려진 향꽂이를 보았다.

유리에 씨는 어리둥절하게 유키야 오빠를 보고 있다가 갑자기 몸을 돌려 소파 사이의 통로로 총총히 걸어갔다. 마침 로비를 지나가던 나이 든 여성 손님이 누군가를 찾듯이 두리번두리번하고 있었다. 재빨리 다가간 유리에 씨는 마음을 사르르 녹이는 환한 미소로 그 손님을 맞이하고 정중히 맞장구를 치며 이야기를 나누고는 다리가 불편해 보이는 그 손님을 부축하며 어딘가로 안내했다. 그런 그녀의 모습을 보고 나는 생각했다. 틀림없이 유리에 씨는 본인이 생각하는 것보다도 훨씬 훌륭하게 여주인으로서의 역할을 해나가고 있다. 단지 그녀 안에 어머니의 존재가 너무나도 큰 나머지 어머니와 자신을 비교하느라 자신감을 잃은 것뿐이다.

"……미하루 씨, 죄송한데, 유키야예요. 지금 어디 계세요?"

갑자기 유키야 오빠가 말하는 바람에 깜짝 놀라 돌아보니 유키야 오빠는 검은 스마트폰을 귀에 대고 있었다.

"2층 끝에 있는 방이요……? 알았어요."

유키야 오빠는 대답하더니 스마트폰을 검은 바지 호주머니에 도로 넣었다.

"가요."

"네? 아, 네……."

성큼성큼 걸어가는 유키야 오빠의 뒤를 나도 허둥지둥 따라갔다. 유키야 오빠는 다리가 길어서 나는 종종걸음으로 서두르지 않으면 따라가지 못한다. 계단을 올라가 오른쪽으로 꺾어 끝까지 복도를 나아가자 큰 방의 장지문이 스르륵 열리며 할머니가 고개를 빼꼼 내밀었다.

"왜 그래? 갑자기 전화를 다 하고."

"미하루 씨, 긴지 씨가 곧잘 향꽂이를 직접 만드셨다고 하셨죠?"

"응? 그래, 그랬지. 맞아."

"그런 향꽂이에도 이름을 붙이셨나요?"

할머니는 눈을 깜빡거렸다.

"이름은…… 안 붙였던 것 같아. 오리지널 향에는 반드시 붙였지만 향꽂이는 서비스 같은 거였으니까 그러지는 않았지."

하지만 유리에 씨에게 준 향꽂이에는 '성월야'라는 아름다운 이름이 붙어 있었다.

고개를 갸웃거리는 나와는 반대로 유키야 오빠는 뭔가 짐작 가는 바가 있는지 고개를 깊이 숙였다.

"미하루 씨, 아직 시간 괜찮으세요? 부탁드릴 게 있는데요."

유키야 오빠는 재빨리 설명했다. 설명을 다 들은 할머니는 당황스러운 표정을 짓고 있었다.

"그게 뭐야? 어떻게 된 거야?"

"만약 정말로 그렇다면 긴지 씨가 유리에 씨에게 '망월'은 더는 만들지 못한다고 거절하신 의미를 알 수 있을 거예요."

할머니는 "정말?" 하고 놀라며 허리춤에서 스마트폰을 꺼냈다. 액정화면을 손가락으로 조작해 스마트폰을 귀에 댔다.

"오랜만이에요. 카게츠 향방의 사쿠라예요. ……네, 그러게요, 이게 얼마 만이래요. 남편의 삼주기 때는 분향하러 와주셔서 정말로 감사했어요. 아, 그러고 보니 얼마 전에 신문 봤어요. 공방의 작품도 소개돼 있고 정말로 근사하더라고요."

노래하는 듯한 격식 차린 목소리와 미소로 할머니는 얼마간 잡담을 하다가 "그런데 좀 여쭤보고 싶은 게 있는데요……." 하고 유키야 오빠가 부탁한 용건을 꺼냈다. 상대는 흔쾌히 대답해 주었는지 고개를 끄덕끄덕하던 할머니는 이윽고 깜짝 놀란 표정을 지었다.

"어머나, 그래요……? 일부러 거기까지 다니면서……. 네, 네,

고마워요. 조만간 한번 찾아뵐게요. 그럼 이만 끊을게요."

전화를 끊은 할머니는 유키야 오빠에게 집게손가락을 들어보였다. 빙고, 라고 하듯이.

대체 지금 무엇을 알았다는 것일까. 나 혼자 일이 어떻게 되어 가는지 몰라 당황하고 있는데 유키야 오빠가 설명해주었다.

할아버지가 몇 번이나 부탁 받으면서도 유리에 씨에게 '망월'을 만들어주지 않은 이유를.

할머니에게서 연락을 받고 2층의 큰 방으로 올라온 유리에 씨는 매점 봉투를 든 엄마 아빠도 데리고 왔다. 여기로 오는 도중에 만났다고 했다.

갑자기 불려온 유리에 씨는 어리둥절했다.

"그런데 급히 할 얘기란 게 뭐예요?"

"'망월'에 대한 거예요."

단도직입적으로 말을 꺼낸 유키야 오빠를 유리에 씨가 응시했고, 아빠와 엄마도 놀란 표정을 지었다.

"딱 떠올랐나봐."

두 사람에게 속삭이는 할머니는 개의치 않고 유키야 오빠는 이야기를 시작했다.

"'망월'은 만들어줄 수 없다. 3년 전 긴지 씨를 만나러 카게츠 향방으로 가셨을 때 그렇게 말씀하셨다고 하셨죠?"

"네, 맞아요……."

"그건 아마도 어머니이신 미츠코 씨가 긴지 씨에게 부탁하셔서 그러셨을 거예요."

유리에 씨는 눈이 튀어나올 만큼 눈을 휘둥그렇게 떴다. 충격의 향기가 그녀의 몸에서 단숨에 뿜어져 나왔다.

"그게 무슨 말이에요……?"

"'망월'을 만들어 달라고 몇 번이나 부탁을 했는데도 긴지 씨가 거절하셨다는 이야기를 듣고 위화감이 들었어요. 그런 모습은 저나 가족 분들이 아는 긴지 씨답지 않거든요. 그렇다면 긴지 씨가 당신의 부탁을 거절한 데에는 무슨 이유가 있어요. 그래서 긴지 씨 본인의 뜻이 아니었을 가능성을 생각해봤어요."

멋대로 가지고 와서 미안다고 말하며 유키야 오빠는 하얀 손을 내밀었다.

그 손바닥에는 작은 향꽂이가 올려져 있었다. 남색 바탕에 자잘한 금박이 흩뿌려진, 별빛 하늘을 연상시키는 둥그스름한 향꽂이.

"이 향꽂이는 카게츠 향방에서 긴지 씨에게 '저녁별'을 받았을 때 같이 받았다고 하셨죠? '성월야'라는 이름이 붙어 있다고 하셨고요."

"네……, 그런데요?"

"이걸 만드신 분은 긴지 씨가 아니에요. 어머님이신 미츠코 씨세요."

네? 하는 소리만 흘리고 유리에 씨는 눈을 동그랗게 뜨며 움직임을 멈췄다.

"증인도 있어요."

유키야 오빠는 향꽂이를 든 상태로 할머니를 보았다.

"긴지 씨는 향꽂이를 만들 때 하세에 공방을 가지고 있는 도예가인 지인을 찾아가서 작업을 하신다고 했는데, 미하루 씨가 그분에게 조금 전에 확인을 받았어요. 긴지 씨의 소개로 얼마 동안 미츠코 씨가 하세의 공방을 다니며 지도를 받고 그 향꽂이를 만드셨대요."

"……하지만 어머니는 다리가 불편하셨어요. 하세까지 다니시기에는……."

"그 도예가 선생님도 그렇게 말씀하셨어. 다리가 아파서 많이 힘들어 보였다고. 하지만 몇 번이나 실패했지만 결국 생각하던 물건이 완성됐을 때 정말로 기뻐하셔서 미츠코 씨를 똑똑히 기억하고 계셨어. 유리에를 위해 열심히 만드신 거였구나."

유리에 씨는 얼이 빠져 있었다. 믿을 수 없다는 향기가 그녀의 마음을 대변했다.

할아버지는 오리지널 향에는 반드시 이름을 붙였지만 본업이 아닌 수제 향꽂이에는 따로 이름을 붙이지 않았다. 하지만 유리에 씨에게 할아버지가 건네준 향꽂이에는 '성월야'라는 이름이 있었으므로 유키야 오빠는 그것을 할아버지가 아닌 다른 누군가가 만든 게 아닐까 하고 짐작했다. 그렇다면 대체 누가 만들었을까? 그 누군가는 유리에 씨나 성월정과 관련이 있을 테고, 그렇게 생각하면 자연히 한 사람이 떠오르게 된다.

"하지만 어머니가 왜……."

"일부러 당신에게 줄 향꽂이를 직접 만들고 '성월야'라는 이름을 붙였으니 거기에는 의미가 담겨 있을 거예요. 아마도 긴지 씨가 당신에게 추천한 '저녁별'에도."

유리에 씨가 힘없이 머리를 가로저었다. 조금 있다가 한 번 더, 모르겠어요, 하고 말하듯이.

정말로 모르는 것일까. 그럴지도 모른다. 옆에서 보는 사람에게는 이토록 분명한 일이 본인에게는 보이지 않을 수 있다. 예를 들어, 밤하늘에 갖가지 이야기를 자아내는 별자리도 몇 백 광년 떨어진 지상이 아니면 알아보지 못하는 것처럼.

"'저녁별'과 '성월야'는 모두 유리에 씨를 가리킨다고 생각해요."

유리에 씨는 점점 더 아리송한 표정으로 나를 보았다.

"'저녁별'은 금성, 저녁샛별을 말하잖아요? 그리고 '성월야'는 달빛이 없어도 별이 가득해 달밤처럼 환한 밤, 그런 뜻이니까…… '저녁별'은 유리에 씨를 이미지한 거고, 성월야처럼 어머님께서 안 계셔도 유리에 씨가 자신의 능력을 발휘할 수 있기를 바란다는 메시지가 아닐까요?"

더할 나위 없이 기품이 있고 흔들리지 않는 향기인 '망월'을 할아버지는 틀림없이 미츠코 씨라는 여성을 이미지하여 만드셨을 것이다. 료칸을 다시 일으켜 세우고 사람들에게 존경을 받았던 위대한 그녀는 말 그대로 이지러진 곳 없이 충만한 세이게츠테이를 비추는 보름달 같은 사람이었다.

유리에 씨가 그런 그녀의 뒤를 잇는 것에 불안과 중압감을 느끼고 어머니처럼 해야 하고 어머니처럼 되어야 한다고 자신을 몰아세우게 될 것을 아마도 미츠코 씨는 알고 있었을 것이다. 그래서 할아버지에게 유리에 씨에게는 '망월'이 아니라 다른 향을 골라주라고 부탁했다. 왜냐하면 '망월'은 미츠코 씨가 있던 시대의 성월정의 상징이고, 그 향기를 계속 사용하면 틀림없이 유리에 씨는 언제가 되어도 어머니의 그림자에서 벗어나지 못할 테니까. 어쩌면 은퇴와 동시에 어머니가 나가서 살기 시작한 것도 그녀에게서 자신의 존재를 끊어내기 위해서였는지도 모른다.

물론 별은 달의 위대함과 눈부심에는 미치지 못한다. 하지만 달에는 없는 청초한 빛도, 별에서만 느낄 수 있는 아름다움도 있다. 그리고 달이 없어도 별빛만으로 밤하늘을 밝게 비출 수도 있다.

'내 뒤만 뒤쫓지 말고 넌 너만의 모습으로 빛나렴.'

유리에 씨에게 준 '저녁별'과 '성월야'에는 딸에 대한 미츠코 씨의 그런 바람이 담겨 있었던 것이 아닐까.

멍하니 서 있는 유리에 씨에게 "요컨대." 하고 아빠가 조용히 덧붙였다.

"어머님은 당신을 축복하고 싶으셨던 거겠죠."

목소리로 나오지 않는 말을 중얼거리듯 입술이 떨리는 유리에 씨의 뺨에 눈물이 한 줄기, 또 한 줄기 작은 별똥별처럼 흘렀다. 얼굴을 가리고 고개를 숙이는 그녀의 어깨를 옆에 있던 엄마가 가만히 쓸어주었다.

"그런 거면 미츠코 씨도 조금 더 알기 쉽게 얘기해주면 좋았을 텐데……."

"글쎄, 미츠코 씨는 그런 말은 잘 하지 않았을 거야."

할머니가 작게 쓴웃음을 지었다.

"그 사람은 고객 앞에서는 아주 우아하고 사교적이지만 자기 감정을 이야기하는 자리에서는 갑자기 꿔다 논 보릿자루가 되는 경향이 있거든. 사람들이 생각하는 것만큼 속은 요령 좋은 사람이 아니었어. 그런 말을 유리에한테 직접 하긴 힘들었을 거야. 그렇기 때문에 몰래 연습해서 향꽂이를 만들고 게다가 그걸 자기가 만들었다는 사실을 숨기고 긴한테 전해주라고 했겠지."

"……맞아요. 어머니는 옛날부터……."

고개를 숙인 유리에 씨가 반은 울고 반은 웃는 목소리로 중얼거렸다.

"초등학교 때 댄스 공연을 하니까 운동회에 와달라고 떼를 썼더니 어리광부리지 말라고 호되게 야단쳐놓고 공연 시간이 되자 몰래 보호자석으로 들어오는 어머니가 보였어요. 혼자 기모노 차림이라 눈에 확 들어왔거든요……. 생일이나 크리스마스 때도 혼자라서 쓸쓸하다고, 왜 다른 애들 엄마처럼 같이 있어주지 않느냐고 울었을 때도 그때는 역시나 화를 냈던 어머니가 한밤중에 눈을 떠보니 머리맡에서 슬픈 얼굴로 제 손을 잡고……."

말꼬리가 떨리며 유리에 씨는 흑흑 흐느껴 울었다.

"말해줬으면 좋았을 텐데……. 나는 계속 말해주길 바랐는데……."

"부모라고 언제나 올바르게 잘할 수 있는 건 아니야. 하고 싶은 말이 있는데 입으로 나오지 않을 때도 있고 다 전한 줄 알았는데 생각만큼 전해지지 않을 때도 있어. 물론 마음은 충분히 있는데도 말이야."

달래주듯 유리에 씨의 등을 쓰다듬어주는 할머니의 말은 동시에 아빠에게 하는 말 같기도 하고 나한테 하는 말 같기도 했다.

"미츠코 씨와 이야기를 해보면 어떨까요? '망월'과 향꽂이에 대해서. 이야기를 해보면 응어리도 풀릴 거예요."

유키야 오빠가 내민 '성월야' 향꽂이를 받아들고 가만히 쓰다듬던 유리에 씨는 잠깐 마음을 가라앉히듯이 눈을 감았다.

그리고 이어서 그녀가 우리에게 보여준 미소는 우리가 본 것 중에서 가장 자유롭고 밝아서 이렇게 아름다운 사람이었구나 하고 새삼 놀랄 만큼 눈부셨다.

"아뇨. 아마 지금은 물어봐도 어머니라면 아무것도 모른다고 딱 잡아떼실 거예요. 그러니까 가슴을 펴고 성월정의 여주인이라고 조금 더 당당하게 말할 수 있게 되면 그때 물어볼게요."

그리고 그녀는 참으로 우아하게 우리에게 인사를 했다.

"오늘은 정말로 감사했습니다."

이제는 아무런 두려움 없이 말하는 그녀에게서는 어떤 이름 높은 향보다도 훨씬 아름다운 향기가 났다.

＊

유리에 씨가 화장을 고치기 위해 자리를 뜬 뒤 맨 먼저 입을 연 사람은, 엄마 말에 따르면 조금 심보가 뒤틀린 아빠였다.

"그런 사정 때문에 '망월'을 만들어줄 수 없었다고 하더라도 유리에 씨를 위해 무언가 새로운 향을 만들어줬으면 좋았잖아. 그러면 유리에 씨도 이렇게 몇 년 씩이나 실의에 파묻혀 살지 않아도 됐을 텐데. 대충 골라서 아무 향이나 주니까 그렇지."

"어머, 대충 골라준 게 아니야."

얘도 참 바보라니까, 하듯이 할머니가 눈썹을 치켜 올렸다.

"긴이 유리에한테 '저녁별'을 추천한 건 물론 이름이 유리에랑 어울린다고 생각한 점도 있었겠지만 무엇보다 '저녁별'을 인정했기 때문이야. 긴도 겉으로는 태평해 보여도 속으로는 장인 기질이 아주 드세서 마음에 안 드는 건 절대로 추천하지 않는걸. 네가 '저녁별'을 만들었을 때도 긴이 칭찬했었어. '레이지처럼 섬세하고 아름다운 향이야. 많은 사람들한테 사랑받을 향이야'라고 말이야."

사고와 호흡이 순간 멈춰버린 듯한 아빠의 얼굴을 나는 처음 보았다.

"그런 걸 왜……."

뒷말은 이어지지 않았다. 아빠는 더는 물어볼 상대가 없는 말을 다시 삼키고 입을 꾹 다물었다.

센스 있고 우수한 백옥 같은 피부의 미남자 유키야 오빠가 나와 엄마에게 가만히 눈짓을 했다. 계단으로 향하는 길에 딱 한 번 돌아보니 할머니가 다독이듯이 아빠의 팔을 잡는 것이 보였다.

"전 마지막으로 정원을 한 번 더 보고 올게요."

로비 바로 앞에서 유키야 오빠가 갑자기 걸음을 멈추었다. 엄마는 알아채지 못하고 현관으로 향했다. 그런데 유키야 오빠는 아까도 정원을 구경했을 텐데 왜 그러지? 하고 의아했을 때 나는 유키야 오빠의 의도를 알아챘다. 유키야 오빠도 내가 알아챈 것을 알고 힘내요, 하고 격려하듯 작게 고개를 끄덕이며 멀어져 갔다.

밖으로 나가자 엄마는 주차장 끄트머리에 서 있었다. 세이게 츠테이는 고지대에 있어서 짙푸른 나무들 사이로 작은 집들이 이어져 있는 북카마쿠라의 마을을 한눈에 내려다볼 수 있다.

체구가 작은 엄마에게 가까워질수록 맥박이 빨라졌다. 부적 처럼 유키야 오빠의 목소리를 떠올렸다.

──혹시나 곤란한 일이 생기면 바로 구하러 갈 테니까 용기 를 내요.

용기를. 유리에 씨처럼 내가 해야 할 일에 맞설 수 있는 용기 를 주세요.

"아까 유리에 씨가 운동회 얘기 하니까 생각나더라."

옆에 가서 서자 내가 입을 열기도 전에 엄마가 먼저 말을 꺼 냈다. 저 멀리 떠나간 추억을 그리워하는 것처럼 먼 곳을 바라 보고 미소 지으며.

"카노, 초등학교 1학년 운동회 때 장애물 경주에 나갔었잖니. 달리면서 뜀틀을 넘거나 박스 터널을 지나가는 거. 중간에 매달 린 풍선을 떼는 곳이 있었는데 말야, 카노가 모처럼 2등으로 뛰 고 있었는데 뒤에서 키가 작은 애가 풍선을 잡지 못해서 다른 애들한테 자꾸 뒤쳐지는 걸 보더니 달리다 말고 되돌아가서 네 풍선을 줬잖아. 그래서 결국 꼴찌로 들어왔지만 넌 전혀 신경 쓰지 않고 태연했어."

"……기억 안 나."

"너는 착해. 체질 때문에 남의 마음을 알 수 있어서 착한 걸까, 아니면 네가 착한 애라서 신이 그런 체질을 준 걸까."

"엄마……?"

"신비로운 애라고 생각했어. 초등학교에서 **그 일**이 일어나기 전부터, 네가 훨씬 더 어릴 때부터 사실 엄만 알고 있었던 것 같아."

엄마의 뺨을 타고 투명한 물방울이 흐르는 것을 나는 말없이 지켜보았다.

"카린을 임신했을 때 작은 이상이 발견됐어. 제대동맥……. 탯줄에 원래는 두 줄기 있어야 하는 동맥이 하나밖에 안 생겼거든. 100명 중에 한 사람 꼴로 나타나는데 아무런 문제도 없는 건강한 아기가 태어나는 경우도 많지만 동맥이 하나밖에 없으니까 아기한테 영양이 제대로 공급되지 못해서 발육이 늦어지거나 염색체 이상이 나타나는 경우도 있대. 의사한테 그런 말을 들으니까 너무 불안하고 무서웠어. 조금이라도 더 정보를 모으려고 많이 조사해봤지만 알아보면 알아볼수록 오히려 더 무서워지면서 그 애를 무사히 낳지 못하면 어떡하나 싶은 마음에 견딜 수가 없었어."

엄마의 젖은 눈이 나를 비추었다. 미소가 떠오르고 다시 투명한 강이 엄마의 뺨에 흘렀다.

"그랬더니 옆방에서 낮잠 자고 있어야 할 네가 아장아장 걸어 왔어. 그러더니 내 무릎 위로 기어 올라와서는 내 머리로 열심히 손을 뻗고 '괜찮아, 괜찮아' 하고 말해줬어. 그리고는 내 배에 뺨을 대고 뱃속에 있는 카린한테도 말하듯이 또 '괜찮아, 괜찮아' 하고……."

말꼬리가 눈물에 지워지며 엄마는 얼굴을 감쌌다. 나는 순간적으로 손을 뻗어 떨리는 엄마가 쓰러지지 않도록 가느다란 어깨를 잡아주었다.

"미안해. 엄마가 엄마 노릇을 제대로 못 해줘서. 널 외롭게 만들고 상처 줘서……, 미안해……."

"……안해……."

목구멍이 떨려서 목소리가 갈라졌다. 고개를 든 엄마의 눈물 젖은 얼굴이 일그러졌다.

"카노……?"

"미안해……."

나를 할머니 할아버지 댁에 맡긴 이유를 사실은 알고 있었다.

내가 초등학교에서 일으킨 사건을 계기로 엄마 아빠는 내 체질을 알게 되었다. 특히 엄마는 나를 볼 때마다 긴장하고 불안해하는 향기를 풍기게 되었다. 당연하다. 사람에게서 향기가 난다든가, 그걸로 감정을 알 수 있다든가 하는 뚱딴지같은 이야기를 들으면 어떻게 해야 좋을지 알 수도 없고, 알 수가 없는데도 믿지 않을 수 없는 일들이 일어나 머릿속이 정리되지 않은 상태로 그 아이를 키워야 한다.

정말 그런가 하고 의심하는 것이 당연하다. 이런 감정도 다 알아채지 않을까 싶어 두려워지는 것이 당연하다.

설령 기분 나쁘다는 감정이 마음속을 스쳐도 그것 역시 어쩔 수 없는 일일 것이다.

당황스러운 것은 부끄러운 일이 아니다. 불안도 망설임도 죄가 아니다. 마음속은 그 사람만의 침해당해서는 안 되는 성역이고 다른 사람에게 표현하지 않는 한, 속으로 무슨 생각을 하든 그 사람의 자유다.

하지만 나는 엄마를 비난했다.

나를 보는 엄마의 마음에 조금이라도 불안이 스치면 원망스러운 눈으로 엄마를 물끄러미 쳐다보았다. 엄만데 나를 무서워하는 거야? 엄만데 나를 받아들이지 못하는 거야?

본인도 그런 사랑은 갖고 있지 않으면서, 1초의 망설임도 없이 자신을 안아주는 한 점의 그늘도 없이 완벽한 애정을 엄마에게 요구했다.

불만을 얘기한 적은 없다. 표정으로도 드러내지 않았다. 하지만 어쩔 수 없이 머릿속을 스치는 생각을 향한 무언의 비난이 계속되자 엄마는 점점 피폐해졌다. 그대로 같이 살았다면 엄마가 망가졌을 것이다. 아마 나도 함께.

그래서 아빠는 엄마와 나를 모두 구하기 위해 나를 카마쿠라에 있는 할머니 할아버지에게 맡겼다. 일이 바쁘고 카린도 아직 어렸던 그 시절에 아빠가 선택할 수 있는 방법은 그것뿐이었을 것이다.

엄마도 아빠도 잘못이 없다. 잘못한 사람이 있다면 아마도 나다.

하지만 어렸던 나는 엄마 아빠에게 버림받았다는 생각밖에 들지 않았다. 좀 더 상대의 입장에서 생각할 수 있는 나이가 되어서도 그 생각을 고집스럽게 바꾸지 않았다. 내가 이렇게 상처받는 데에는 내 잘못도 있다는 사실을 인정하고 싶지 않았다.

"……카노, 왜 네가 사과를 해? 왜 우니, 네가 뭘 잘못했다고."

어리둥절해서 우왕좌왕 당황한 향기를 풍기며 엄마는 내 등을 쓸어주고 머리를 쓰다듬어주었다. 그런 짓을 한 나를 1초의 망설임도 없이 안아주었다.

내가 모든 것을 부모님 탓으로 돌리며 원망하고, 애정을 시험하기 위해 내밀어주는 손을 뿌리치던 동안에도 엄마 아빠는 나를 사랑해주었다. 단지 내가 이해하려고 하지 않았을 뿐이지 나는 두 사람에게 몇 번이나 용서 받고 사랑받아 왔던 것이다.

그러니 나도 달라져야 한다. 내 잘못을 인정하고 부모님과 본인의 불완전함을 받아들이고 그 동안 아낌없이 나에게 쏟아준 애정에 이번에는 내가 보답할 차례다.

아스팔트를 밟는 발소리가 들렸다. 엄마의 품에서 얼굴을 들자 젖은 속눈썹에 햇빛이 반사되어 순간 눈앞이 보이지 않았다. 신중하게 눈을 뜨자 하얀 코트를 입은 아빠가 있었다.

"아빠, 난 카마쿠라에 있고 싶어."

전했다고 생각해도 원하는 모양으로 전해지지 않는 일이 있다. 마음은 분명히 있건만.

그러니 신중하게 똑바로 눈을 바라보고, 아무것도 꾸미지 말고, 마음에서 나오는 말만을 전하자.

"돌아가기 싫은 게 아니라 여기 있고 싶어. 신사랑 절이나, 바다랑 에노시마 전철이 좋고 지금 다니는 고등학교도 좋아……. 치요라는 친구가 있는데 나는 그 애가 정말 좋고 내가 없어지면 체육 시간에 스트레칭 할 때 치요가 짝이 없어서 곤란해져. 할머니는 말은 그렇게 해도 사실은 할아버지랑 같이 살던 집을 떠나고 싶지 않은 거고, 건강한 동안만이라도 가게를 지키고 싶어 하셔. 난 그걸 돕고 싶어. 그리고……, 같이 있고 싶은 사람이 있어."

손가락 끝으로 안경을 올리는 동작. 미소 짓는 입매. 아름다운 검은 눈과 첼로 선율 같은 목소리.

떠올리는 것만으로도 나는 아주 조금 강해진다.

"그러니까 카마쿠라에 있게 해주세요. 부탁이야."

머리를 숙였을 때 스르륵 흘러내린 앞머리를 바람이 흔들었다.

고개를 들자 아빠는 말없이 나를 보고 있었다. 그 눈동자가 쓸쓸하게 그늘져 보였지만 아빠가 무테안경의 위치를 바로잡고 손을 내렸을 때에는,

"그럼 하고 싶은 대로 해."

목소리와 표정은 평소와 다름없이 무뚝뚝한 아빠로 돌아와 있었다.

아빠가 내 뒤로 시선을 보냈다. 멀리 떨어진 현관 기둥 앞에 유키야 오빠가 서 있었다.

"데려다준다고 했는데 역도 가까우니 전철로 돌아가겠다는구나. 넌 어떻게 할래?"

"나도 전철로 갈래."

그러냐, 하고 짧게 대답한 아빠는 조금 있다가 덧붙였다.

"건강 조심해라."

기운이 빠질 만큼 짧은 아빠의 말에 "엄마랑 아빠도." 하고 대답했다. 아마도 마음이 가슴 속에 넘쳐날 때일수록 말은 나오지 않는 것 같다. 나도 좀 더 많이 전해야 하는 말이 있는 것 같은데 걸음을 옮기는 엄마와 아빠의 등에 대고 한 말은 결국 그 한 마디가 전부였다.

"고마워."

아빠는 살짝 돌아보았지만 아무 말도 하지 않고 다시 떠나갔다.

하지만 입가에 아주 살짝이지만 부드러운 미소가 떠오른 것처럼 보였다.

"부모님이랑 같이 안 가도 돼요?"

파란 차가 주차장을 나가 언덕 아래로 이어지는 내리막길을 내려가자 유키야 오빠가 걸어왔다.

네, 하고 나는 대답했다.

"카마쿠라에 남고 싶다고 아빠한테 말했어요. 그랬더니 이해해줬어요."

"그랬어요?"

"지금까지는 내가 카마쿠라에 있으면서 부모님이 마음 아파하길 바라는 마음이 가슴속 어딘가에 있었어요. 하지만 지금은 그런 게 아니라 여기 있고 싶어요. 여기엔 할머니도 있고 치요도 있고 아사토나 타카하시 선배랑도 친해졌고, 그리고 난 유키야 오빠랑 같이 있고 싶어요."

빗방울이 떨어진 수면처럼 유키야 오빠의 눈동자가 흔들렸다.

"같이 있고 싶어요."

슬프지도 않은데 눈앞이 부예지며 불투명유리처럼 흐려졌다.

투명한 안타까움으로 가슴이 가득 차면서 눈앞에 있는 이 사람을 좋아한다고 생각했다.

세상에서 가장 특별하게 좋아한다고 생각했다.

"내일도 다음 주도 다음 달도 내년에도 계속 유키야 오빠랑 같이 있고 싶어요. 같이 가게를 보고 저녁을 먹고 같이 설거지도 하고 싶어요. 고양이랑 같이 놀고 숙제하면서 모르는 부분도 가르쳐달라고 하고 대학 이야기도 듣고 싶어요."

"……카노."

"유키야 오빠랑 같은 대학교에 가고 싶어요. 내 실력으로는 아직 조금 부족하지만 열심히 공부해서 입학하면 같이 학생식당에서 밥 먹고 싶어요. 1년만 지나면 유키야 오빠는 졸업하지만 날 기억해줬으면 좋겠어요. 어쩌면 유키야 오빠는 아주 멀리 가버릴지도 모르고 나는 그때 무얼 하고 있을지 지금은 전혀 짐작도 할 수 없지만 그래도 떨어지고 싶지 않아요. 계속 유키야 오빠랑 같이 있고 싶어요."

설령 어떤 말이 돌아온다고 하더라도 두렵지 않았다. 아무튼 지금 이렇게 옆에 있을 때 가슴 가득 흘러넘치는 마음을 전하고 싶었다.

멈춰 서 있던 유키야 오빠가 오른손을 가만히 내밀었다. 손가락으로 눈가를 닦아주는 바람에 깜짝 놀라자 처음에는 머리 뒤를, 이어서 반대쪽 손으로 등을 끌어당겼다.

쇄골의 단단한 감촉이 뺨에 닿았다. 따뜻하고 유키야 오빠의 냄새가 나서 안심하기보다도 더욱 애달파서 가슴이 먹먹해졌다.

고마워요, 하고 속삭이는 목소리가 귓가에 내려앉았다.

6

고지대에 있는 성월정 료칸에서 기타카마쿠라 역까지는 걸어서 10분 정도의 거리였다.

하얗고 가느다란 구름이 유빙이 뜬 바다처럼 펼쳐진 물빛 하늘 아래 유키야 오빠와 좁다란 길을 걸었다. 나는 어쩐지 머릿속이 둥실둥실 떠 있는 것 같고, 유키야 오빠와 손을 잡고 걸어가는 이 상황이 믿어지지가 않아서 몇 번이나 내 왼손을 잡고 있는 유키야 오빠의 오른손과 바로 옆에 있는 유키야 오빠의 옆얼굴을 보았다. 그러다 몇 번이나 발이 걸려 비틀거리고 지나가는 사람과 부딪칠 뻔하는 바람에 그때마다 미간을 좁힌 유키야 오빠가 "발밑을 잘 봐요.", "앞에 조심해요." 하고 주의를 주었다.

나는 아까 흔히들 말하는 고백 비슷한 것을 했고, 그래도 유키야 오빠는 여기에 있고 게다가 손까지 잡아주었으니 그러니까 이건 말하자면……, 내가 옆에 있어도 된다는 뜻일까? 옆에 있어 준다는 그런 뜻일까?

이건 꿈이 아닐까 하고 울상을 지으며 들썽들썽 걷다 보니 어느새 기타카마쿠라 역에 도착했다. 선생님의 인솔을 받으며 소풍을 나온 유치원생 다루듯 "전철표예요. 잘 가지고 있어요." 하고 유키야 오빠가 나에게 표를 쥐어주었다.

기타카마쿠라 역은 상행선과 하행선 플랫폼이 마주보게 설치되어 있고 상행선 플랫폼은 개찰구를 지나면 바로 나오지만 하행선 플랫폼은 두 개의 플랫폼을 연결하는 건널목을 지나가야 한다. 요코하마 역으로 가는 유키야 오빠는 상행선 플랫폼에서 승차하면 되므로 그럼 잘 가요, 하고 나는 머리를 숙이고 역 안의 건널목으로 가려고 하는데 유키야 오빠가 붙잡았다. 유키야 오빠는 빨빨대는 유치원생을 나무라는 선생님처럼 미간에 주름을 잡고 있었다.

"데려다줄게요."

"네? 하지만 카마쿠라 역은 바로 옆이고…… 5분도 안 걸리는데……."

"지금의 카노는 판단력과 방어능력이 현저하게 떨어져 있는 상태라 위태로워 보이거든요."

"방어능력……?"

"곧 전철이 들어오니 서둘러요."

왼손을 잡고 많은 사람들 사이에 섞여 건널목을 건넜다. 이렇게 행복하다니 어떡하면 좋지, 하고 나는 눈물을 그렁그렁하며 걸음을 옮겼다.

시간은 아쉬울 만큼 순식간에 흘러가 카마쿠라 역에 도착했다. 묘하게 과보호하는 유키야 오빠는 카게츠 향방까지 데려다 주겠다고 했지만 지금 서 있는 플랫폼에서 뒤로 돌아서 열 걸음만 가면 요코하마 역으로 가는 전철을 탈 수 있으니 그렇게 하라고 부탁했다. 전철은 5분만 기다리면 도착하는 듯했다. 좋았어, 앞으로 5분 더 같이 있을 수 있어, 하고 나는 속으로 쾌재를 부르며 유키야 오빠와 나란히 노란 점자 블록 앞에 섰다.

"유키야 오빠, 내일도 카게츠 향방에 올 거죠?"

"당연히 갈 생각인데……, 왜요?"

일요일인 내일, 조금 이르지만 유키야 오빠의 스무 살을 축하하는 생일 파티를 열기로 할머니와 계획했기 때문이지만 본인에게 알려줄 수는 없으니 나는 고개를 도리도리 가로저었다. 유키야 오빠는 신기한 생물을 보듯이 나를 보다 갑자기 웃음을 터뜨렸다. 그 미소가 쿨한 유키야 오빠로서는 드물게 환해서 나는 또다시 눈물이 나올 것 같았다. 이 이상 아무것도 필요 없다고 생각했다.

향기가 코를 스친 것은 그 직후였다.

날카롭게 코끝을 찌르는 침울한 향기에 나는 몸속부터 얼어붙었다.

"……카노?"

누구지? 어디서 나는 거지? 오케스트라의 다중적인 음악에서 단 하나의 악기가 연주하는 작은 선율을 구분하듯 플랫폼에 있는 수많은 사람들의 향기 속에서 그 향기만을 더듬었다. 너무 집중해서 두 눈 사이가 욱신욱신 아파왔다.

——저기다.

우리와 같은 도쿄 방면 선로 앞에 서 있는 남색 점퍼를 입은 젊은 남자였다.

전철을 기다리는 사람들은 대체로 전철이 멈출 때 문이 열리는 위치에 서 있기 마련인데 그 남자는 문 위치에서 상당히 떨어진 곳에 서 있었다. 아주 창백한 얼굴로 고개를 숙이고 가만히 서 있었고, 그런가 싶더니 갑자기 뒤로 돌아 안절부절 못하듯 이리저리 걸었다.

곧 전철이 들어온다는 안내 방송이 나왔다.

남자는 아주 긴장한 움직임으로 선로 앞으로 돌아갔다. 지금까지 한 번도 맡아본 적이 없을 만큼 무겁고, 폐가 완전히 쪼그라들 것처럼 점도 높은 향기가 바람을 타고 날아왔다. 절망적인 피로와 있을 곳을 잃어버린 듯한 괴로운 마음이 나한테까지 전염되어 머리가 쾅쾅 울렸다.

전철이 미끄러지듯이 플랫폼으로 들어왔다.

남자는 노란 점자 블록을 밟고 그 다음에는 넘어가서는 안될 하얀 선을 밟았다.

"카노!"

내가 달려 나간 한 박자 뒤에 멀리뛰기를 하듯 몸을 내민 남자의 남색 점퍼의 팔뚝 부분에 아슬아슬하게 손가락이 닿았다. 매끈매끈한 질감의 옷을 힘껏 끌어당겼다. 남자가 목에 뭐가 걸린 듯한 소리를 질렀다. 남자의 짧게 자른 머리카락 끝을 둔탁한 은색으로 빛나는 전차의 머리부분이 아슬아슬하게 스치며 달려 나갔다. 균형 같은 것은 전혀 생각도 안 했던 나는 그 남자와 함께 차갑고 단단한 콘크리트 바닥에 넘어졌다.

넘어지면서 찧은 팔꿈치가 찡 하고 저렸고 그 저림이 머리까지 퍼져 나갔다. 방향감각과 인지능력은 물론이고 내 이름까지도 한 순간 날아갔다. 공백의 몇 초가 지나고 나는 의식을 되찾았고, 사람들의 웅성거림과 누군가가 이쪽으로 달려오는 발소리가 들렸다. 내가 지금 무엇을 했는지도 잘 이해하지 못한 채로 고개를 두리번거리며 그 남자의 모습을 찾았다.

"……왜 방해하는 거야!"

왼쪽 관자놀이와 광대뼈 사이에 강한 충격을 느끼고 나는 또다시 콘크리트 바닥으로 나동그라졌다. 나한테 무슨 일이 일어났는지 머릿속이 새하얘서 알 수가 없었다. 남색 점퍼를 입은 남자가 무릎으로 서서 얼굴을 잔뜩 일그러뜨리고 있었다. 슬픔과 분노와 휘몰아치는 격정의 덩어리가 향기가 되어 나에게 쏟아졌다. 아프고 무서워서 나는 본능적으로 머리를 감쌌다.

다음 순간 남자가 등부터 콘크리트 바닥으로 쓰러졌다.

그 남자의 목덜미를 하얀 손이 움켜잡았다. 비명을 지르며 얼굴 앞에서 양손을 교차시키는 남자에게 주먹을 휘두르려고 하는 유키야 오빠에게서는 모든 것을 불태워버릴 것 같은 극심한 분노의 향기가 났다.

그 다음부터는 기억이 혼란스러워서 잘 생각나지 않는다.

기억나는 것은 누군가가 괜찮으냐고 몇 번이나 물어본 것. 역무원이 달려온 것. 점퍼를 입은 남자가 일으켜 세워지고, 멀리서 에워싸고 있는 사람들이 매우 수런거리던 것.

하얗게 질린 유키야 오빠가 내 앞에 무릎을 꿇고 왼뺨에 가져다댄 그 손이 얼음장처럼 차가웠던 것 정도였다.

❋

농도가 높은 기름이 움직이듯 시간의 흐름이 지독히도 느려서 현실감이 없었다.

누군가가 준 작은 보냉제를 왼쪽 관자놀이에 계속 대고 있으니 냉기에 머리까지 얼어붙는 것처럼 모든 감각이 둔해졌다.

"……괜찮아?"

여자 치고는 낮은, 위로해주는 마음이 가득 담긴 목소리에 나는 얼굴을 들었다.

짧은 검은 머리의 늘씬한 여자가 서 있었다. 검은 바지 정장 차림이 무척 멋있어서, 순간 같은 차림이었던 그녀와 처음 만났던 축제 당일로 시간을 거슬러 올라간 느낌이었다. 정말로 돌아갈 수 있으면 좋았을 텐데.

미즈키 씨는 내 옆으로 의자를 끌고 와 조용히 앉았다. 따뜻한 종이컵을 내 손에 가만히 쥐어주었다. 코코아의 향기가 따뜻한 김과 함께 콧속을 간질였다.

"천천히 마셔. 마음이 좀 가라앉을 거야. 그리고 제대로 식히지 않으면 부으니까 조심해야 해."

미즈키 씨는 내 손에서 거즈로 만 보냉제를 받아 환부에 대어주었다. 나는 코코아를 마시려고 했지만 손이 떨려서 마실 수가 없었다.

"유키야, 오빠는요……?"

이미 몇 년이나 말을 해본 적이 없는 것처럼 목소리가 갈라졌다. 미즈키 씨는 침착했다.

"아직 진술을 받는 도중이야. 우린 되도록 정확하고 공정하게 사실을 파악해야 하거든. 하지만 상황을 직접 보진 못했으니까 너희 당사자의 이야기와 주변에서 그 상황을 본 사람들의 증언이 필요해. 그 애는 시간이 조금 더 필요할 거야."

역에서 사무실 같은 곳으로 이끌려 간 것과, 곧이어 그리로 제복을 입은 경찰관이 온 것은 기억한다. 많은 질문을 받았을 텐데 잘 기억도 나지 않는다. 차에 태워져 역에서 별로 멀지 않은 경찰서에 도착하기까지의 기억이 날아갔고, 나온 몇몇 경찰관 중에 미즈키 씨가 있었다. 미즈키 씨는 나와 유키야 오빠를 보고 무척 놀란 표정이었다.

그 뒤 작은 방에서 이야기를 해달라고 했다. 역 플랫폼에서 일어난 일, 그때 내가 한 일을 생각나는 대로 정확하게 설명하려고 했지만 말하는 도중에 목소리가 떨리고 내 의사와는 상관없이 눈물이 쏟아지는 바람에 미즈키 씨가 몇 번이나 등을 쓸어주었다.

"……유키야 오빠는 체포되나요……?"

줄곧 두려워하던 말을 꺼내자 몸이 바들바들 떨렸다.

"내 잘못이에요. 유키야 오빠는 날 구해준 것뿐이에요."

"카노, 진정해."

"내가 그 사람을 화나게 만들어서, 그러니까 유키야 오빠는 잘못이 없어요……!"

"진정해."

목소리에 힘을 주며 미즈키 씨가 내 손을 잡았다. 눈물 때문에 미즈키 씨의 얼굴이 부옇게 흐려졌다.

"그 사람도 지금은 마음을 가라앉히고 진술을 하고 있어. 그 사람은……, 역시나 네가 짐작한 대로 전철에 뛰어들 생각이었나 봐."

하지만 뛰어들기 직전에 내가 막았고, 그 때문에 패닉에 빠져 흥분한 상태에서 격분했다. 그렇게 설명하고 미즈키 씨는 내 손을 감싼 손가락에 힘을 주었다.

"네가 한 일은 결코 잘못되지 않았어. 그러니까 그런 식으로 스스로를 탓하지 마. 오히려 난 한 사람의 목숨을 구해준 너한테 경찰관으로서 감사하게 생각해."

"그건……."

"키시다한테도 네가 걱정하는 일은 일어나지 않을 거야. 극히 일부의 경우를 제외하고 누구든 다른 사람한테 폭력을 휘두르는 건 죄야. 하지만 이번에는 그 애가 평정을 잃어도 어쩔 수 없는 상황이었고 상대 남자도 그 애한테 화를 내고 있지는 않아. 오히려 너한테 손찌검한 걸 무척 후회하고 있어."

"그건, 괜찮아요. 유키야 오빠가 괜찮으면 그런 건……!"

또다시 눈물이 배어나와 미즈키 씨가 달래듯 등을 토닥여주었다.

"아무튼 지금의 넌 일단 쉬어야 해. 안심하라고 해도 힘들겠지만 너무 걱정하지 마. 이제 곧 부모님도 데리러 와주실 테니까."

보호자를 불러야 한다고 했지만 할머니는 성월정에서 향회를 하고 있는 도중이고, 무엇보다 고령인 할머니에게 걱정을 끼치고 싶지 않아서 엄마의 휴대전화로 연락해달라고 했다. 그제야

아주 조금 숨통이 트이는 것 같았고 그러자마자 눈물이 쏟아져서 나는 고개를 파묻었다. 토닥토닥, 미즈키 씨가 또다시 등을 다정하게 다독여주었다.

그리고 시간이 얼마나 지났을까. 밖에서 작은 목소리가 들리고 문이 열렸다.

"카즈마."

일어선 미즈키를 보더니 카즈마 씨가 가죽 구두 뒤축을 날카롭게 울리며 다가왔다. 차콜그레이 코트를 걸친 카즈마 씨는 빈틈없는 짙은 남색 양복을 입고 있었고, 가죽 구두도 여전히 피아노처럼 번쩍번쩍했지만 머리만큼은 평소와 달리 앞머리가 이마 양쪽으로 드리워져 있었다.

"어떻게 된 거야?"

카즈마 씨의 목소리는 지독히 낮고 날이 서 있었다.

미즈키 씨가 설명하는 동안 카즈마 씨는 미간을 찡그린 채로 들었다. 내가 그 남자에게 맞았다는 대목까지 오자 험악한 얼굴로 이쪽을 보고 당황하는 내 뺨에 손가락을 대고 관자놀이 부근을 살펴보며 "놀랐겠구나." 하고 가만히 위로해주었다.

"유키야는 어디 있지?"

"아직 진술을 받고 있어."

"언제까지 구속해둘 셈이야? 계속 잡아둘 거면 변호사가 왔다고 전해."

내가 아는 카즈마 씨는 방약무인하고 무리한 요구를 하지만 언제나 밑바탕에는 난공불락의 요새와 같은 여유가 있는 사람이었다. 하지만 지금의 카즈마 씨는 억누르고는 있지만 말투도 감정적이고 향기에도 자식을 지키는 어미고양이처럼 살기가 어려 있었다. 미즈키 씨도 미간을 찡그렸다.

"진정해, 너답지 않게 왜 그래? 상대도 타박상을 입었지만 상태가 그렇게 심하지는 않아. 그리고 그 사람은 자기를 구해준 여학생한테 손찌검을 한 일로 충격을 받아서 네 조카도 고소할 생각은 없다고 했어."

"……그건 모르지. 사람의 마음은 주가보다 변동이 심하니까."

그때 문손잡이가 돌아갔다.

미즈키 씨와 마찬가지로 정장 차림의 여자가 문을 열어주자 엄마와 아빠가 들어왔다.

"카노!"

하얗게 질려서 달려온 엄마는 일어설 틈도 주지 않고 나를 끌어안았다. 얼굴을 짓누르는 엄마의 가슴에서 괴로울 만큼 안도한 향이 피어올라 갑자기 눈물이 쏟아졌다. 그제야 나는 내가 생각했던 것보다도 훨씬 불안하고 두려움에 떨었음을 깨달았다.

"전화 받고 온 사쿠라입니다."

아빠는 강렬한 동요의 향기를 풍기면서도 냉정한 표정으로 미즈키 씨에게서 설명을 듣고 있었다. 이야기를 한 차례 들은 뒤 아빠는 내 뺨을 만지며 "괜찮니?" 하고 묻고는 카즈마 씨 쪽으로 돌아보았다. 카즈마 씨는 아빠가 묻기 전에 머리를 깊이 숙였다.

"유키야의 외삼촌인 키시다 카즈마라고 합니다. 이번 일로 따님을 포함해서 심려를 끼쳐드려 정말로 죄송합니다."

"왜 당신이 사과하죠? 그 친구는 딸을 구해주려고 한 것 아닙니까."

아빠는 여전히 무뚝뚝했지만 카즈마 씨는 어리둥절한지 눈이 동그래졌다.

"그보다 그 친구는 괜찮습니까? 저는 이런 일에 대한 경험이 한 번도 없어서 잘 모르겠지만."

"……그 사람과 유키야에 한해서는 유키야가 가해자이고 상대방이 피해자예요. 먼저 그 사람의 의향을 확인하고 경우에 따라 합의를 하게 될 겁니다. 하지만 이쪽 일은 마음 쓰지 않으셔도 됩니다. 그보다 따님 말입니다만."

카즈마 씨가 내게로 눈길을 옮겼다.

"지금 당장이라도 병원에 가서 진단서를 작성하셔야 합니다. 상대 남성에게 배상을 청구하려면 그런 증거가 있는지 여부에 따라 합의 내용도 상당히 달라지거든요."

"배상이라니, 그런 건 괜찮아요."

놀라서 말하는 나에게 어른 넷이 더욱 놀란 얼굴로 주목하는 바람에 당황했다.

하지만……, 전철에 뛰어들다니, 나는 무서워서 절대 못 한다. 그렇게까지 할 정도로 궁지에 몰려 있는 사람에게, 그토록 고통스러운 향기를 내뿜는 사람에게 이 이상 무언가를 요구하거나 벌하고 싶지 않았다.

"사쿠라 카노, 네가 이따금 발휘하는 그 이상야릇한 자비심을 나는 도통 이해하지 못하겠지만 이런 일은 빈틈없이 해두어야 해."

"하지만……!"

"그 문제는 지금 당장 정해야 합니까? 오늘은 일단 딸애를 병원에 데려가 쉬게 해주고 싶은데요."

미즈키 씨는 나중에 해도 된다고 대답하고 그때 연락할 번호를 아빠에게 가르쳐주었다. 엄마가 눈물이 그렁그렁한 눈으로 내 손을 끌었다.

"가자. 오늘은 엄마도 이쪽 집에서 잘 거야."

"잠깐만, 그래도……."

유키야 오빠가 아직 돌아오지 않았는데.

한 번이라도 좋으니 유키야 오빠의 얼굴이 보고 싶었다. 사과하고 싶었고 이야기를 하고 싶었다. 하지만 엄마의 손에 이끌려 밖으로 나갔다. 그때 발소리가 들렸다.

복도 반대편에서 유키야 오빠가 양복 차림의 남자와 함께 걸어왔다.

유키야 오빠, 하고 부르며 달려가려고 했다. 하지만 그런 내옆을 카즈마 씨가 가죽구두 뒤축을 스타카토로 날카롭게 울리며 앞질러갔다.

유키야 오빠가 카즈마 씨를 보고 걸음을 멈추고 그 앞에 카즈마 씨가 멈춰 섰다. 그 순간.

짝, 하는 건조한 소리와 함께 유키야 오빠가 옆으로 고개를 돌렸다. 카즈마, 하고 미즈키 씨가 날카롭게 소리 질렀다. 카즈마 씨가 유키야 오빠를 때렸다는 것을 이해하기까지 몇 초 걸렸다.

나는 부모님과 미즈키 씨보다도 유키야 오빠와 가까운 곳에있었고, 그래서 아마도 카즈마 씨가 뱉은 낮게 억누른 짧은 말은 나 혼자만 들었을 것이다.

"⋯⋯세 번째는 없을 줄 알아."

카즈마 씨는 유키야 오빠의 멱살을 잡고 힘껏 잡아끌면서 이쪽으로 돌아왔다. 아빠와 엄마에게 작게 머리를 숙이기는 했지만 그 뒤에는 미즈키 씨가 제지하는 것도 듣지 않고 다 비키라는 듯한 걸음으로 걸어갔다.

"유키야 오빠⋯⋯!"

하고 싶은 말이 많은데 그 말밖에 나오지 않아서 갈라진 목소리로 필사적으로 불렀다.

유키야 오빠는 움찔 하며 돌아보는 기적을 보였지만 나를 봐 주지는 않았다. 멈추지도 않고 그의 등이 멀어져갔다. 분명 내 목소리가 들렸을 텐데도.

어째선지 갑자기 깨달았다.

나는 언제나 당신이 어디론가 떠나버릴 것 같아서 두려웠다.

하지만 그것은 당신이 언젠가는 어디론가 떠나버릴 생각을 하고 있었기 때문이었다.

카마쿠라 향방
메모리즈 ③

2018년 11월 10일 초판 발행

저자 아베 아키코
역자 이희정

발행인 정동훈
편집전무 여영아
편집부 국장 최유성
편집 김은실 김혜정
제작부 국장 김장호
제작 김종훈 정은교 박재림
국제부 국장 손지연
국제부 최재호 김미희 김형빈 천효은 박민희
마케팅 국장 최낙준
마케팅 김관동 이경진 심동수 고정아 고혜민 서행민
디자인 형태와내용사이

발행처 (주)학산문화사
등록 1995년 7월 1일
등록번호 제3-632호
주소 서울특별시 동작구 상도1동 777-1
편집부 02-828-8836
마케팅 02-828-8962~5

ISBN 979-11-88988-74-7 04830
    979-11-88988-71-6(세트)
값 11,000원

북홀릭은 (주)학산문화사에서 발행하는 일반 소설 브랜드입니다.